L'Hôtesse de l'air

DE LA MÊME AUTEURE

L'Hôtesse de l'air, tome 1, *Le décollage de Scarlett Lambert*, Éditions Libre Expression, 2014.
L'Hôtesse de l'air, tome 2, *L'atterrissage de Scarlett Lambert*, Éditions Libre Expression, 2014.

Elizabeth Landry

L'Hôtesse de l'air

3

Les turbulences de **Scarlett Lambert**

Libre Expression

Une société de Québecor Média

Catalogage avant publication de Bibliothèque et Archives nationales du Québec et Bibliothèque et Archives Canada

Landry, Elizabeth, 1982-

L'hôtesse de l'air

       Sommaire : 3. Les turbulences de Scarlett Lambert.
       ISBN 978-2-7648-1109-2 (vol. 3)
       I. Landry, Elizabeth, 1982- . Turbulences de Scarlett Lambert. II. Titre. III. Titre : Les turbulences de Scarlett Lambert.

PS8623.A516H67 2014   C843'.6   C2013-942481-4
PS9623.A516H67 2014

Édition : Marie-Eve Gélinas
Correction d'épreuves : Féminin pluriel
Couverture et mise en pages : Chantal Boyer
Photo de l'auteure : Sarah Scott

Cet ouvrage est une œuvre de fiction ; toute ressemblance avec des personnes ou des faits réels n'est que pure coïncidence.

Remerciements
Nous remercions le Conseil des Arts du Canada et la Société de développement des entreprises culturelles du Québec (SODEC) du soutien accordé à notre programme de publication. Gouvernement du Québec – Programme de crédit d'impôt pour l'édition de livres – gestion SODEC.

Financé par le gouvernement du Canada
Funded by the Government of Canada | **Canadä**

Les Éditions Libre Expression
Groupe Librex inc.
Une société de Québecor Média
La Tourelle
1055, boul. René-Lévesque Est
Bureau 300
Montréal (Québec) H2L 4S5
Tél. : 514 849-5259
Téléc. : 514 849-1388
www.edlibreexpression.com

Dépôt légal – Bibliothèque et Archives nationales du Québec et Bibliothèque et Archives Canada, 2015

ISBN : 978-2-7648-1109-2

Distribution au Canada
Messageries ADP inc.
2315, rue de la Province
Longueuil (Québec) J4G 1G4
Tél. : 450 640-1234F-94854
Sans frais : 1 800 771-3022
www.messageries-adp.com

Diffusion hors Canada
Interforum
Immeuble Paryseine
3, allée de la Seine
Ivry-sur-Seine Cedex
Tél. : 33 (0)1 49 59 10 10
www.interforum.fr

À Dominique, Jean et Charles-Alexandre

« Ma maman disait :
"La vie, c'est comme une boîte de chocolats.
On ne sait jamais sur quoi on va tomber." »
Forrest Gump

Prologue

Chez le psy (août)

— Madame Lambert, depuis notre première rencontre, il y a six mois, avez-vous noté une amélioration?

M. Pinault décroise ses jambes et me fixe d'un air détendu. La rencontre devrait en théorie m'apaiser, mais l'effet ne semble pas immédiat.

— On dirait que j'ai régressé depuis le déménagement, avoué-je.

— Pour vous, vivre avec Ethan apparaissait comme un passage obligé dans votre relation. Auriez-vous des doutes, à présent?

— Je ne suis pas certaine, tout est tellement parfait…

— Pouvez-vous préciser ce que vous entendez par « parfait »?

— Il est le pro de tout. Rien ne cloche. Pro dans son métier. Pro des sports. Pro de la compréhension. Pro du sexe!

— Je ne vois pas le problème.

Je roule les yeux.

— Même quand je rentre d'un vol, il me masse les pieds ! Il est parfait ! Il ne cherche jamais des poux là où il n'y en a pas…

Mon interlocuteur m'interrompt, sourire en coin.

— Une fois l'équilibre atteint, l'humain le rompt pour continuer à le chercher.

— Vous voulez dire que j'essaie de briser ma relation ?

— À mon avis, vous essayez de saboter votre propre bonheur. Personne n'est parfait, même pas votre précieux Ethan. Et même si ses défauts vous charmaient au point où vous penseriez qu'il n'en a pas, ne serait-ce pas merveilleux ?

Je détourne la tête, l'air soucieuse, pour regarder par la fenêtre. Des enfants jouent dans un parc avoisinant. Une femme assise sur un banc les surveille tout en se faisant dorer par les rayons du soleil du mois d'août. Le psychologue continue.

— Pourquoi cela vous inquiète-t-il autant ? Avez-vous si peur de l'amour ?

— J'ai peur, c'est vrai. Peur de m'abandonner et d'être blessée.

— C'est dans la nature humaine de vouloir se protéger.

— Oui, j'imagine. Mais monsieur Pinault, il y a autre chose.

— Quoi donc ?

— Le passé.

Mon psy dépose son carnet de notes sur la table vitrée à sa gauche. Je me demande ce que contiennent ses pages. Peut-être des gribouillis qu'il réalise en faisant semblant d'écouter mon histoire inintéressante. Pourtant, à chaque séance, ma vie semble le captiver. Il se cale dans son fauteuil en cuir noir et croise les jambes avant de poursuivre.

— Le passé? Tout le monde en a un, madame Lambert. On peut apprendre en regardant en arrière, mais dites-vous bien que votre passé ne reviendra pas.

— Je n'en suis pas si sûre. Et s'il revenait me hanter?

— Je ne comprends pas. Que voulez-vous dire?

Chapitre 1

Paris (CDG) – Montréal (YUL)

— Bonjour, je m'appelle Scarlett et je m'occuperai de vous pendant le vol. Du champagne?

La femme à qui je m'adresse referme son sac Louis Vuitton et me jette un regard qui semble dire : « Ma vie, c'est de la merde, alors fous-moi la paix ! » Je me laisse le bénéfice du doute et patiente une seconde auprès d'elle. Mon alléchant plateau garni d'alcool reste à sa portée et, à voir l'expression de cette femme, une pensée me traverse l'esprit : « Allez, noie ta peine, ça te fera du bien. » Pendant les sept prochaines heures, en tout cas…

Son mascara teinte le dessous de ses yeux. Elle a pleuré ? Elle est sortie en discothèque toute la nuit ? Son air frustré me rend imaginative. Elle était partie en vacances avec son mari, ils se sont chicanés et elle revient seule ? Peut-être est-il décédé et son corps se fait-il rapatrier dans la soute sous nos pieds ? Je demanderai au commandant, il saura si nous avons un cercueil à bord. Voyons, Scarlett, elle a l'air frustrée, pas endeuillée ! Elle s'est fait tromper ? Attaquer ? Je cesse d'échafauder des scénarios lorsque sa main à la manucure de première classe (c'est d'ailleurs dans cette section de l'avion que cette femme se trouve) saute sur l'appât en vue et s'empare du verre de champagne pendant que moi je me retire, de peur de me faire attaquer.

Je m'adresse à l'homme assis sur le siège adjacent à Mme Mascara-qui-coule :

— Du champagne ?

— Volontiers ! me répond-il.

Plus sympathique, celui-là. La cinquantaine, mâchoire carrée à la Hugh Jackman, beau sourire, chemise, cravate. Un homme d'affaires charmant. Son séjour à Paris s'est de toute évidence bien déroulé. Tout le contraire de sa voisine, qui vient d'engloutir le liquide pétillant tel un *shooter* descendu derrière un bar. Son allure camoufle sa beauté. Visiblement, elle boit par dépit. Un autre champagne ne pourra que l'aider un peu. Je lui présente de nouveau le plateau pour qu'elle se serve. Elle ne se fait pas prier. Deux ou trois verres et elle s'endormira comme un bébé, me dis-je avant de me raviser : les bulles ne font-elles pas l'effet contraire ?

***

Il s'en est passé des choses, en un an ! Lorsque Rupert-porte-malheur est parti vivre en banlieue avec René, Béa et moi avons loué un joli appartement situé près d'un parc afin de me donner une impression d'espace, moi qui ne raffole pas de la ville. Le bail échu, j'ai décidé d'aller vivre avec Ethan. Un an de relation, n'était-ce pas suffisamment sérieux pour faire le grand saut ? Quant à Béa, elle vient tout juste de louer un appartement dans le Vieux-Montréal avec son amie Pénélope. « C'est ma dernière année en colocation, m'a-t-elle dit, le temps que je mette de l'argent de côté pour me payer un condo bien à moi ou que je rencontre l'homme de ma vie et qu'on s'installe ensemble dans une magnifique maison!» Béa, prête à se caser? Difficile à croire, surtout depuis qu'elle vit avec son amie styliste. Mais ça, on en reparlera: c'est maintenant le temps de vérifier la cabine pour le décollage.

— Madame, comme vous êtes assise à la première rangée, vous n'avez pas d'espace de rangement sous vos pieds. Puis-je récupérer votre sac et le déposer dans un compartiment?

J'ai choisi la longue explication, car Mme Mascara-qui-coule a l'air du genre à répondre qu'elle garde son sac sur elle. Le pourquoi du comment ne laisse place à aucune argumentation.

— Vous me le rendrez après le décollage? interroge-t-elle, sceptique.

«Non, je vais vous le voler...»

— Bien sûr, réponds-je.

— Vous m'apporterez un autre verre de champagne, dans ce cas.

Dans ce cas? Le troc est-il devenu monnaie courante dans un avion? Son sac contre du champagne? Je fais fi de sa demande. J'aurai bien le temps de lui offrir à boire une fois en vol. De retour dans ma *galley*, je croise Rupert, qui me tend un verre.

— Tiens, va lui porter ça, dit-il.

— Mais on va décoller d'une seconde à l'autre! Ça peut attendre.

— Scarlett, s'il te plaît. Je te raconterai, insiste-t-il.

Je lui obéis. Il est mon supérieur, après tout. J'ai moi-même peine à le croire, mais mon ami porte-malheur est devenu chef de cabine. Une idée stupide, à mon avis, mais, selon lui, raisonnée pour emplir son compte en banque. Il exerce assez bien ses nouvelles fonctions, sauf que j'ai toujours peur des conséquences pour notre avion. En effet, un chef de cabine est en théorie responsable du bon déroulement du vol. Sauf que Rupert-porte-malheur, lui, est la cause principale des incidents qui surviennent à bord. Mme Mascara-qui-coule serait-elle une bombe à retardement que Rupert encourage inconsciemment à exploser en l'aidant avec des bulles?

***

Ding!

Le signal des ceintures s'éteint. Nous avons passé la barre des 10 000 pieds et pouvons circuler dans la cabine. Je me lève de mon strapontin. J'entends le siège en cuir se rabattre d'un coup contre le dossier. Je demande à Rupert:

— Qu'est-ce qui se passe avec la dame au 1 A?

— Elle a surpris son mari dans les bras d'une autre femme.

Je porte ma main à la bouche pour ne pas m'exclamer. Mes sourcils se froncent d'incrédulité.

— T'es sérieux? Comment tu peux savoir ça?

— Elle me l'a dit. Elle pleurait tellement à l'enregistrement que l'agent au sol voulait que je la rencontre pour la calmer.

— La pauvre. Elle t'a tout raconté?

— Seulement qu'elle allait rejoindre son mari, qui était à Paris pour affaires, et que, pour lui faire une surprise, elle avait devancé son arrivée. En ouvrant la porte de la suite, elle l'a surpris en flagrant délit.

— Ouache!

J'imagine la scène. La femme, prête à surprendre son mari, se fait elle-même surprendre. Sa rétine s'ajuste. Son cerveau analyse l'action. Ce n'est pas un film mais la réalité. La femme explose. Les larmes coulent. Les cris jaillissent.

— C'est le genre d'histoire qui donne froid dans le dos, surtout quand on est en couple, ajoute Rupert.

— Mieux vaut ne pas y penser. Tout compte fait, 1 A mérite d'autre champagne ! dis-je avec conviction, prête à la soûler par compassion.

Une fois que j'ai franchi le rideau, je suis heureuse de voir que Mme Mascara-qui-coule jase avec Hugh Jackman, assis au 1 B. Je prête discrètement attention à leur conversation.

— J'étais à Paris pour le travail. Je suis représentante chez L'Oréal, ment-elle.

— Moi aussi, j'y étais pour affaires, ajoute-t-il, sans plus.

Visiblement, elle désire conserver le silence sur la raison de son voyage. Son voisin m'a l'air aussi discret qu'elle. J'interviens brièvement :

— Bonjour, désolée de vous interrompre. Vous aimeriez manger pendant le vol ?

Madame 1 A hoche la tête. Dieu qu'elle a mauvaise mine ! Le champagne ne fait pas effet, à ce que je vois. Quant à Hugh Jackman, il me confirme « volontiers » de sa voix grave et virile qu'il désire manger.

— Aujourd'hui, nous avons au menu un filet mignon à la sauce au porto, des pappardelles aux champignons ainsi qu'un suprême de poulet en sauce aigre-douce. Que préférez-vous ?

Je lève les yeux en attente d'une réponse. Le silence règne. Puis, la femme ouvre la bouche pour s'exprimer. Hugh Jackman aussi, en même temps qu'elle.

— J'aimerais bien avoir… Ah ! désolé, dit-il en regardant sa voisine, je vous ai coupé la parole.

— Pas de problème, allez-y.

— Non, les dames d'abord, insiste-t-il.

— Hum, eh bien, je prendrai les pâtes, bafouille-t-elle.

— Même chose pour moi…

Il lui jette un regard complice qui fait rougir les pommettes de la femme jusqu'à ce qu'elle étire ses lèvres pulpeuses pour lui sourire. L'intrus, ici, c'est moi. Je me racle la gorge afin de regagner leur attention.

— Désirez-vous quelque chose à boire avant le repas?

— Il vous reste de ce champagne que vous m'avez offert tout à l'heure?

— Certainement. Et pour vous, monsieur?

— Également...

De charmantes fossettes creusent ses joues. Quel bel homme! Je ne suis pas la seule à l'avoir remarqué. Mme Mascara-qui-coule aussi. Je me dis que ça ne pourra que lui faire du bien.

Les commandes prises, je retourne dans ma *galley*. Rupert prépare les verres pendant que je fais la distribution. Entre deux services, Mme 1 A s'est levée pour utiliser les toilettes. En lui tendant son verre, j'ai remarqué que le mascara sous ses yeux avait disparu. Depuis, elle n'a pas cessé de discuter avec son voisin. Je me demande où est passée cette femme triste et meurtrie du début du vol. Pendant le repas, elle rayonne davantage à chaque bouchée. Lorsque je viens lui offrir un digestif, je remarque que son siège est vide. Son voisin commande pour elle.

— Elle aimerait avoir un autre verre de champagne, s'il vous plaît.

J'aurais dû m'en douter. Elle doit être en train de se refaire une beauté.

— Je pense que 1 A a déjà trouvé un remplaçant à son mari, dis-je à Rupert quelques instants plus tard.

— Ah oui? 1 B?

— Exactement. Il n'arrête pas de la dévorer des yeux, et vice-versa.

— Elle a peut-être rencontré son second mari! blague Rupert.

— C'est possible!

— Ha! ha! Toi et tes scénarios de princesse!

— Quoi? J'en suis le parfait exemple. J'ai bien rencontré Ethan sur un vol!

— Je te l'accorde, sauf que René et moi avions tout orchestré...

— La première fois, non !

— Béa, alors, dit-il.

— Même pas ! Elle a juste insisté pour que je lui parle, rien d'autre.

Rupert n'a pas le temps de riposter : la sonnerie du poste de pilotage bourdonne. « *Anyway !* » dis-je avec désinvolture avant de décrocher le combiné :

— Oui, c'est Scarlett.

— Salut, c'est Robert. Je te prendrais un café, deux laits, deux sucres, et Thierry prendrait…

Le commandant fait une pause, le temps d'interroger son premier officier.

— Un verre de lait, ajoute-t-il.

« Un verre de lait ? » me dis-je.

— C'est tout ?

— Oui, merci !

Je raccroche le combiné.

— Qu'est-ce qu'ils voulaient ? m'interroge aussitôt mon acolyte, préoccupé par le confort des pilotes.

— Ils veulent juste des cafés.

« Pour être exact, un café et un verre de lait », me dis-je, un peu dégoûtée par la demande. Le lait n'est-il pas meilleur avec des biscuits ? Avec une pâtisserie ? Un verre de lait en plein milieu de la journée me laisse toujours un goût de caillé dans la bouche. Je déteste ça. Cette requête sort de l'ordinaire. Pour les pilotes, je fais toujours des cafés. Beaucoup de cafés. Rarement des thés. Encore moins des jus de tomate. Mais d'où il sort, celui-là, avec son verre de lait ? Un pilote intello, j'imagine.

Je prépare aussitôt les boissons. Pour le café, j'y vais à l'œil. Je verse une cuillère à thé d'instantané dans la tasse en espérant qu'il ne sera ni trop fort ni trop fade. Je n'ai aucun talent en matière de mélanges. Enfin, c'est ce que je pense, bien que je n'aie jamais reçu de plaintes. Les pilotes, à quelques exceptions près, possèdent au moins une qualité : ils ne sont pas difficiles, côté demandes. À part Thierry, bien entendu. En ce qui concerne les autres louanges, je les ai oubliées en même temps que John a trompé sa femme avec moi. Je suis redevenue la Scarlett qui ne fricote pas avec les pilotes. Avec personne d'autre, d'ailleurs, que mon parfait Ethan.

— Je vais entrer dans le poste, dis-je à Rupert. Tu peux aller porter du champagne à 1 A lorsqu'elle sortira des toilettes ?

— Pas de problème. Toi, tu peux demander au commandant si on a gagné du temps ?

— D'ac !

Je tape le code de sécurité. Une sonnerie se fait entendre jusqu'à ce que le commandant déverrouille la porte de l'intérieur. D'un coup de hanche, je pousse et entre.

— Le café, annoncé-je en tendant le contenant au commandant.

— Merci !

— Et le verre de lait pour Thierry, ajouté-je sans montrer le moindre signe de moquerie.

Le premier officier attrape son verre et me lance un court merci, sec et gêné. Il ne s'est pas présenté à temps ce matin lorsqu'on est entrés dans l'avion. Seul Robert, le commandant, a fait son *briefing* à l'équipage.

— Vous êtes restés longtemps à Paris ?

— Vingt-quatre heures, précise le plus bavard des deux.

— Ah ! moi aussi.

Un silence s'ensuit. Je manque d'imagination, côté conversation. Avant de partir, je m'acquitte de ma dernière tâche.

— Rupert fait demander si on a gagné du temps.

Thierry s'empresse de me répondre. Il consulte ses instruments de bord et sa feuille de route, puis m'explique la situation.

— Depuis 53 degrés nord et 20 degrés ouest, les vents ne nous ont pas donné de chance. Finalement, à 30 degrés ouest, ça s'est amélioré. On est passés de Mach 0,75 à Mach 0,8.

Des points d'interrogation s'affichent sur mon visage. Quelle précision ! Je parle trois langues, mais malheureusement celle-ci n'en fait pas partie. Le commandant ne me voit pas mais décode mon silence et arrive à la rescousse.

— On a gagné deux minutes. Rien de plus. Il reste trois heures de vol.

— Merci pour la traduction, dis-je avant de sortir tout en ne pouvant m'empêcher de penser que j'avais raison : Thierry Verre-de-lait est un intello.

***

En fermant la porte derrière moi, je vois Rupert qui m'attend, l'air coquin.

— Je pense qu'on a donné trop de champagne à notre madame…

Il rit et met la main sur sa bouche comme s'il avait été témoin d'un scandale.

— Qu'est-ce que tu veux dire ?

— Va voir toi-même.

J'hésite un instant avant de suivre ses indications. J'anticipe la scène de l'autre côté du rideau. Je suis convaincue de savoir ce que je découvrirai. Rien de nouveau : une passagère qui se croit à la maison. Comme si un avion était la demeure personnelle de chacun des passagers. C'est ce qu'ils pensent, en tout cas. Quand l'un d'eux se décrotte les orteils, l'autre dépose ses pieds nus sur le siège de devant ou s'applique du vernis sur les ongles. Avec l'alcool qu'elle a ingurgité, Mme Champagne suivra le troupeau. Je la découvrirai bien calée dans son fauteuil, jambes soulevées, pieds plaqués contre la cloison, mâchoire affaissée, ronflements et bouche béante.

J'écarte discrètement le rideau. Les volets sont baissés et l'obscurité règne dans la cabine. J'ai sûrement vu juste : ils doivent dormir à poings fermés. Je me glisse dans l'allée, un plateau à la main. Je ne suis pas une espionne, seulement une gentille hôtesse attentive aux besoins de ses passagers. Soudain, mon regard se fixe sur la première rangée pendant que mes jambes continuent de déambuler dans l'allée. Les yeux ronds comme des billes, je suis éberluée. J'essaie d'assimiler ce que mes yeux parviennent à peine à discerner. Eh oui! C'est bien ce que je disais: comme à la maison…

Chapitre 2

Quelque part au-dessus de l'Atlantique

En voyant la scène qui se déroule sous mes yeux, une impression de déjà-vu m'envahit. C'était le jour où j'ai emménagé officiellement chez Ethan. J'aurais préféré qu'on s'achète quelque chose ensemble, mais comme il a sa propre firme d'architecture, il souhaitait prendre le temps de dessiner lui-même les plans de notre future maison. J'étais à l'aise avec le fait de m'installer temporairement chez lui. Une sorte de test, pour savoir si nous cohabitions bien.

Ce jour-là, mes boîtes en carton étaient éparpillées un peu partout dans le salon. Je suis retournée à la voiture pour chercher une dernière valise. En franchissant le pas de la porte, j'ai vu mon amoureux, torse nu, en sueur, au milieu de ce bordel.

— Je suis heureux que tu fasses partie de ma vie, m'a-t-il dit.

J'ai senti son amour m'atteindre en pleine poitrine. L'expression de cette pensée, j'en avais bien besoin.

Surtout qu'Ethan n'est pas un grand verbalisateur. Moins il en dit côté sentiments, mieux il se porte. «Les mots peuvent mentir, pas les gestes», affirme-t-il souvent. Je suis d'accord, sauf qu'une simple phrase comme celle-là peut me transporter dans une autre dimension.

— Tu sais ce que j'aimerais en ce moment? lui ai-je demandé en lui faisant les yeux doux.

Il a lu dans mes pensées et s'est avancé vers moi d'un pas décidé. Sa main s'est posée sur ma nuque pour remonter jusqu'à ma chevelure retenue en queue de cheval. Il a ensuite enroulé ma couette fermement entre ses doigts. Prise au piège, j'ai avancé ma bouche avidement vers la sienne. Pendant que mon amoureux ne pensait qu'à retirer mes vêtements, j'ai souhaité que nos baisers ne soient jamais enfermés dans une de ces boîtes. Je me suis juré que, quoi qu'il arrive, je ferais en sorte de raviver la flamme si un jour elle s'éteignait.

Le lendemain, une odeur de sueur flottait encore dans la pièce. Je crois bien avoir eu l'air de Mme Champagne pendant nos ébats. Sauf que moi, j'étais dans mon salon, pas dans un avion…

***

— Mmm… fait la femme en se tortillant sur son siège.

Je suis sous le choc! Je n'ai jamais rien vu de semblable. 1 A, cheveux ébouriffés, chemise ouverte à visibilité optimale, est en train de fricoter avec 1 B! Là, sans gêne, en première! Estomaquée, je retourne me cacher dans la *galley*.

— Rupert! Tu as vu ça?

— Je trouve ça drôle…

— Comment ça, drôle? Il a sa main sous sa jupe!

— Elle le mérite, tu ne penses pas?

— Voyons, on est dans un endroit public!

— Scarlett, que tu peux être pudique! renchérit mon collègue, qui semble disposé à laisser les deux tourtereaux continuer.

— Pudique? Pas du tout! C'est complètement déplacé de faire ça ici.

— Tu as raison, sauf que, pour le moment, les volets sont fermés, il fait noir partout dans la cabine et les voisins dorment. Il reste trois heures de vol. Ils vont finir par arrêter.

— J'espère, parce que je suis trop gênée pour aller les déranger.

Nous convenons de leur donner jusqu'au prochain service pour se rassasier l'un de l'autre. En résumé, ils ont presque deux heures pour faire joujou. Si ce n'est pas être compréhensif, ça, je ne sais pas ce que c'est. Je parviens de nouveau à franchir le rideau en ignorant la première rangée. Je tiens à m'assurer que les autres passagers n'ont pas eu conscience de ce qui se passe à proximité. Dans le cas contraire, je devrai intervenir. Curieusement, personne ne prête attention au couple. Un passager visionne un film. Un autre écoute de la musique. Celui-ci dort à poings fermés. Tout est sous contrôle. À mon retour à l'avant, je note que la main baladeuse de Hugh Jackman profite discrètement du décolleté plongeant de Mme Champagne. «Comme s'ils n'avaient pas pu attendre qu'on atterrisse!» m'offusqué-je.

***

— Je vais sortir, m'annonce Thierry.

— Il était temps! Il n'est pas sorti une seule fois du poste de pilotage. Si j'étais lui, j'aurais une de ces envies! dis-je en blaguant à Rupert et à Anaïs, une collègue venue en visite depuis l'arrière.

Le premier officier referme la porte derrière lui et nous sourit d'un air gêné.

— Ça va? lui demandé-je pour le mettre à l'aise. Tu veux autre chose?

— Non, ça va, merci.

Il se précipite sans attendre dans les toilettes. Il est timide et, d'une certaine façon, je le comprends. Je suis consciente que, pour la plupart des pilotes, une *galley* remplie d'agents de bord n'est pas très accueillante. Nous sommes là à jaser de sujets personnels depuis quinze minutes et eux débarquent au beau milieu de la conversation. Difficile de s'intégrer, et ça ne les intéresse pas nécessairement. J'élabore une théorie à partir de ma connaissance des pilotes. Si nous parlons de trucs de filles, la visite va durer le temps d'un pipi. Si nous abordons des sujets d'actualité, cinq minutes maximum. Mais si nous parlons de sexe, alors là, le second pilote, demeuré dans le poste, va rester seul longtemps. Voyons voir.

— On a un couple en feu en première ! annoncé-je à Thierry dès qu'il termine sa besogne.

— Perturbateurs ? Selon les procédures, nous devrions…

— Non, tu ne comprends pas, lui dis-je en lui lançant un clin d'œil insistant.

Thierry l'intello enfonce ses lunettes sur son nez. Peut-être que j'ai vu faux, finalement. Il préfère sûrement l'électronique. Je précise :

— Ils font des cochonneries sur leurs sièges. Hein, Rupert ?

Je lui donne un coup de coude. Il sursaute.

— Oui oui, approuve-t-il. Il a la main sous sa jupe !

Le pilote ouvre grand les yeux. Ses pupilles se dilatent comme celles d'un chat à l'affût d'une souris. Il aime l'électronique, mais aussi le sexe, finalement.

— Va voir, ça vaut la peine !

Sans hésitation, il suit mon conseil. Son aller-retour éclair de l'autre côté du rideau me donne l'impression que Thierry l'intello est plus olé olé que je n'aurais pu l'imaginer.

— Ouf, c'est cochon ! s'exclame-t-il une fois de retour dans la *galley*.

Nous rions en chœur.

— Bon, je vais retourner à mon poste, ça me donne des frissons! blague-t-il.

— Saute pas sur le commandant, là! ajoute Rupert avant de se rendre compte que son commentaire ne s'applique qu'à lui. Désolé, corrige-t-il, ça m'est venu instinctivement!

***

Il ne reste que deux heures avant d'atterrir à Montréal. Hugh Jackman et Mme Champagne ont encore fait monter la température en cabine. Puis, à mon grand bonheur, ils ont fait une pause pour jaser un peu. J'ose espérer qu'ils ont pris le temps d'échanger leurs prénoms. L'air triste de 1 A n'existait plus. Elle était radieuse. Toutefois, maintenant que leur bla-bla est terminé, ils recommencent à se bécoter. J'explose d'impatience en regardant Rupert.

— Bon, me semble qu'on a été indulgents!

Mon collègue approuve d'un signe de tête avant d'annoncer la prochaine étape du vol à l'interphone.

— Dans un instant, nous vous servirons une petite collation. Si vous désirez manger, veuillez baisser votre tablette et, par courtoisie pour le passager derrière vous («Oui, il y a quelqu'un derrière qui veut manger sans avoir votre appuie-tête dans le front...»), veuillez redresser le dossier de votre siège. Merci!

Rupert raccroche le combiné avant d'aller vérifier à la première rangée si son annonce a suscité des résultats. Négatif. Il prend alors les grands moyens.

— Pardon... dit-il, gêné.

Aucune réaction.

— Pardon! grogne-t-il si fort qu'il me fait sursauter dans la *galley*.

Par professionnalisme, il se ressaisit et affiche de nouveau un air gentil.

— C'est maintenant le temps de remonter les volets, annonce-t-il en espérant que le message soit reçu.

Il agite la main de haut en bas pour inciter Mme Champagne à remonter le panneau du hublot. Il continue jusqu'à ce qu'elle obéisse. Satisfait, il fixe ensuite Hugh Jackman d'un air sévère et, tel un papa sermonnant son enfant, il précise :

— Les mains restent sur vos cuisses et le hublot grand ouvert. Compris ?

L'intervention de Rupert porte fruit jusqu'à l'atterrissage et je peux terminer mon service en paix. Curieusement, les passagers n'ont rien remarqué. À bien y réfléchir, puisque personne (à part l'équipage) n'a été témoin de la scène, je dirais que j'ai accompli ma bonne action de la journée. Il y a des hommes qui brisent des cœurs, mais il en existe aussi qui les réparent entre Paris et Montréal. Quel exploit ! Je me demande s'ils vont se fréquenter. Je les observe patienter à leurs places pendant que les autres voyageurs sortent. Hugh Jackman lui tient la main et chuchote quelque chose à son oreille. Il veut la revoir ? Il est fou d'elle ? Si c'est le cas, j'avais déjà remarqué.

L'appareil se vide plus rapidement qu'ils ne l'auraient espéré. Encore deux ou trois personnes et ils devront également partir. L'homme continue de murmurer à la femme. Plus les mots lui parviennent, plus je remarque son expression qui change. De radieuse à surprise, de surprise à… folle de rage !

Elle bondit de son siège et retire d'un coup sa main d'entre celles de l'homme.

— Espèce de connard ! s'écrie-t-elle, furieuse.

J'avance dans l'allée, prête à intervenir. Sa colère me donne l'impression qu'elle pourrait le frapper. Je n'y comprends rien. Une seconde plus tôt, c'était l'amour fou, et la seconde d'après, la haine. La voilà qui se lève, ramasse son sac à main Louis Vuitton et sort en coup de vent de l'appareil. Ébahie, je me tourne vers Rupert et hausse les épaules pour témoigner de mon incompréhension. Il avance jusqu'à la première rangée pour s'informer.

— Je peux vous aider, monsieur ?

— Non, merci, répond-il sans le moindre embarras dans la voix.

Il se lève, déplie son veston noir, l'enfile en restant bien droit, prend sa mallette de cuir et sort à son tour.

— Qu'est-ce qui vient de se passer ? demandé-je, légèrement abasourdie, en récupérant ma valise dans le compartiment supérieur.

— Aucune idée, répond Rupert, tout aussi surpris que moi.

***

— Combien de membres d'équipage ? me demande la douanière.

— Neuf.

— Le compte des passagers ?

— Hum…

Je ne m'en souviens plus. Je fais demi-tour pour demander à Rupert, qui attend son tour dans la file derrière moi.

— Deux cent trente passagers et deux bébés, précise-t-il.

L'agente inscrit le nombre sur son document et scanne ensuite mon passeport. Elle consulte son ordinateur. En temps normal, un brin de nervosité m'habiterait. Quelles sont les informations qui s'affichent à l'écran ? L'inconnu m'inquiète toujours. Mais cette fois-ci, c'est différent. Je suis détendue, car mes idées sont ailleurs. Avec Hugh Jackman et Mme Champagne. Le mystère demeure entier.

— Elle l'a traité de connard, Rupert, lui expliqué-je en remettant ma carte de déclaration au dernier point de fouille.

— Elle avait tellement l'air de l'adorer pendant le vol !

— Justement, qu'est-ce qu'il lui a dit à l'oreille, selon toi ?

— Qu'il ne voulait pas la revoir ? tente mon collègue.

— Sûrement, mais pourquoi ? Il ne l'a pas lâchée pendant tout le vol ! Ça doit être toi et ton mauvais sort qui avez fait chavirer la situation, lui lancé-je à la blague tout en y croyant un peu malgré moi.

Les portes automatiques s'ouvrent sur l'aire d'arrivée. Tous ces amis et parents qui attendent leurs proches me scrutent à la loupe. Certains jours, ils pourraient, d'après mon allure, savoir si le vol s'est bien passé. Je traverse la foule et m'arrête pour embrasser Rupert avant de partir. Il emprunte les escaliers tandis que je fais demi-tour vers l'extérieur à la recherche d'Ethan, qui doit venir me chercher en voiture. Un rapide coup d'œil me révèle qu'il n'est pas encore arrivé.

Soudain, j'aperçois Hugh Jackman près d'une Mercedes. Une femme en sort pour l'accueillir. Chevelure blonde, belle silhouette, elle s'approche de lui pour l'enlacer. Ne voulant pas être remarquée, je me cache derrière une poubelle. Sur le trottoir, ils s'embrassent un moment. J'ai l'impression d'être témoin d'un horrible crime que je devrai taire à tout jamais. Ne suis-je pas complice ? Incapable de détourner mon regard de cette alliance qui vient d'apparaître à l'annulaire gauche du mari, je m'interroge. Les hommes seraient-ils tous des tricheurs ? John a bien trompé sa femme avec moi. Blottie dans ma cachette, je suis saisie par une pensée qui me transperce le cœur : « Mon beau Ethan serait-il capable de faire la même chose ? » Je chasse cette idée lorsque j'entends une voix masculine m'interpeller.

— Scarlett ? Qu'est-ce que tu fais cachée derrière une poubelle ?

Prise en flagrant délit, je me lève d'un bond, gênée, puis me glisse dans la voiture aussi vite que possible afin de ne pas être remarquée par celui qui, dans mon esprit, s'appelle désormais Eurk! Jackman.

— Allez, file! ordonné-je à mon amoureux après un baiser.

— Tu es belle avec ton air mystérieux.

Je me ravise. «Jamais Ethan ne pourrait faire une chose pareille», pensé-je. Mais n'y a-t-il pas un dicton qui conseille de ne jamais dire jamais?

Chapitre 3

Lisbonne (LIS)

— Mesdames et messieurs, ici votre commandant. Nous avons amorcé notre descente vers la ville de Lisbonne. Température à destination : ensoleillé, 30 degrés Celsius. J'espère que vous avez apprécié ce vol. Au plaisir de vous revoir sur les ailes de VéoAir !

Le signal des ceintures s'allume. Je fais signe à Béa que je vais vérifier sa section.

— Reste assise, lui dis-je pendant qu'elle engloutit un muffin.

Je me faufile parmi les passagers et m'assure qu'ils sont bien attachés. C'est toujours plus facile du côté de l'allée, car les ceintures détachées pendent sur le bord du siège. Je rappelle à l'ordre deux ou trois personnes inattentives et poursuis ma tâche d'un air gêné. Je me sens observée. Ce regard posé sur moi me met mal à l'aise. Des yeux de chat d'un bleu perçant guettent leur proie : moi. C'est l'avion qui nous fait cet effet. Là où tout a commencé. Je m'arrête à la rangée n° 18.

— Je vais t'attendre près des bagages.

— Tu as l'air troublée, constate mon amoureux en faisant fi de mon commentaire précédent. C'est moi qui t'intimide ?

Il esquisse un fier sourire et saisit mon petit doigt. Je rougis et me penche pour lui chuchoter à l'oreille :

— J'ai hâte, c'est tout…

— Tu ferais mieux de ne pas être trop fatiguée, alors, me conseille-t-il de son air charmeur.

— Bon, on s'attend aux bagages ! répété-je sans laisser mon imagination s'emballer.

Je poursuis mes vérifications et balaie les rangées du regard tout en rêvassant. Pour la première fois depuis que nous sommes ensemble, Ethan m'accompagne lors d'une escale. Un court séjour de quarante-huit heures à Lisbonne, une ville que nous adorons tous les deux. J'ai pensé que nous pourrions passer la première soirée en amoureux et proposer à Béa de se joindre à nous pour la journée libre dont nous disposons. Nous avons prévu louer une voiture et remonter la côte vers le nord, car on m'a dit que les plages y sont magnifiques.

— Je m'occupe de notre première soirée, a insisté Ethan lorsque je lui ai fait part de mes projets.

— Tu proposes quoi ? ai-je demandé, curieuse.

— C'est une surprise !

Je n'ai pas creusé pour en savoir davantage, car en matière de surprises, Ethan est un pro. Je l'ai dit à M. Pinault : il est parfait ! J'ai beau chercher une faille, je n'en trouve pas. Se pourrait-il qu'il soit aussi pro pour dissimuler ses défauts ? Je réfléchis à la question tout en demandant machinalement à une passagère de pousser son sac sous le siège. Une fois la cabine sécurisée, je rejoins ma meilleure amie à l'avant.

— C'est fou comme Ethan m'intimide dans un avion, lancé-je en franchissant le rideau.

— Qu'est-ce qu'il a fait encore ?

— Rien. Il fait juste me regarder et je fonds. Dire qu'on s'est rencontrés ici il y a un peu plus d'un an…

— Ça passe vite quand c'est le bon.

J'acquiesce tout en l'aidant à nettoyer la *galley* en vue de l'atterrissage. Pendant que je jette les liquides restants dans la toilette, je me plais à envisager différents scénarios pour la soirée qui s'en vient.

— Je me demande ce qu'Ethan a prévu comme surprise.

— Des fleurs, pour faire changement? propose avec ironie Béa en faisant allusion aux deux dernières fois où il a tenté de me charmer.

— Ha! ha! Tout ce qu'il a à faire, c'est trouver un bon resto, pas de me sortir le grand jeu!

— Ça fait un an que vous êtes ensemble, tu ne sais pas ce qui peut arriver… Au fait, tu me prêtes ta crème à mains? J'ai oublié de m'en racheter, me demande-t-elle en changeant de sujet.

Toute hôtesse qui se respecte en possède un tube, car avec l'expérience on devient des fanatiques de l'antiseptique. Après chacune de mes visites en cabine, une séance d'extermination des germes s'ensuit. Si la toilette est occupée, c'est le Purel assuré. Et l'alcool n'attendrit pas l'épiderme, il le martyrise. Dans ma valise, j'ai toujours le nécessaire pour m'hydrater… «Dans ma valise!» m'aperçois-je, déçue.

— Tu ne croiras pas ce qui m'est arrivé, dis-je avant de lui raconter l'anecdote de Mme Champagne.

— *No way!*

— J'étais tellement sous le choc que je ne me suis même pas rendu compte que j'avais pris le *carry-on* de Rupert en sortant de l'avion. Lui non plus, d'ailleurs. Ce n'est qu'une fois à la maison que je me suis aperçue de l'échange.

— Tu n'as pas eu le temps d'aller le récupérer?

— Non, je volais aujourd'hui et lui travaille demain. Comme je n'avais pas le temps de monter chez lui, je me suis dit qu'il serait plus simple de conserver ma valise et lui la mienne. J'ai déposé à la salle d'équipage le peu de choses qu'il avait dans un sac et lui fera la même chose demain avant son vol. Plus facile et plus rapide.

— Merde...

Ma meilleure amie se mordille la lèvre inférieure.

— Quoi ? Qu'est-ce que j'ai fait ?

— Tu es certaine que tu veux garder la valise de Rupert ?

— Qu'est-ce que ça change, que ça soit la sienne ou la mienne ? Elle roule, c'est ce qui compte.

— Rupert-porte-malheur... ajoute-t-elle, semant un doute dans mon esprit superstitieux.

— Tu crois que la malchance pourrait contaminer des objets ? demandé-je, apeurée.

— C'est bien possible. Sa valise pourrait être damnée.

Je vire au blanc, terrorisée. Les superstitions, c'est tout moi. N'avais-je pas vu un chat noir dans une ruelle à Rome lorsque John m'avait poussée contre le mur pour me faire l'amour ? Ça n'augurait rien de bon. À voir comment notre histoire a basculé du mauvais côté... Béa me ramène à la réalité.

— Ha ! ha ! Je déconne !

Je ne réponds pas, encore sceptique.

— Scarlett, reprend-elle sérieusement. Ce n'est qu'une valise. Ces choses-là n'existent pas.

Je me ressaisis. C'est vrai que j'ai toujours eu tendance à laisser mon imagination divaguer. D'ailleurs, pourquoi avons-nous abordé ce sujet ? L'idée de départ me revient.

— Tout ça pour dire que je n'ai pas de crème à mains, lui réponds-je tout en prenant la bouteille de champagne entamée sur le comptoir pour la vider à son tour dans la cuvette.

Béa m'en empêche.

— Non, pas celle-là ! Si on n'a rien pour s'hydrater, on va au moins avoir les mains douces pour l'atterrissage.

Je la regarde, perplexe.

— Avec du champagne ?

— Bien sûr ! Tends tes mains, m'ordonne-t-elle, visiblement heureuse que je me prête au jeu.

Elle ouvre deux sachets de sucre et les retourne dans mes paumes ouvertes. Elle ajoute ensuite une tranche de citron et m'invite à me frotter les mains. Un exfoliant naturel, m'explique-t-elle. « Plutôt collant comme mélange », me dis-je en m'avançant au-dessus du lavabo pour me rincer.

— Attends ! C'est moi qui vais le faire, m'instruit-elle en versant la boisson des riches sur ma peau.

Le liquide s'étend jusqu'au bout de mes doigts. Il pétille, je sens les bulles agir sur mes pores encore collants.

— Il n'y a que dans un avion que j'oserais me laver les mains au champagne sans me sentir coupable ! m'exclamé-je, prenant conscience du gaspillage obligé auquel se soumettent les compagnies aériennes pour être conformes aux lois internationales.

— Moi aussi. Je préférerais le boire ! Mais à moins qu'un jour je sorte avec P. Diddy…

Elle me décoche un clin d'œil complice. Avec elle, c'est bien possible ! Elle a un don pour rencontrer des gens riches. Depuis qu'elle vit avec sa nouvelle colocataire, Pénélope, elle a ajouté à son répertoire le mot « célèbre » après le mot « riche ». Un souvenir d'un certain après-midi d'été refait surface…

***

— Tu m'accompagnes au marché tout à l'heure ? lui avais-je demandé il y a quelques semaines.

— Ça me tenterait, mais je suis avec un ami. Il va se joindre à nous, si ça ne te dérange pas, m'avait-elle annoncé au bout du fil.

J'avais acquiescé, contente de pouvoir passer un moment avec Béa, qu'elle soit seule ou avec un de ses nombreux amis. Il faut dire que depuis mon

39

emménagement avec Ethan, Béa et moi nous étions vues moins souvent, et c'était encore le cas. Je l'ai attendue pendant presque une heure avant qu'elle se pointe en bas du bâtiment. En la voyant arriver, je suis descendue de ma voiture pour la rejoindre.

— *Scarlett, this is Brian. Brian, Scarlett.*

— *Hi, Brian,* avais-je dit en m'avançant pour lui serrer la main. *Where are you from*[1]*?*

— *Los Angeles.*

J'étais surprise de rencontrer cet « ami », car il arborait un style différent de celui qui plaisait normalement à ma meilleure amie. Il portait un jean noir qui rendait encore plus chétives ses jambes maigrichonnes. Ses cheveux longs reluisants lui donnaient un aspect négligé et sale. Ses traits tirés témoignaient d'une vie mouvementée.

Nous étions montés à bord de ma voiture et avions filé vers le marché. Le visage de Brian apparaissait dans mon rétroviseur. Béa n'avait rien précisé à propos de lui, sauf qu'elle l'avait rencontré la veille en ville. Je connaissais bien mon ancienne colocataire et je savais qu'elle ne fréquentait pas n'importe qui. Cet homme assis sur le siège arrière ne pouvait pas être un simple touriste californien en visite à Montréal. Je m'étais mise à interroger le mystérieux inconnu afin de préciser son identité.

— *Brian, are you an actor?*

— *No, I'm not,* avait-il répondu sans sembler surpris par mon interrogation.

— *Are you a singer*[2]*?*

Il avait hésité, puis m'avait confirmé que c'était le cas sans pour autant en dire davantage.

— Hum, ton visage ne me dit rien… avais-je affirmé avec franchise.

---

1. — Scarlett, je te présente Brian. Brian, Scarlett.
   — Salut, Brian. Tu viens d'où ?
2. — Brian, es-tu acteur ?
   — Non.
   — Chanteur ?

— Je joue dans un groupe, s'était-il décidé à m'avouer tout en préservant le mystère.

— Tu es le chanteur?

— Non, le guitariste.

J'avais l'impression de jouer à ce jeu où les participants portent sur le front un petit papier affichant le nom d'une personne connue et doivent poser des questions pour en découvrir l'identité. Ce Brian me donnait des éléments d'information au compte-gouttes. Béa restait muette, les cheveux dans le vent, comme si la situation était normale.

— Est-ce que je connais le groupe? avais-je poursuivi.

— Peut-être.

— Il est célèbre?

— Oui, on peut dire ça, m'avait-il avoué sans prétention.

Entre un virage à droite et un feu vert, je réfléchissais. J'avais fini par donner ma langue au chat et il s'était démasqué.

— Mon groupe s'appelle Weezer.

— Ah! oui, Weezer, je connais bien, avais-je affirmé sans oser m'exclamer comme une groupie.

J'avais regardé Béa et m'étais adressée à elle en français.

— Sacrée Béa! Tu aurais pu me dire que tu sortais avec une rockstar! C'est moi qui ai eu l'air d'une folle en lui posant toutes ces questions. Tu l'as rencontré où?

— Ben comme ça, par hasard…

Je lui avais souri en me permettant d'en douter. Il suffirait donc qu'elle désire Puff Daddy pour pouvoir se laver de la tête aux pieds avec du Dom Pérignon…

***

Mes pensées se redirigent vers Béa, qui me tend une serviette après que j'ai rincé mes mains à l'eau tiède.

— Tu vois comme elles sont douces, maintenant ? me fait-elle remarquer.

— J'avoue que le résultat est étonnant, confirmé-je avant d'entendre l'annonce de notre approche finale vers l'aéroport de Lisbonne.

Je regrette de m'être nettoyé les mains trop tôt. Je savais pourtant que j'aurais à retourner dans la cabine pour vérifier ma section. Chaque traversée du rideau entraîne immanquablement la récupération d'un déchet. Un bout de papier, un sac rempli de rebuts qu'on me tend contre mon gré. Ou alors, l'ennemi juré : un verre remis en fin de vol.

Le passager l'a certainement obtenu pendant le dernier service de boissons, il y a presque une heure. Ou, pis encore, lors du service précédent. Il l'a donc en sa possession depuis un bon moment. Le contenant a été mordillé, manipulé à plusieurs reprises par des doigts vagabonds qui se sont aventurés au-delà de la bouche, des lèvres et des oreilles, jusqu'à un cuir chevelu qui démangeait. Ailleurs, même, si les germes ne le gênent pas et s'il a oublié de se laver les mains après sa besogne. Pour y échapper, le seul moyen consiste à déambuler dans l'allée à vitesse grand V.

J'arrive près de mon strapontin, triomphante. Je n'ai laissé le temps à personne de me tendre quoi que ce soit. Je suis passée plusieurs fois avec une poubelle. Je n'ai aucune raison de me sentir coupable. Oups ! J'ai parlé trop vite : un passager soulève son vieux verre pour que je le récupère. « Pas question que je salisse mes mains adoucies par le champagne ! » pensé-je avant de déclarer, sans la moindre compassion pour mon prochain :

— Laissez-le dans la pochette, l'équipe au sol fera le ménage.

Je redirige mes pensées vers Ethan, assis deux rangées plus loin. Je compte bien profiter au maximum de notre première escale ensemble et je me demande ce qu'il m'a préparé comme surprise.

Chapitre 4

Lisbonne (LIS)

— Alors, monsieur l'architecte, vous m'emmenez où ?

Ethan s'arrête en ignorant ma question.

— Regarde comme c'est magnifique, murmure-t-il en m'attirant vers lui.

Je me laisse bercer dans ses bras en contemplant l'imprenable vue sur la ville depuis le mirador. Les toitures des maisons d'un rouge orangé flamboient sous le coucher du soleil. Sur la place, d'autres couples comme nous se sont arrêtés pour admirer les derniers instants du jour. La nuit approche et une brise me fait frissonner. Ethan m'offre son veston mais je le refuse, car lorsqu'il m'enlace et m'embrasse tendrement, mon corps se réchauffe.

— Suis-moi, m'invite-t-il en me prenant la main.

Nous déambulons sur les marches d'un blanc calcaire qui serpentent à travers le vieux quartier de l'Alfama. Des ruelles anonymes s'entrecroisent.

— Tu sais où on est ? demandé-je, inquiète.

— Pas vraiment, mais je sais qu'on est proches, m'affirme-t-il, confiant.

Je m'abandonne à lui. Du haut de ses six pieds, il ne court pas le risque de se faire défier par un truand. Comme prévu, nous arrivons au restaurant.

— Entre, dit Ethan en me suivant.

Sur l'affiche près de la porte, je distingue ces mots : A Baiuca.

— Selon ce que j'ai lu, c'est un des seuls endroits en ville où on peut écouter du fado chanté par des amateurs.

Impressionnée à l'idée d'entendre des chants traditionnels portugais interprétés à la façon du peuple, j'entre dans ce restaurant à l'atmosphère intimiste. Nous nous asseyons sur deux des bancs en bois accouplés à une large table où d'autres personnes prennent place. J'ai l'impression d'être à la cabane à sucre, sauf qu'ici je mangerai de la morue et boirai du porto. En observant la pièce, je me rends compte que les longues tables communes s'imposent : l'exiguïté des lieux n'offre pas d'autre possibilité d'installation pour accueillir tous ces gens.

— Où as-tu entendu parler de cet endroit ?

— Internet. Tu aimes ?

— Je trouve le concept intéressant ! N'importe qui peut venir chanter ?

— Apparemment, oui. Même la cuisinière ou un chauffeur de taxi qui s'est stationné à côté peut venir chanter, précise-t-il avant de commander un pichet de vin rouge.

La serveuse note la commande et nous explique le déroulement de la soirée.

— Au menu, vous avez le choix de trois plats : le *bacalhau à brás*, le veau ou le poulet. Pendant les chants, il n'y aura pas de service aux tables et nous vous demandons également de ne pas utiliser les toilettes pendant ce temps.

Elle tient le même discours machinal aux nouveaux clients puis vient déposer la carafe de vin sur notre table.

— À notre amour! lancé-je en trinquant.

Après avoir commandé nos plats, Ethan me sourit. Il a l'air heureux d'être ici. Je le suis aussi.

— J'espère que tu pourras m'accompagner plus souvent. J'aime que tu sois avec moi pendant une escale. Je me sens en vacances, pas au travail.

— Il me semblait que, même seule, tu visitais un peu.

— Souvent, mais tu viens de le dire: je suis seule. Ou avec des gens qui ne sont pas mes vrais amis. C'est très différent, expliqué-je, non sans apprécier la chance que m'offre mon métier.

Nous commençons à manger lorsqu'un homme s'avance parmi les convives. Il porte une casquette et une chemise à carreaux. Sa barbe mal taillée me donne l'impression qu'il vit dans la rue. Aux premières notes, c'est l'étonnement. Je suis charmée par son talent. Sa voix porte jusqu'à l'extérieur et les passants s'arrêtent près de l'entrée pour écouter. Je profite de cet instant magique en dégustant mon poisson. Ethan savoure le plat de veau.

— Tu prévoyais partir à quelle heure demain? me demande-t-il à propos de notre balade en voiture.

— J'ai dit à Béa qu'on se rejoignait à 8 h 30 près de la réception de l'hôtel. C'est trop tôt?

— Non. J'imagine que si on veut profiter de la journée, on n'a pas le choix.

— Mais ce soir aussi, j'aimerais en profiter… le taquiné-je, coquine.

Un deuxième chanteur amateur, une femme, offre à son tour une prestation. Sa voix enterre les nôtres et, pour ne pas hurler, nous demeurons muets tout en laissant notre imagination vagabonder. Nos assiettes presque vides ne réussissent plus à nous distraire. La boisson des dieux se révèle promptement aphrodisiaque.

Le genou de mon amoureux frôle ma peau dénudée et s'arrête entre mes jambes. Ma jupe courte accueillerait bien sa main si elle n'était pas trop loin. Sous la table, Ethan n'arrive à toucher que ma rotule gauche.

— On termine et on y va? propose-t-il, l'esprit loin du fado.

— Tu ne veux pas prendre le dessert? tenté-je afin d'évaluer l'intensité de son désir.

Il se lève et approche son visage du mien. Ses yeux de chasseur confirment mon intuition.

— L'addition? proposé-je en pouffant de rire.

— Oh oui! confirme-t-il en déposant des euros sur le bois rustique de la table sans attendre l'arrivée du bout de papier.

***

On jurerait qu'on ne s'est pas touchés depuis des mois. C'est vrai qu'Ethan passe beaucoup de temps au bureau. C'est peut-être pour ça. Ou alors c'est la chambre d'hôtel qui nous émoustille. Ses doigts ne font qu'effleurer ma peau et mon corps devient instantanément chaud. La lumière encore éteinte, nous n'avons pas atteint le lit que nos vêtements tombent sur la moquette. L'action vient à peine de commencer, mais pourtant des gouttes de sueur perlent déjà sur ma poitrine. Mes tempes deviennent moites et je bouillonne à l'intérieur. Je me sens molle, une sensation qui ne manque jamais de me submerger avec mon amant. Ma respiration s'affole.

— Tu vas bien? me demande Ethan en me sentant en nage contre lui.

— Oui, oui, je suis un peu étourdie, c'est tout, dis-je en caressant son dos musclé.

Sa peau est si douce! Je note aussi qu'elle est sèche. Normal, nous n'en sommes qu'aux préliminaires. Pourquoi la mienne est-elle si humide? Mon ventre se met subitement à crier de douleur.

— Aïe! m'exclamé-je sans même tenter de baisser la voix.

— Qu'est-ce qui se passe? s'inquiète Ethan en courant pour allumer la lumière.

Je sors du lit et m'accroupis contre le mur, les mains sur mon abdomen.

— J'ai mal! m'affolé-je en sentant des coups de poignard dans mon estomac.

Mon amoureux me soulève et me porte sur le lit. Je me recroqueville en petite boule pour atténuer la douleur. Il dépose une serviette humide sur mon front.

— Tu as mal au ventre?

— Oui!

— Tu as mangé du poisson… C'est sûrement ça.

— Aaaah!

— Tu fais une intoxication alimentaire, affirme-t-il.

— Mais mon poisson goûtait bon, ça ne…

Je ne termine pas ma phrase et me lève d'un bond pour atteindre la cuvette de la toilette. Par miracle, j'arrive à temps et y vomis mon repas à moitié digéré. Je m'écroule ensuite sur le plancher de marbre, dont la fraîcheur diminue ma température corporelle.

— Je m'excuse de t'avoir emmenée là-bas, dit-il en me nettoyant le visage.

— C'est pas de ta fau…

Je rends de nouveau le contenu de mon estomac sans me soucier du témoin qui assiste à la scène. Mon ventre se contracte violemment. Je retombe par terre et me tourne sur le dos pour capter le plus de fraîcheur possible du plancher.

— Ça ne va pas du tout…

— Qu'est-ce que je peux faire pour t'aider? demande Ethan, le cœur en déconfiture.

— Rien. Ça va finir par passer. Va te coucher et ferme la porte de la salle de bain derrière toi, s'il te plaît.

— T'es sûre? Tu pourrais prendre au moins un…

— S'il te plaît! insisté-je en proie à la panique, consciente que, d'ici une seconde, ce seront mes fesses qui se poseront sur la cuvette.

Désemparé, Ethan m'obéit et me laisse seule dans mon enfer passager. Je m'endors au bout de trois heures de supplice, lorsque le feu dans mon estomac décide de faire relâche après avoir réduit en cendres les dernières miettes d'énergie qui me restaient.

*** *

Coin coin, coin coin, fait le petit canard du iPhone.

J'entends Ethan qui se lève pour utiliser la salle de bain. J'ouvre les yeux. «Il doit être 5 heures du matin», me dis-je avant de voir le cadran afficher le chiffre 8. «Quoi? Déjà?»

— Je n'ai pas d'énergie pour partir en excursion, avoué-je lorsque mon amoureux, en meilleure forme que moi, revient dans le lit.

Il se retourne pour s'assurer d'avoir bien compris.

— La force me manque, j'ai vomi toute la nuit…

— Tu n'as pas besoin de t'expliquer, mon amour, je le sais, me réconforte-t-il en posant ses lèvres sur mon front. Tu veux que j'appelle Béa à ta place pour lui dire qu'on n'y va pas?

— Non, non. Allez-y quand même.

— Mais tu es malade… Je ne vais pas te laisser seule toute la journée.

— Tu vas faire quoi? Me regarder dormir?

— M'occuper de toi…

— Ben non! Vas-y! Je vais me sentir mal d'avoir gâché ta journée et celle de Béa.

— C'est à cause de moi si tu as vomi toute la nuit, je ne vais sûrement pas te laisser seule ici.

— Arrête donc! J'ai choisi le poisson. C'est de ma faute. On ne va pas s'obstiner toute la journée! Va rejoindre Béa! insisté-je fermement pour qu'il m'écoute enfin.

Je finis par gagner, mais il m'assure qu'il reviendra avant 17 heures. J'aurais beaucoup aimé me joindre à eux. Nous avions prévu de visiter la ville de Sintra pour ensuite faire un arrêt à la plage. Je dois me contenter de mon lit et me rendors jusqu'à la fin de l'après-midi. En me réveillant, mes forces à demi refaites, je sors pour grignoter quelque chose sur une terrasse au soleil. Je réussis à absorber un croissant et un café. J'avais faim, mais la peur de ne pas être guérie a mis un frein à mon appétit. Je m'assois sur un banc de parc à proximité. Un marché aux puces s'y tient et je passe une heure à observer la foule autour de moi. Encore une fois, je me dis que c'est bien qu'Ethan s'entende avec Béa. Au moins, il n'a pas perdu sa journée et a pu profiter de ses quarante-huit heures au Portugal.

Lorsque je rentre à l'hôtel, il est déjà 17 heures. Je m'attends à ce que les deux aventuriers reviennent d'une minute à l'autre, alors je saute dans un bain pour me préparer. Je lis un magazine en patientant jusqu'au moment où je remarque qu'il est passé 18 heures. Je commence à m'inquiéter lorsque se fait de nouveau sentir l'envie de sortir pour manger un peu. Ethan ne m'a-t-il pas dit qu'il rentrerait pour le souper ? Je regarde par la fenêtre pour voir s'il n'est pas dans la rue, devant l'hôtel, quelque part. Rien.

Je compose son numéro de portable en espérant qu'il réponde. Il l'a éteint, tout comme moi qui n'utilise jamais les réseaux locaux des pays que je visite. Le réveille-matin indique 19 heures. Mon humeur devient morose et je me mets à fabuler. Ils se sont perdus. Ils ont eu un accident. Ils se sont fait kidnapper. Pourquoi Ethan aurait-il retardé à ce point son retour, sachant que je suis malade, sinon à cause d'un imprévu ? Ce n'est pas son genre de faire ça. Celui de Béa, peut-être…

Il est presque 20 heures. De plus en plus inquiète, je descends à la réception. Je ne sais pas ce que je vais y faire, mais je ne tiens plus en place. C'est là que je les

vois arriver par la porte tournante de l'entrée principale en riant aux éclats. De toute évidence, personne
n'est mort. Je demeure immobile en les voyant ; eux
ne m'ont pas remarquée. Je suis debout, près des pré-
sentoirs de dépliants touristiques, à attendre qu'on se
rende compte de ma présence. À les voir, je ne suis plus
certaine d'apprécier cette complicité qui a permis à
mon amoureux de profiter de sa journée sans moi. Plus
certaine du tout. Je me mets à bouillir littéralement de
rage lorsque Ethan m'aperçoit du coin de l'œil.

— Ah ! mon amour ! Tu as repris des couleurs !
Comment s'est passée ta journée ?

Il s'approche de moi d'un pas pressé, suivi par une
Béa à la mine épanouie. Je modifie mon expression
pour ne pas laisser paraître mes émotions. Je dissimule
ma frustration derrière un sourire forcé qui passe ina-
perçu lorsqu'il me prend dans ses bras.

— On a passé une super journée, tu aurais tellement aimé ça ! raconte-t-il sans me laisser le temps de
répondre à sa question.

— C'est cool, ça. Vous êtes allés où ?

— Sintra, le château, la plage, comme prévu.

J'imagine Béa en bikini, assise sur une serviette à
côté de mon amoureux. Elle se tourne vers lui et lui
demande : « Tu me mettrais de la crème dans le dos,
s'il te plaît ? » Sa taille de top-modèle vaut bien mon
allure athlétique. Son 34 C généreusement rempli a
sans doute réussi à captiver l'attention d'Ethan toute
la journée. Je laisse tomber mon sourire.

— Ça va ? s'inquiète ma meilleure amie.

— En fait, non, avoué-je sans hésiter. J'ai repris
des forces et je vous attendais comme prévu vers
17 heures. Je commençais vraiment à m'inquiéter.

— À 17 heures ? intervient Ethan. J'ai dit que je
reviendrais pour le souper.

— Tu as dit 17 heures, insisté-je, convaincue.

Sur le coup, mon interlocuteur n'ose pas me
relancer. Il revoit la scène, mot par mot, syllabe par

syllabe. Ses yeux s'agrandissent et il cherche dans ses souvenirs pour savoir qui fait fausse route. Je pourrais me calmer et supposer que j'ai mal compris, mais je n'en ai pas envie. Il s'est amusé à la plage sans se presser, pendant que moi je poirotais ici pendant presque trois heures. Béa décide de nous laisser pour se rendre à sa chambre.

— À demain, nous dit-elle en me faisant de gros yeux pour que je me calme.

Elle lance à son compagnon du jour un sourire que j'interprète comme un « j'ai passé une merveilleuse journée ». Je n'ai pas à chercher bien loin pour savoir de quel côté son vote irait. Le regard accusateur qu'elle a posé sur moi m'indique qu'elle juge ma réaction trop dure. Sait-elle seulement que j'ai été malade toute la nuit ?

— Écoute, Scarlett, reprend Ethan. On ne va pas se chicaner pour ça. J'ai pensé à toi toute la journée. Je me demandais si tu allais mieux et me suis senti mal de t'avoir laissée seule.

Il pose sa main sur ma nuque et m'attire tout contre lui. Ma tête se pose sur sa poitrine et je me rends compte que je ne peux pas lui en vouloir. C'est moi qui l'ai incité à partir en excursion avec Béa sans moi. Il est bien possible que nous nous soyons mal compris. Ma pointe de jalousie s'efface complètement lorsque enfin, après nous être couchés pour la nuit, nous faisons l'amour pour la première fois depuis notre arrivée.

∗∗∗

Chez le psy
— Revenons en arrière, voulez-vous ?
— D'accord.

Le vieux fauteuil sur lequel je suis assise est couvert d'un horrible velours brun. Qui achète ce genre de meuble en 2015 ? Il doit en avoir supporté, des peines de filles, depuis que M. Pinault l'a installé là. Au moins, il est confortable.

— Madame Lambert?

Silence.

— Madame Lambert?

Je m'aperçois qu'il s'adresse à moi. À qui d'autre?

— Ah! désolée, monsieur Pinault, j'ai la tête ailleurs.

— Cette histoire avec Béa vous trouble. Ne croyez-vous pas qu'il y a une corrélation entre votre jalousie inavouée et votre ancienne relation avec ce pilote...

Il hésite.

— Comment s'appelait-il, déjà?

— John, réponds-je avec un discret ressentiment.

— Oui, John, en effet.

— J'imagine que le fait qu'il ait trompé sa femme avec moi a effacé mon innocence. La tricherie, c'est possible.

— Vous pensez qu'Ethan en serait capable?

— Non! Il m'aime. Je le sais. Ce n'est donc pas normal que je m'en fasse autant parce que Béa a passé une journée avec lui. C'est ma meilleure amie!

— Imaginez Béa comme si elle était vous et qu'Ethan était le pilote.

— Quoi? Elle va lui sauter dessus?

Je revois la scène où je me suis braquée devant la porte de chambre de John pour qu'il m'embrasse.

— Non, madame Lambert, reprend M. Pinault d'un ton calme et rassurant. Béa ne fera pas ce que vous avez fait parce qu'elle n'est pas vous. C'est vous qui pensez qu'elle est vous. Et vous voyez John en Ethan. Comprenez-vous?

— Donc, elle n'a aucune arrière-pensée?

— N'a-t-elle pas toujours été une amie fidèle?

— Toujours.

— Alors, cessez de vous en faire. Je vous rappelle que c'est vous qui avez lancé l'idée de cette escapade.

— C'est vrai. Peut-être que je m'en fais parce qu'elle m'a confié qu'elle enviait ma stabilité et qu'elle pensait elle aussi à se caser. Venant d'elle, ça m'a surprise.

— Vous croyez qu'elle idéalise votre relation ?

— Hum, je ne sais pas.

— Alors, en tant qu'amie proche, vous pourriez lui présenter un bon gars, si c'est ce qu'elle désire, suggère tout bonnement mon psy.

Quelle merveilleuse idée ! Lui présenter quelqu'un apaiserait mon inquiétude.

— Merci, monsieur Pinault ! lancé-je en lui remettant un chèque pour l'heure passée en sa compagnie.

— Bonne semaine, madame Lambert. On se revoit la semaine prochaine ?

— Non, je serai à l'étranger. Ça ira dans deux semaines. D'ici là, j'aurai eu le temps de lui présenter quelqu'un.

Comme après chaque séance, je suis soulagée en regagnant ma voiture. Une sensation de liberté m'habite. Quel bonheur de pouvoir confier ses inquiétudes à un homme posé et raisonné ! Tout le contraire de moi. Son idée me plaît. Pour avoir l'esprit tranquille, je présenterai quelqu'un à Béa. Mais qui ?

Un éclair de génie me traverse l'esprit. Le *match* parfait !

Chapitre 5

Montréal (YUL) – Malaga (AGP)

—Bonjour à tous. Je m'appelle Fred et je serai votre commandant pendant le vol de ce soir.

« Ah non, pas lui ! » pensé-je en regardant l'homme à la silhouette costaude qui se tient debout à la première rangée de sièges lors de notre *briefing* habituel d'avant-vol.

— Durée du vol : sept heures et demie.

Je tends l'oreille à son discours pendant que je fais défiler son pedigree dans ma tête. Ce gars-là est un pêcheur, pas un pilote. Sa devise : pour attraper du poisson, mieux vaut lancer plusieurs hameçons à la mer. Il est talentueux, cela va sans dire. Dès qu'il entre dans l'avion, il salue son équipage. Rien de surprenant jusqu'ici, sauf qu'à l'inverse des autres, qui ne font que nous saluer et se nommer, Fred nous demande notre prénom et s'en souvient. Montrer de l'intérêt équivaut à une ligne de plus lancée à l'eau et lui offre une chance supplémentaire d'attraper une proie.

C'est si vital pour lui de pêcher qu'il est devenu un pro en la matière. Sa technique fonctionne tellement bien qu'il n'a même plus à cacher qu'il est marié. Il parle ouvertement de sa femme et de ses enfants, puis termine la soirée en proclamant haut et fort qu'il vous désire terriblement, qu'il aimerait poursuivre la soirée dans votre chambre. Il se fait insistant, et s'il se heurte à de la résistance, il passe au plan B. Il vous encourage à boire, offre des *shooters* et, au bout d'une heure, lance des *jokes* de sexe. Plusieurs filles tombent dans ses filets.

C'est d'ailleurs à cause de gars comme Fred que la réputation des pilotes est aussi mauvaise. Un soulèvement collectif devrait avoir lieu. Les hôtesses contre les Fred. Un boycottage à grand déploiement. Et on ne cède pas ! Non : trop idéaliste. Car la petite junior, nouvellement arrivée, peu sûre d'elle et d'une naïveté absolue, tombera dans la gueule du loup. Il l'engloutira d'une bouchée. Elle en sera blessée à coup sûr, mais il sera trop tard. Non, chérie, tu n'étais pas l'exception…

— Pas de turbulences prévues, poursuit-il. Pour entrer dans le poste de pilotage, on va faire ça standard, et je ne vois pas d'inconvénient à ce que vous veniez y passer un moment pour vous reposer si vous le désirez. Bon vol !

« Pas question que j'aille te voir », pensé-je en me cachant derrière un « merci » poli. Je me demande si le radar de Fred est en marche. Calcule-t-il ses chances de réussite ? Je repense alors à la discussion qu'Ethan et moi avons eue sous la couette lorsque je lui ai proposé de présenter son associé à ma meilleure amie. Sa théorie est sûrement fondée, et ce pilote la met en pratique à chaque vol.

***

— Tu crois que Charles pourrait intéresser Béa ? ai-je demandé à Ethan, la tête sur l'oreiller.

— Charles, mon associé? a-t-il cherché à préciser, surpris par ma proposition.

— Oui, ton associé. Il est beau, brillant et un peu *jet set*. Il conviendrait parfaitement à Béa, tu ne penses pas?

Sans hésiter, il a rétorqué négativement.

— Charles est bien trop bon gars pour elle. Béa cherche du compliqué.

— Qu'est-ce que tu en sais?

— Voyons, Scarlett, c'est ta meilleure amie, tu devrais le savoir. Elle est toujours passée d'un gars à l'autre. Tu ne vas pas la changer.

— Justement, depuis un mois, elle me dit qu'elle aimerait quelque chose de plus stable. C'est pour ça que j'ai pensé à Charles, ai-je répondu en cachant mes véritables intentions.

Il s'est retourné sur le dos pour fixer le plafond. Mes doigts baladeurs chatouillaient son torse.

— Béa, c'est le genre de fille pour coucher. Au pire, ça n'ira pas plus loin que le lit avec lui, m'a-t-il lancé.

— Ark! C'est donc ben méchant, ce que tu dis! Si c'est un bon gars, il ne fera pas ça, franchement!

— Ça ne change rien au bon gars en lui.

— Ça change tout!

— Arrête! a-t-il pouffé. Tu ne connais pas cette théorie-là?

— Quelle théorie?

— Un homme reste un homme. On a un radar pour faire la distinction entre une fille avec qui on couche et une fille qu'on marie.

— OK... Donc, tu dis que toi, même si tu es un bon gars, tu pourrais coucher avec Béa?

Ma remarque l'a fait sursauter et il s'est appuyé sur un coude pour me regarder. Son visage s'est approché du mien. Je sentais sa respiration sur ma peau.

— J'ai jamais dit ça... a-t-il répondu calmement.

— Tu dis qu'elle est une fille pour coucher. Alors, si tu étais célibataire, bon gars que tu es, tu pourrais coucher avec elle?

Mon amoureux a écarquillé les yeux mais est demeuré muet. Il se demandait sûrement comment la discussion avait bien pu dériver dans cette direction. En réalité, je ne désirais pas connaître la réponse et, dans ma tête, je lui criais en silence : « Ne réponds pas, ne réponds pas ! » Mais une force incontrôlable me poussait à insister pour lui tirer les vers du nez.

— Tu la trouves belle ?

Question piège ! « Ne réponds pas, ne réponds pas », étais-je en train de me répéter. Il a feint de ne pas avoir entendu ma question. J'étais fière de lui mais pas satisfaite. Ma curiosité faisant des siennes, j'ai tenté de l'amadouer.

— Allez, dis-le-moi.

— Ben oui, elle est belle. Ça change quoi ? Tu es belle aussi.

— C'est juste pour savoir, ai-je menti. Donc, si tu étais célibataire, tu coucherais avec elle, mettons ?

« Ne réponds pas, ne réponds pas », ai-je souhaité encore une fois. Je m'acharnais comme un avocat de la défense qui s'évertue à démolir un témoignage. Brillant comme il est, il a esquivé mon interrogatoire.

— Je suis avec toi, Scarlett. C'est quoi, ces questions-là ?

— Je veux juste savoir c'est quoi, ton genre de fille, ai-je insisté, absorbée par ma mission.

— C'est toi, mon genre de fille. Une fille naturelle. On change de sujet, veux-tu ?

J'ai accepté, satisfaite de ses réponses, mais j'ai repris là où tout avait commencé.

— Donc, Béa et Charles, ce n'est pas une bonne idée ?

— Bien sûr que oui. Présente-la-lui. Mais ils vont juste coucher ensemble, c'est ce que je te dis.

Ethan a éteint la lumière. Je pense que la discussion commençait à l'ennuyer. De toute façon, je ne suis pas certaine que sa théorie soit vraie. La preuve : Fred a déjà lancé une ligne vers moi et ça n'a pas fonctionné. Son radar à lui est imprécis. Tout ce qu'il détecte, c'est le sexe de la proie : féminin ou masculin. Il élimine tout ce qui fait partie de la seconde catégorie et s'attaque à la première à bras raccourcis. Une vraie machine de guerre. J'ai bien hâte de voir ce qu'il tentera lorsque nous arriverons à Malaga.

Une fois établis les postes de travail du personnel de bord, je rejoins mon strapontin et l'embarquement commence. Les premiers passagers déambulent dans l'allée. Parmi eux, un visage me semble familier. C'est celui d'une collègue qui a été embauchée en même temps que moi. Éléonore. Elle tient un bébé dans ses bras. Je me souviens d'avoir lu sur Facebook qu'elle était enceinte. Avant de s'asseoir près de la cloison où on peut fixer un berceau, elle salue un jeune homme qui poursuit sa route afin de gagner sa place. Son copain ? Il ne s'assoit pas avec elle ? C'est plutôt une dame âgée qui prend place à ses côtés. Sans doute sa mère. Qui de mieux qu'elle pour prêter main-forte à sa fille pendant sept heures ?

Quant au jeune papa, il avance jusqu'à rejoindre ma porte. Je cherche son regard pour le saluer, mais il m'ignore. Il s'assoit près de la sortie d'urgence située en biais de mon strapontin. Il a hérité d'un siège où l'espace pour les jambes est plus grand. « Les employés voyageant sur les ailes de VéoAir se font gâter », pensé-je. C'est la moindre des choses. Employés heureux, passagers heureux… Et ça commence par un service de qualité lorsque les rôles sont inversés.

Les passagers encombrant l'allée, je demeure assise à mon poste. Me trouvant à deux pieds du copain d'Éléonore, j'observe ses faits et gestes du coin de l'œil. Ses longues jambes étendues dans l'allée, il consulte son téléphone intelligent. Il joue à Tetris ou à un autre jeu de ce genre. Trop absorbé par son divertissement, il ne voit même pas que je l'épie. Ses traits attirants, sur lesquels aucun sourire n'est apparu jusqu'à maintenant, perdent de leur charme à chaque va-et-vient d'index sur l'écran.

Un passager prend place sur le siège devant moi. Il dépose son gros sac à mes pieds. Je lui indique de le ranger dans le compartiment supérieur, mais je remarque que ceux des alentours sont déjà remplis. Je décide alors de m'acquitter moi-même de cette tâche en rangeant le sac derrière les sièges de l'allée où dépassent les jambes du jeune père. Je m'approche pour déposer le bagage, mais les deux cannes de l'adolescent-papa au iPhone m'en empêchent. Je me penche au-dessus de lui pour réussir à pousser le bagage sous la rangée de sièges. Me voyant étirer le bras, j'ose espérer qu'il pliera les jambes pour me faciliter la tâche. Il ne bouge pas.

— Pardon, dis-je poliment.

Il s'exécute sans même me regarder ni s'excuser. Sort-il vraiment avec une agente de bord? «J'ai dû halluciner lorsqu'il lui a parlé», me dis-je. J'en suis presque convaincue.

Depuis qu'Ethan fait partie de ma vie, il est plus conscient des réalités de mon métier. Il s'efforce de se faire tout petit pour ne pas déranger, de suivre les consignes de sécurité et surtout d'être très poli avec les membres de l'équipage, mes collègues.

Le signal des ceintures s'allume et l'avion commence à reculer. L'ado de trente ans aurait dû éteindre son portable il y a un bon moment. J'ai été patiente, mais là, je n'ai pas le choix.

— Pardon, c'est le temps d'éteindre les appareils électroniques, lui signifié-je d'un sourire gêné.

— *I don't speak French*[3], rétorque-t-il, armé d'un regard méprisant.

«Désolée, aimerais-je lui répondre, je n'ai pas lu l'inscription invisible sur ton front!» Je parviens à lui sourire et reformule ma phrase dans sa langue. Il

---

3.   — Je ne parle pas français.

s'exécute sans dire un mot tandis que je continue à le jauger.

«Quelle fille peut bien sortir avec un gars pareil?» Je vérifie que les ceintures de sécurité sont toutes bien attachées. «Elle est tellement douce qu'elle se laisse marcher sur les pieds.» Je prie quelques passagers de bien vouloir pousser leurs valises sous les sièges. «La pauvre, elle doit faire la boniche à la maison.» Je demande à un enfant de retirer son casque d'écoute pour le décollage. «Il doit se prélasser sur son fauteuil devant la télé pendant qu'elle s'occupe du bébé.» Je m'assois sur mon strapontin. L'appareil prend de la vitesse sur la piste. «Dommage qu'il soit le copain d'une collègue, pensé-je au moment où les roues quittent le sol. Je devrai garder mes impressions pour moi.»

∗∗∗

— Je peux vous offrir quelque chose à boire? demandé-je à la belle Éléonore et à son accompagnatrice.

— Seulement un verre d'eau pour moi. Pour toi, maman?

Elle se retourne vers sa voisine. L'élégante dame hésite.

— Je vous offre ce que vous voulez, lui expliqué-je pour qu'elle se sente bien à l'aise.

— Du vin blanc, alors, s'il vous plaît.

Je me penche pour prendre l'alcool et offre une bouteille d'eau à ma collègue au lieu d'un simple verre.

— Merci!

— Tu vas bien? Je vois que tu as eu une petite fille, dis-je en me penchant pour admirer le bébé.

— Anaïs, m'informe-t-elle, remplie de fierté.

— Elle est belle. Elle a quel âge?

— Un mois…

— Wow! Tu es bonne de partir aussi loin avec un bébé si jeune.

— Mes parents m'aident beaucoup, avoue-t-elle, souriante.

Il y a de ces gens qu'on n'arrive pas à cerner. Éléonore en fait partie. Trop belle, trop douce, trop dénuée de la moindre malice, trop parfaite. On passerait une semaine avec elle sur une plage de Punta Cana à boire des daiquiris et elle ne serait jamais assez soûle pour perdre le nord. À l'inverse, je me confierais, retirerais ma carapace et raconterais mes déboires, aussi peu nombreux soient-ils, alors qu'elle, souriante dans toute sa splendeur, ne ferait qu'écouter et approuver, le regard un peu vide. Elle a manqué sa vocation. Elle aurait dû naître dans un palais royal pour y faire belle figure.

— *Something to drink?* demandé-je à Papa Bête, quelques rangées plus loin.

— *Red wine*[4], m'instruit-il sèchement sans ajouter ni *please*, ni *thank you* ni même un semblant de sourire.

J'inspire et essaie de ne pas me laisser atteindre. Venant d'un autre passager, une telle impolitesse me glisserait dessus comme de l'eau sur le dos d'un canard. Or, ce n'est pas le cas. Il s'agit du mari d'une agente de bord. Ne devrait-il pas apprécier et reconnaître davantage mon service? Une question me traverse l'esprit: devrais-je lui offrir gratuitement le vin, comme je l'ai fait avec la mère de sa femme? J'hésite: je n'en ai sincèrement pas envie. Mais par principe et par solidarité entre membres d'équipage, je dépose la boisson, sans rien demander. Aucun merci ne parvient jusqu'à moi. Je me jure qu'au prochain tour je laisserai ma collègue Julia, de l'autre côté du chariot, le servir.

***

4. — Quelque chose à boire?
— Du vin rouge.

Plus qu'une heure avant d'atterrir en Espagne. Lors du service de repas, j'ai réussi à ne pas interagir avec Papa Bête. Par contre, ayant mal calculé mes rangées, j'ai dû ramasser son plateau sale. Il était posé sur le sol pendant que le roi dormait, bras croisés. Peut-être aurait-il pu le laisser sur sa tablette afin que je n'aie pas à me pencher, risquant ainsi de dévoiler ma petite culotte sous ma jupe?

Tout au long de la traversée, j'ai eu une folle envie de me vider le cœur auprès de Julia, de l'autre côté du chariot. Je n'ai pas osé, ne voulant pas tomber dans la médisance. Le pauvre avait peut-être vécu une mauvaise journée. Une querelle au bureau? À la maison? De retour dans la *galley*, après avoir servi du café pour le petit-déjeuner, j'ai été exaucée.

— C'est moi où il a un air de bœuf?

Julia ne prend jamais de gants blancs pour s'exprimer.

— Ouf, je suis contente que tu m'en parles. Oui, il est bête comme ses deux pieds…

— Condescendant! En plus, il sort avec une agente de bord. T'imagines à la maison?

— Elle doit tout faire, conclus-je sans fondement.

— T'as remarqué qu'il ne s'est pas levé une seule fois pour aller voir son bébé? Tu parles d'un écœurant!

— Calme-toi! pouffé-je en entendant Julia s'exprimer comme j'ai rêvé de le faire.

— En tout cas, moi qui l'enviais quand elle est arrivée, j'ai changé d'idée.

— Tu l'enviais? demandé-je, curieuse de connaître le fond de sa pensée.

— Je suis célibataire, Scarlett. C'est certain que des fois, quand je vois une Éléonore, belle et parfaite, mariée à un beau gars comme lui, je souhaite que ça m'arrive aussi.

— Je comprends.

— Toi, ça ne t'est jamais arrivé?

Je réfléchis. Je suis déjà passée par là. Avec John. J'enviais toutes les filles qui fréquentaient des gars normaux, sans enfants, et qui bâtissaient un avenir sain et équilibré avec leur amoureux. La raison me disait que je ne serais jamais épanouie avec lui, mais mon cœur s'acharnait à rester jusqu'à ce que je comprenne que notre amour me dévorait, me rendait triste et abattue. Maintenant, je n'envie plus personne. Une Éléonore et son mari ne font que renforcer mon appréciation de la vie que je mène et de l'homme que je chéris.

— Même si je n'envie pas sa relation, repris-je, ça fait toujours du bien de voir que l'herbe n'est pas plus verte chez le voisin. Ce genre de gars-là me donne l'impression qu'il pourrait la tromper sans même se sentir coupable.

— Ah! ça, par contre, ça ne veut rien dire! Même le meilleur gars du monde peut tromper sa blonde… me lance Julia d'un air convaincu.

Sa remarque pessimiste me surprend. Je ne suis pas persuadée de ce qu'elle avance. Quoique, avec un Fred et un Papa Bête à bord, ça n'a rien de rassurant. J'aimerais répliquer, lui assurer qu'elle a tort, mais au lieu de cela, je laisse ma curiosité l'emporter sur mon désir de faire valoir mes arguments.

— Tu crois? lui demandé-je, disposée à l'entendre développer son point de vue.

Chapitre 6

Malaga (AGP)

Une fois mon pyjama enfilé, je me blottis sous la couette. Comme après chaque atterrissage à l'étranger, je me connecte au réseau WiFi de l'hôtel et envoie à Ethan un message texte pour le rassurer.

« De l'autre côté de l'océan. ☺ Je t'aime. »

J'éteins la lumière sous l'abat-jour et un *bip* se fait entendre. Je lis l'inscription affichée sur l'écran de mon téléphone. Je n'éprouve aucune surprise. C'est sa réponse habituelle.

« Bonne sieste. Je t'aime aussi. xxx »

Je règle mon réveille-matin pour 16 heures et m'endors, indifférente aux rires des femmes de ménage qui s'activent dans le couloir. Je suis en train de rêver lorsque la sonnerie du iPhone me sort d'un sommeil profond. Déjà ? Je me tourne dans mon lit et ignore l'heure. Je revois alors mon plan de la journée. Faire une réservation à mon resto préféré, courir près de la mer, prendre un bon café et perdre mon temps dans la

vieille ville avant le souper. « Allez, Scarlett, lève-toi ! »
m'ordonné-je en sautant du lit.

J'enfile mes espadrilles et glisse quelques euros dans
ma poche de cuissard avant de m'élancer sur le trottoir. Le temps est splendide à Malaga en septembre.
Chaud, agréable, sans être écrasant. Je ne prévois pas
courir très longtemps, juste assez pour me réveiller et
atteindre la mer. Je la contemple, l'admire, souhaite
m'y jeter. « Pourquoi pas ? » pensé-je.

Je retire mes espadrilles et laisse mes orteils se
faire chatouiller par le sable. Je regarde aux alentours. Des couples étendus à plusieurs mètres de
moi. Un membre d'équipage à l'horizon ? Un Fred,
par exemple ? Négatif. Je suis seule. Personne ne me
connaît. L'avantage d'être en Espagne, c'est qu'on n'a
pas besoin de traîner son maillot de bain. Je retire mes
vêtements sans enlever ma petite culotte et je saute à
l'eau. C'est l'extase ! Je nage, franchis les vagues, me
laisse bercer par la houle. Je me fais sécher au soleil
avant de remettre mes vêtements. Je retourne à l'hôtel
pour me doucher. Arrivée dans le hall, je croise Julia
près des ascenseurs.

— Tu viens souper à 6 heures ? me demande-t-elle.

— Désolée, j'ai déjà réservé dans un resto. Tu veux
venir avec moi ?

— À quelle heure ?

— À 8 heures, précisé-je en sentant des gouttes
d'eau couler de ma chevelure trempée sur mes épaules.

— Je ne veux pas me coucher tard, dit-elle. Viens
quand même prendre un verre avec nous si tu veux.

J'approuve. Ça m'évitera de perdre mon temps
dans les boutiques et de dépenser inutilement.

— À tout à l'heure ! la salué-je avant de gagner ma
chambre.

Je me précipite sous la douche. Une fois ma peau
salée redevenue douce, j'éponge l'eau sur mon corps
avant d'enfiler un jean et un t-shirt. Je m'installe sur
le lit en attendant de descendre rejoindre les autres

pour l'apéro. Soudain, un nouveau message s'affiche sur mon téléphone.

« J'ai parlé à Charles. Souper jeudi ? » propose Ethan.

Un sourire de satisfaction éclaire mon visage. Mon plan va peut-être fonctionner. Je n'hésite donc pas une seconde et lance l'invitation à Béa sans lui dévoiler mon intention de lui présenter quelqu'un.

« Si tu es libre jeudi, souper chez moi. J'attends ta confirmation. xxx »

J'appuie sur « Envoyer » avec la conviction que, d'ici deux jours, ma meilleure amie tombera sous le charme de Charles, le plus beau gars que je connaisse après Ethan. En me laissant bercer par une sélection musicale dénichée sur 8tracks, je me demande si mon amoureux aura raison. Ne va-t-elle s'intéresser à lui que pour une nuit ? J'en doute. Il y a quelque temps, elle m'a interrogée. Je lui ai montré une photo de l'associé et elle l'a trouvé attirant. Elle a changé son fusil d'épaule et recherche maintenant de la stabilité dans sa vie. C'est bon signe ! Lorsque j'arrive dans le hall de l'hôtel, Julia m'y attend seule, assise sur un des fauteuils.

— Les autres ne tarderont pas à arriver, dit-elle aussitôt.

— Qui vient ?

— Je pense qu'il n'y a que Gladys et Fred.

— Fred ? Le commandant ? demandé-je, de la déception dans la voix.

— Oui. Tu ne l'aimes pas ?

— Non, non, ça va. C'est un dragueur, c'est tout.

Silence. Ma collègue détourne son regard du mien pendant que ses pommettes se colorent d'un rouge vif.

— Oh… laissé-je échapper spontanément en comprenant qu'elle aussi, comme bien d'autres avant elle, est tombée entre les griffes du dragon.

— Garde ça pour toi, veux-tu ?

— C'est sûr ! confirmé-je pour ne pas la mettre mal à l'aise.

— Heille!

En parlant du loup… Le pilote s'avance vers nous en rayonnant de bonne humeur. Gladys, l'agente de bord qui travaillait en première pendant le vol, le suit.

— J'ai rencontré un autre équipage tout à l'heure à l'épicerie. J'ai invité Samantha à se joindre à nous pour l'apéro, annonce-t-elle.

— Samantha? La blonde? interviens-je.

— Exact. Elle ne devrait pas tarder.

« C'est ce qu'on verra », pensé-je en me remémorant la première et dernière fois où j'ai volé avec cette femme à l'allure d'une poupée. Rupert m'avait prévenue : « C'est une vieille sacoche comme on n'en fait plus de nos jours ! Une sacoche mollasse, confectionnée avec du vieux cuir usé, qui, au fil des ans, en est venue à agir uniquement dans son propre intérêt, du décollage jusqu'à l'atterrissage. »

— Tu lui as dit qu'on se rejoignait à 6 heures ? demandé-je à Gladys au bout de quinze minutes d'attente.

— Bien sûr ! Elle s'en vient, t'inquiète.

Mon impatience faisant des siennes, je me tourne vers Julia en espérant déceler chez elle un quelconque intérêt pour quitter cet endroit. Elle bavarde avec le pilote et ne remarque pas que je cherche à croiser son regard. Elle boit plutôt les belles paroles du séducteur. Je devine la suite des choses. D'ailleurs, je me demande pourquoi je patiente ici. J'attends une Samantha qui ne m'attendrait pas si j'étais en retard. Comme j'ai prévu manger seule ce soir, je décide de partir en solitaire. Je m'apprête à annoncer aux autres mon intention lorsqu'une blonde platine franchit le portail principal.

— Allô, les poules, ça va ? lance-t-elle d'un air nonchalant, des sacs remplis d'emplettes accrochés au bras.

— On t'attendait, mentionne Gladys, gênée.

— On se calme, y a pas le feu ! argue-t-elle sans s'excuser. Je monte déposer mes courses et je redescends.

Les portes de l'ascenseur s'ouvrent et elle se glisse à l'intérieur en dépassant un groupe de touristes qui attendait avant elle. « Elle n'a visiblement pas changé », pensé-je en revoyant une scène où elle s'était attaquée aux repas d'équipage avant tout le monde tout en s'assurant de s'emparer du dessert qui lui plaisait sur un autre plateau.

— Je vais y aller, annoncé-je à mes collègues avant que la louve affamée ne redescende.

— Non, reste !

Julia se lève pour m'encourager à ne pas partir.

— Ça doit faire deux ans qu'on n'a pas travaillé ensemble. Allez ! insiste-t-elle en me prenant par les sentiments.

— OK…

***

Nous parvenons à nous asseoir sur une terrasse vers 18 h 45. Les rues animées me font oublier l'attente dans le hall. On dépose un pichet de sangria sur la table. Un deuxième suit peu après.

— Je suis totalement d'accord avec toi, approuve Fred en parlant avec Julia.

— D'accord avec quoi ? demandé-je pour me joindre à la conversation.

Julia se retourne pour s'adresser à moi, mais avant de me répondre, elle jette un regard inquiet vers Samantha et Gladys, qui sont engagées dans une discussion.

— Je suis d'accord avec la façon dont les horaires des pilotes fonctionnent, chuchote-t-elle sans en dire davantage.

Elle a piqué ma curiosité. Je lui demande de me fournir des précisions. De nouveau, ma collègue scrute l'autre bout de la table d'un air apeuré. Fred l'encourage à exposer son point de vue.

— Eh bien, les nôtres ne sont pas équitables, précise-t-elle. J'ai calculé que 6 % d'entre nous obtiennent des vacances pendant les mois de juillet et d'août alors que les 94 % restants risquent de ne jamais en avoir. Les pilotes, eux, ont une restriction qui se limite à sept jours pendant cette période. Si on appliquait cette norme aux agents de bord, quelqu'un qui travaille pour la compagnie depuis dix-huit ou dix-neuf ans pourrait espérer obtenir ce qu'il veut dans un délai raisonnable.

Je remarque que Samantha et Gladys ont cessé de parler pour détourner leur attention vers Julia, qui regrette de toute évidence d'avoir haussé le ton en m'expliquant son avis.

— Pardon? Ai-je bien entendu? s'énerve aussitôt Samantha, la jugulaire dilatée.

— Euh... frémit Julia, qui hésite à répéter.

Consciente qu'elle vient de toucher une corde sensible à propos de l'ancienneté, je décide de me ranger de son côté.

— Elle a dit qu'on devrait établir les vacances équitablement. Pour le moment, la plus belle part du gâteau revient à 6 % des employés alors que les autres risquent, à temps égal passé au sein de la compagnie, de ne même pas en avoir une bouchée, répété-je avec une assurance feinte pour ne pas me faire écraser.

Aurais-je dû me taire? Une ambiance meurtrière flotte dans l'air. J'ai l'impression que Samantha s'apprête à nous mitrailler. Ses yeux s'avancent en saillie, prêts à tirer.

— Je ne comprends pas pourquoi vous, les juniors, vous voulez toujours ce qu'ont les séniors, s'enflamme-t-elle. Vous ne pouvez pas avoir ce qu'on a acquis en vingt ans. Est-ce si dur à comprendre? On appelle ça l'*ancienneté*!

— Peu importe qu'on ait dix ou quinze ans d'ancienneté, j'en ai dix-huit, mentionne Gladys en écartant sa chaise de la bête blonde. Je ne vois pas le jour où j'aurai un horaire qui a du bon sens d'ici ma retraite, que je prendrai en même temps que tous ceux qui sont devant moi puisqu'on a le même âge! Non, en effet, ce n'est pas équitable…

— Équitable? rugit de nouveau Samantha. Ça fait vingt et un ans que je travaille pour cette compagnie, c'est normal que j'aie des avantages que d'autres n'ont pas. À mon entrevue, on m'a dit que je travaillerais pendant les fêtes et les vacances d'été. Je le savais. Vous aviez juste à choisir une autre job!

— Le problème n'est pas que tes conditions soient meilleures que les nôtres, réplique Julia avec assurance. C'est normal qu'avec les années tu obtiennes des choses que les autres n'ont pas. C'est une forme de reconnaissance de ta fidélité envers la compagnie. Dans un système plus équitable, tous auraient droit à la même reconnaissance après un même nombre d'années d'ancienneté. Et là, ce n'est pas le cas. Ce n'est pas normal.

— Ah, vous autres, les juniors! hurle aussitôt Samantha. Vous n'allez pas m'enlever ce que j'ai gagné à la sueur de mon front. Je vais me battre!

— Voyons, personne ne va te voler ta Dior! pique Gladys, la plus sénior d'entre nous.

Samantha pouffe de rire en faisant virevolter sa chevelure de Barbie derrière son épaule. Son arrogance m'exaspère. Elle sait qu'avec son ancienneté, elle ne peut pas être neutralisée. Elle est désormais perchée sur son trône et refuse d'en bouger. Plutôt que de répartir les dix bonbons qu'elle possède, elle préfère les engloutir tous. Elle se jette sur les repas d'équipage en premier. Elle demande le siège en première qui a été attribué à une junior lors d'une mise en place. Elle a même déjà refusé de faire la file aux toilettes lors d'un certain party de Noël. La vilaine belle-mère de Cendrillon, c'est elle.

— Bon, si vous voulez bien m'excuser, annoncé-je, j'ai une réservation à mon resto préféré.

Je dépose 10 euros sur la table. «Ce débat ne mènera nulle part», pensé-je. Sauf peut-être à un vote démocratique lors d'une future négociation de convention collective. Encore faudrait-il qu'il soit effectivement proposé aux employés plutôt qu'escamoté, de peur de froisser quelques séniors… Par souci de la cause, je décide de lancer une dernière pique à la dictatrice avant de partir.

— En passant, je suis presque certaine que si ce point venait à être voté, il y aurait plus de monde qui voterait pour que contre. Bien sûr, toi et ta gang ne seriez pas d'accord, mais au final, tous les votes comptent de façon égale et c'est la majorité qui l'emporte…

Je suis déjà loin lorsque, avant de bifurquer dans une ruelle, je me retourne pour regarder mes collègues. Verres levés, ils trinquent, l'air heureux. Je n'aperçois pas Samantha. Elle doit s'être sauvée à l'hôtel, rouge de colère, pour faire valoir ses piètres arguments auprès d'un groupe Facebook d'aviation…

Chapitre 7

Montréal (YUL)

*T*oc! Toc! Toc!
Le bruit en sourdine parvient jusqu'au balcon.

— Ce doit être Béa, en conclus-je.

Mon petit ami et son associé continuent de boire leur bière au soleil pendant que je me dirige à l'intérieur pour accueillir mon invitée.

— Salut, *bella*! m'exclamé-je gaiement en ouvrant la porte.

Comme prévu, je trouve mon amie radieuse, habillée avec style. Ses cheveux, qu'elle laisse pousser depuis quelques mois, ondulent dans une coupe au carré. Elle porte son *gloss* habituel, rosé. Rien ne cloche, sauf un élément : elle n'est pas seule...

— Pénélope? Je ne savais pas que tu venais.

— Je m'excuse, Scarlett, s'empresse d'expliquer Béa, je t'ai envoyé un texto, mais tu n'as pas répondu.

— Ben voyons! C'est une belle surprise! mens-je, gênée.

Je leur fais signe d'entrer en tentant de cacher ma déception. Ce n'est pas que l'invitée surprise ne me plaise pas – je la connais à peine – mais plutôt qu'elle modifie mon plan.

— Wow, c'est beau chez toi ! s'exclame Pénélope en scrutant le moindre recoin.

— Chez mon chum, tu veux dire, mais merci ! J'habite avec lui, maintenant.

— Il doit être riche pour pouvoir se payer ça tout seul, ajoute-t-elle, ce qui me rend mal à l'aise.

— Euh, Ethan est architecte. Il a modifié l'intérieur lui-même…

Je me justifie comme pour ne pas susciter la jalousie d'une quasi-inconnue. J'ouvre le frigo et en sors une bouteille de vin blanc.

— Je peux utiliser les toilettes ? s'empresse-t-elle de me demander.

— Oui, bien sûr, c'est par ici.

Je lui montre le chemin et reviens au comptoir pour remplir les verres.

— Tiens, un bon chardonnay.

Pendant que l'invitée surprise fait sa visite impro-visée, j'en profite pour m'entretenir avec Béa seule à seule.

— C'est lui, Charles, annoncé-je en pointant ma coupe vers le balcon.

— Je m'en doute, tu m'en as tellement parlé.

Elle roule les yeux.

— Et ? dis-je, surprise de ne pas entendre un « wow ! ».

— C'est vrai qu'il est aussi beau que son associé, conclut-elle, sourire en coin.

— Tu penses qu'il pourrait t'intéresser ?

Ma belle amie ne répond pas tout de suite et s'ap-puie contre l'îlot pour observer le candidat. Aussi beau qu'Ethan, il n'y a pas à dire. Grand, mâchoire carrée, souriant, minois plein de charme. Alors que mon petit ami a les cheveux bruns, ceux de Charles sont plus pâles.

— Je ne raffole pas des blonds, mais il a l'air gentil, répond-elle enfin d'un air indifférent.

— Voyons, Béa! Arrête de faire ta difficile! Il est super!

— Bah! Regarde qui dit ça!

D'un air taquin, elle me pousse de son épaule. Elle n'a pas tort. Lorsque j'étais célibataire, je jouais à la difficile, moi aussi. Il n'y a pas de mal à tenir compte de certaines préférences. Je suis seulement étonnée que ce genre de réplique sorte de la bouche de ma meilleure amie.

— Allez, viens, je vais te présenter!

Aussitôt la porte coulissante ouverte, les deux architectes cessent de parler. Sans attendre, je commence à faire l'entremetteuse entre mes deux protégés.

— Charles, je te présente Béatrice. Béa, Charles.

Le jeune homme se lève et avance pour lui serrer la main.

— Enchanté, Béatrice, j'ai beaucoup entendu parler de toi.

— En bien, j'espère? blague-t-elle.

— Salut, moi, c'est Pénélope!

Main tendue, la brune se glisse dans le groupe pour se présenter.

— Ah oui! Tu es la coloc de Béa, c'est ça? demande Ethan.

— Exact. On loue un joli appartement dans le Vieux-Montréal.

— Cool! Je vis dans ce coin-là moi aussi, s'enthousiasme Charles en regardant Béa.

— C'est un beau coin, approuve-t-elle sans rien ajouter.

Elle détourne le regard. «Qu'est-ce qu'elle a à faire sa timide? pensé-je. Charles est exactement son genre!» La colocataire saute sur l'occasion.

— Tu habites sur quelle rue?

— Saint-Paul.

— Oh! s'étonne-t-elle. Tu as un loft?

— Deux mille cinq cents pieds carrés, précise-t-il. Si tu connais le resto L'Ange Gardien, eh bien, je suis installé juste au-dessus.

L'invitée surprise s'excite aussitôt.

— C'est mon resto préféré! s'exclame-t-elle en donnant une légère tape de la main sur l'épaule du beau jeune homme.

Charles, qui n'a pas encore eu l'occasion de s'entretenir avec Béa, poursuit la conversation avec la colocataire en détournant peu à peu son attention de mon amie. Ma meilleure amie n'est pas du genre à laisser filer un bon parti. «Qu'est-ce qui lui prend?» m'interrogé-je en lui faisant des gros yeux comme elle m'en a déjà fait par le passé. Elle hausse les épaules pour me signifier son impuissance. Dès que j'ai vu Pénélope, tout à l'heure, j'ai senti que mon plan tomberait à l'eau. Cette fille cherche constamment à monopoliser l'attention. Je ne suis donc pas surprise qu'elle tente de voler la vedette. Mais pas question que ça se passe ainsi!

— Pénélope, viens avec moi, j'ai quelque chose à te montrer, annoncé-je en lui prenant le bras.

— Je reviens… lance-t-elle à Charles pendant que je l'attire à l'intérieur.

«Qu'est-ce que je pourrais bien inventer pour la retenir plus de dix minutes avec moi? Ah oui, je sais!»

— J'ai une importante soirée prévue avec Ethan la semaine prochaine, mais je ne sais pas quoi porter.

J'ouvre mon *walk-in* et balaie ma garde-robe du regard. Je sélectionne deux vêtements et les dépose sur mon lit.

— Toi qui es styliste, qu'est-ce que tu en penses?

— Hum… C'est plutôt fade comme *look*, me lance-t-elle franchement.

— Tu proposes quoi, alors?

— Ben, pour ça, il faudrait que tu retiennes mes services pendant une journée. Mes conseils ne sont pas gratuits.

Sa réponse me choque. «Ça sera donc 10 dollars pour la gorgée de vin que je t'ai offerte tout à l'heure...» rétorqué-je en silence. Mon mutisme la gêne.

— Je blague! glousse-t-elle. Tiens, cette robe, par exemple, elle te donnerait du style tout en préservant ta classe.

Je la remercie pour sa «sincère» gentillesse avant de rejoindre les autres sur la terrasse. Notre absence aura sans doute permis à Béa de reprendre sa place auprès de Charles. Lorsque j'ouvre la porte coulissante, le rire d'une fille parvient jusqu'à moi. «Je savais que ça cliquerait entre elle et lui», me réjouis-je avant d'être surprise par la scène.

— Ha! ha! s'esclaffe Béa, la main posée sur l'épaule de mon petit ami.

Mon cœur se serre dans ma poitrine. Ce n'est pas Charles qui la fait rire à ce point mais bien mon Ethan. Où est passé le bel associé? À la salle de bains? Un sentiment de jalousie incontrôlée m'envahit.

— Allô la complicité! lancé-je sèchement.

L'émotivité qui m'a submergée au Portugal rejaillit en moi de façon exponentielle. À quand remonte la dernière fois où Ethan et moi avons ri aux éclats comme ça? Je réfléchis. Hier, dans le lit. Peu importe! Cette nouvelle amitié me dérange. Mon amoureux se tourne vers moi, étonné de m'avoir entendu lancer une telle phrase.

— Ça va? Tu te sens bien?

Il tourne son attention dans ma direction pendant que Béa en profite pour se sauver à l'intérieur, accompagnée de Pénélope.

— Je n'ai rien, voyons... mens-je en tentant de masquer ce ton aigri qui trahit ma frustration.

Il me connaît trop et sait décoder les signes. Sa main se porte à mon front comme pour prendre ma température. «Je ne suis pas malade. C'est Béa avec toi qui me dérange!» aimerais-je hurler tout en sachant qu'il ne le faut pas.

— Qu'est-ce qu'il y a, Scarlett? me demande-t-il d'un ton doux et compréhensif.

— C'est Béa, avoué-je, à demi sincère. Elle ne montre aucun intérêt pour Charles et ça m'énerve!

— Laisse-la donc tranquille, la défend-il, ce qui m'alerte davantage.

— La laisser tranquille? Je pense à elle, tu sauras!

Il soupire en prenant mon visage entre ses mains pour me calmer.

— Il n'est pas son genre, c'est tout, conclut-il en posant ses lèvres sur les miennes.

Je réfléchis. Pas son genre? C'est ridicule. Ce gars-là plairait à toutes les filles. «À moins que ça soit toi, son style d'homme?» Je chasse cette idée de mon esprit. Reste que depuis que Béa vit avec Pénélope, je ne la reconnais plus. J'ai l'impression que nous nous sommes distancées. Elle est plus souvent avec sa colocataire qu'avec moi. La preuve, aujourd'hui, il a fallu qu'elle lui demande de l'accompagner.

«Par amitié, je voulais lui présenter quelqu'un de bien», me mens-je à moi-même. Je n'ai pas à me sentir coupable. Elle aussi, dans le passé, a joué à l'entremetteuse avec moi. Et je détestais ça! Je mesure l'ironie de la situation. Je redoute les rendez-vous arrangés et répète avec Béa les mêmes actes qui me répugnaient tant lorsque j'étais célibataire. Envahie par un fort sentiment de culpabilité, je me défais des bras de mon amoureux pour aller rejoindre mon amie à l'intérieur. Pénélope et Charles profitent de mon arrivée pour aller tenir compagnie à Ethan dehors.

— Béa, je voudrais m'excuser pour...

— Non, non, ne t'excuse pas, m'interrompt-elle. L'instinct d'une femme, c'est puissant.

L'instinct? Je crois comprendre à quoi elle fait référence.

— Exact! Par instinct, je sentais que toi et Charles, ça allait cliquer. C'est pour ça que je voulais te le présenter.

Elle confirme mes pensées.

— C'est ça ! Tu pensais qu'il me plairait. Tu as visé juste. Il est vraiment mon genre.

— Pourquoi tu n'as pas plus parlé avec lui, alors ?

— Parce que je ne suis pas intéressée, c'est tout.

— Mais tu viens de dire…

— J'aime être célibataire, Scarlett. Je ne cherche pas une relation.

Ce n'est pourtant pas ce qu'elle me disait quelques semaines auparavant. Son discours me semble contradictoire.

— J'ai changé d'avis, m'explique-t-elle. Charles, de la façon dont tu m'en as parlé, est du genre à s'attacher, et ça ne m'intéresse pas. C'est possible, ça, changer d'avis ?

— Bien sûr, mais si tu ne veux rien de sérieux, il aurait aussi fait l'affaire, c'est un homme…

— Il n'est pas mon genre, se contredit-elle en bafouillant.

— Mais tu viens de dire que oui…

On dirait que nous jouons au chat et à la souris. Je me demande si je suis le matou ou le rongeur.

— N'insiste pas ! D'ailleurs, tu commences à me rappeler nos anciennes amies…

Sa réplique me blesse. Je suis le rongeur.

— Tu parles de Paule et Rachel ?

— Oui, celles qui te jugeaient quand tu étais célibataire, tu t'en souviens ?

Elle esquisse un sourire narquois. De vieux souvenirs refont surface. Elles me faisaient sentir exclue, comme si mon célibat me rendait d'une quelconque façon handicapée. Je percevais de la pitié lorsqu'elles me regardaient. Ou était-ce plutôt de l'envie ? Je n'ai pas du tout envie d'être perçue comme ça par ma meilleure amie. Tout ça pour des doutes non fondés, créés de toutes pièces par mes démons du passé. À partir de maintenant, je redeviendrai Scarlett, la fille confiante, l'amoureuse et la bonne amie. Enfin, j'essaierai.

***

Chez le psy

— Ça n'a pas fonctionné, monsieur Pinault ! m'exclamé-je avec émoi en entrant dans le cabinet de consultation.

— Calmez-vous, madame Lambert, et asseyez-vous.

Il dépose ses lunettes sur son bureau en bois, avance ses deux coudes et me demande de m'expliquer.

— C'est Béa. J'ai essayé de lui présenter un bon gars et elle n'en a pas voulu. Ça ne calme pas mes inquiétudes, ça !

— Attendez. Vous voulez dire que vous avez présenté un homme à votre meilleure amie pour calmer vos propres angoisses ?

Je me cale dans le divan brun, gênée.

— Ce n'est pas ce que vous entendiez lorsque vous parliez de lui présenter quelqu'un ?

Il soupire, l'air découragé.

— Non, madame Lambert. J'ai proposé que vous l'aidiez dans ses recherches comme une bonne amie le ferait. Cela ne voulait pas dire qu'elle accepterait le premier venu.

— Ah…

— Ce n'est pas Béa, la cause de vos angoisses, mais vous et vous seule.

— Hum… Sauf que Béa est une croqueuse d'hommes, et ce Charles est croquable fois mille !

— Vous le croqueriez, vous ?

— Moi ? Jamais ! Mon Ethan est bien plus croquable que lui.

— Alors, comme vous, Béa trouve qu'il y a quelqu'un d'autre de plus croquable que ce Charles.

— Qui donc ?

Je me redresse d'un coup en éprouvant une forte envie de m'agenouiller devant mon psy pour le supplier de ne pas prononcer le nom de mon amoureux. Ma toute récente résolution de redevenir confiante vacille. Pendue aux lèvres de M. Pinault, j'attends une révélation.

— Madame Lambert, Béa n'a sans doute pas trouvé la personne en question. Et c'est pour cette raison qu'elle est encore célibataire.

Un soulagement éphémère me parcourt. Il poursuit.

— Faisons un exercice, voulez-vous ? J'aimerais que vous notiez vos angoisses dans un calepin pendant les deux prochaines semaines. J'ai l'impression que vous n'arrivez pas à évacuer certaines émotions et qu'elles se répercutent dans vos comportements.

— Quels comportements ?

Il baisse la tête pour me regarder par-dessus ses lunettes. Son expression me dit qu'il voudrait que je trouve la réponse moi-même.

— J'ai seulement l'impression que tout me tombe sur la tête depuis un bout de temps.

— Depuis quand, diriez-vous ?

Je réfléchis. Un éclair de génie me frappe.

— Ça y est ! C'est cette maudite valise de malheur !

Mon interlocuteur arque les sourcils, étonné. Suis-je vraiment en train de jeter le blâme sur une valise ?

— Ah, oubliez ça ! ricané-je avec légèreté. Je suis aussi paranoïaque !

Mon psy ne dit pas un mot. Son silence me confirme qu'il me croit folle. Le suis-je vraiment ?

Chapitre 8

Montréal (YUL) – Marseille (MRS) *deadhead*
Nice (NCE)

« Veuillez entrer votre mot de passe », me demande l'ordinateur installé dans la salle d'équipage. Je tape « Scarlett12345 », bien consciente de la facilité avec laquelle on pourrait deviner mon code. Le programme interne de la compagnie s'ouvre. Sur la page d'accueil du site, les nouvelles. Je saute immédiatement à la section « En vol » pour récupérer mon itinéraire. Je parcours le document avant d'en imprimer une copie. Une alerte d'imprimante s'affiche : « Approvisionnement de papier insuffisant. » Je me lève pour remplir le bac.

— Allô ! entends-je derrière moi.

La porte claque et j'en déduis qu'une de mes collègues vient d'entrer dans la pièce. Je ne me retourne pas, trop préoccupée d'en finir avec cette machine qui me retarde. La nouvelle venue discute avec une hôtesse assise sur une des chaises de repos. J'entends leur conversation en sourdine. Soudain, sans même me retourner, je reconnais la nouvelle arrivée. Un léger frisson me parcourt la nuque et je cherche à me ressaisir.

Je récupère les détails du vol et, avant de me retourner pour confirmer mon intuition, je balaie du regard tous les noms sur mon itinéraire. Et si je devais travailler avec elle ? Je fige. Sous mon prénom, je peux lire : Debby Richard Ross. « Malheur ! » Je me rappelle alors que la dernière fois où j'ai volé avec la femme de John, Rupert m'accompagnait, et c'est plutôt lui qui attire le malheur, pas moi. Dois-je en déduire que cette fois-ci, tout ira bien ? Je prends une profonde inspiration et me tourne pour la regarder.

— Salut ! me dit-elle par politesse lorsque nos regards se croisent.

— Salut ! réponds-je avant de la laisser poursuivre sa conversation avec l'autre agent de bord.

« Ouf ! ç'a été plus facile que je le pensais », me surprends-je avant de me rendre compte qu'il n'y a rien de plus normal à ce qu'elle m'ait souri : elle ne sait pas qui je suis et ne l'a jamais su. Je quitte la pièce en tâchant de ne pas me laisser gagner par le remords. Ce qui est fait est fait. Et puis, n'est-elle pas, aux dernières nouvelles, retournée avec John ? Je dois voir cela du bon côté : l'aventure de John avec moi les a sans doute rapprochés.

Lorsque j'arrive à la porte de sécurité réservée aux équipages, une dame en uniforme me prend à part.

— On va vous fouiller, mademoiselle.

Je ne dis rien et dépose ma valise sur sa table tel que demandé. Pendant que son collègue vérifie mes effets personnels, je me fais tâter le corps.

— Tournez-vous, m'ordonne la femme aux traits masculins.

Elle tire ma cravate et la dépose par-dessus mon *jumper*. Est-ce vraiment nécessaire ? Quelle misère de la réinsérer dans mon vêtement étroit sans qu'elle soit chiffonnée ! J'ai une pensée solidaire pour

Rupert : « Pauvre lui, qui se fait fouiller presque chaque fois qu'il vole. Au moins, ça ne m'arrive pas souvent. »

— On ouvre les jambes, maintenant, m'intime l'agente.

J'obéis et elle m'inspecte l'entrejambe du revers de la main. J'entends des talons marteler le plancher. D'autres victimes s'approchent. « Je ne serai pas la seule à jouer les cobayes », espéré-je avant de voir *Freaking*-Debbie et une collègue passer devant moi sans se faire intercepter. Elles montrent leur laissez-passer à l'homme près de la porte verrouillée, déposent leur index sur le lecteur d'empreintes digitales et se rendent de l'autre côté, pendant que moi, je suis encore là à remettre mon veston, à fermer ma valise et à tirer sur ma cravate depuis le dessous de ma jupe pour qu'elle soit droite.

Lorsque j'accède à l'aire internationale, je fais un saut à la boutique hors taxes. Pendant que je cherche sur les tablettes mon mascara Magnascopic, je me rends soudain compte de ce qui s'en vient. Je vais passer la nuit à bord du même avion que la femme de John. Les deux prochains jours, je les passerai avec elle. Je faiblis. Ma respiration s'affole. Voilà que ça recommence ! J'entends la voix de M. Pinault : « Le calepin, Scarlett. Le calepin. »

Sur le comptoir des parfums, près du *Coco Mademoiselle*, le papier se noircit. J'écris mes angoisses. « Et si elle me parlait de lui ? » Je n'ai pas revu mon commandant depuis que je l'ai laissé. « Comment savoir si je suis passée à autre chose sans même avoir entendu parler de lui ? » Je poursuis mon gribouillage. La technique fonctionne et je parviens à me détendre.

Je rejoins la barrière d'un pas pressé, mon mascara en poche. Le *showtime*, cette heure à laquelle nous devons être à bord, n'est plus qu'à une minute. Si j'arrive en retard, il se peut que le directeur de vol ait commencé son *briefing* et que les positions aient déjà été choisies. Je ne veux surtout pas me retrouver avec le dernier choix.

— Désolée, désolée, m'excusé-je en entrant dans l'avion.

— J'ai déjà commencé, m'annonce le chef de cabine d'une voix nasillarde.

— Ah oui ?

Je regarde ma montre. Elle affiche l'heure exacte du *showtime*.

— Il est 19 h 45.

— Moi, j'ai 19 h 50, rétorque-t-il avant de m'annoncer que je serai celle qui travaillera avec lui en première.

Je prends place sur un siège sans rouspéter et dirige mon regard vers la montre de ma voisine. 19 h 45. « Je ne suis pas en retard », constaté-je en me demandant si je devrais insister. J'essaie de me remémorer la dernière fois que j'ai volé avec ce directeur pour savoir à qui j'ai affaire. Son visage me dit quelque chose, mais, curieusement, je ne me souviens pas d'avoir travaillé avec lui. Étrange. J'ai pourtant une mémoire à toute épreuve. Je décide de ne pas me révolter à propos de mon sort et essaie de me réconforter, car, de toute manière, avec mon ancienneté, j'aurais été l'avant-dernière à choisir. Reste que deux choix valent mieux qu'un et que j'aurais pu me sauver de cette position dont j'ai hérité par obligation et qui me répugne pendant un vol de nuit.

En vérité, l'appareil ne me plaît pas du tout. Un gros Airbus 330 où la section avant est réservée aux passagers de première. Il n'y a aucun chariot en section économique. Résultat : mes collègues ne viendront pas s'affairer à préparer les repas ni s'activer près de moi pour faire diversion. Puisque les rideaux seront fermés pendant les sept heures de vol, un froid glacial s'installera dans la *galley*. Je tenterai de rester éveillée, mais avec seulement une dizaine de passagers dont je devrai m'occuper, ce sera un exploit d'y parvenir.

Deux heures après le décollage, mes protégés somno-
leront pendant que le reste de l'équipage distribuera
les repas. Trois cents passagers en section économique,
cela signifie moins de temps pour s'endormir et pour
se frigorifier.

Le *briefing* terminé, je suis malgré tout heureuse
d'être confinée à l'avant. Sur le comptoir de la *galley*,
je note dans mon calepin : « Je travaille en avant.
Freaking-Debbie travaille en arrière. Tout ira bien.
Plus je la regarde et moins je me sens mal. Ce n'est pas
parce que j'ai été "méchante" avec elle que je vais me
faire tromper à mon tour. Ce n'est pas mon karma. »
Je souligne cette dernière phrase pour m'en persuader.

— Scarlett, c'est ça ? m'interrompt le directeur de
vol.

— Oui. Toi, c'est Marc ?

— Exact. Tu es à l'aise avec le service de première ?

— Oui, confirmé-je.

Mon supérieur semble en douter. Il me fixe sans
bouger comme pour m'obliger à me justifier.

— Ça fait sept ans que je suis agente de bord. Je l'ai
fait plusieurs fois, t'inquiète.

Je prépare de l'eau pour les pilotes.

— Je vais le faire, s'interpose-t-il en m'arrachant
les bouteilles des mains.

Il entre dans le poste de pilotage à ma place pour
les leur remettre. Je n'en fais pas de cas, consciente
que plusieurs directeurs aiment prendre en charge
certaines de ces responsabilités. Lorsqu'il revient, il se
rue à mes côtés.

— Tu n'ouvres pas les bouteilles de vin ?

— Hum… non, réponds-je en me basant sur la
procédure.

— Hum, oui, on va les ouvrir, me dicte-t-il en pos-
tant son nez pointu à deux pouces de mon visage.

Je recule d'un pas.

— Je ne voudrais pas paraître insolente, mais on a
encore sept heures de vol, rétorqué-je.

— Justement ! C'est bien peu. Après le décollage, tout sera déjà prêt.

Je décide d'obéir, en me doutant que je suis victime d'un abus de pouvoir de la part de mon supérieur. Je déteste recevoir des ordres insensés d'un ton aussi catégorique. Je refrène la pression qui monte. « Le calepin ! » Je le récupère aussitôt et note : « Tu es zen. Tu es zen. Tu es zen. » Je m'acquitte de ma tâche et me dis que M. Pinault serait fier de moi. « Choisissez vos batailles, Scarlett, et laissez les autres livrer les leurs », me soufflerait-il à l'oreille.

Lorsque l'appareil décolle et que, à peine les roues rentrées, Marc récupère son micro pour expliquer les consignes de sécurité, je comprends que mon intuition m'a trompée. Ce n'est pas *Freaking*-Debbie qui jouera avec mes nerfs, c'est lui.

— Nous volons en direction de la merveilleuse ville de Marseille ! Vous remarquerez que cet appareil compte sept toilettes réparties comme suit : deux à l'arrière, deux à la rangée 33, deux à la rangée 10 et une à l'avant. Notez qu'il n'est pas permis d'attendre en file indienne devant les toilettes. Selon les règles de l'aviation civile, un nombre maximal de trois personnes est autorisé dans l'allée…

Mais qu'est-ce qu'il raconte ? Aucune loi ne stipule ça. À moins qu'une nouvelle procédure n'ait été affichée et que je n'en aie pas pris connaissance ? Je m'avance sur mon strapontin pour regarder mon collègue assis à la porte opposée. Les jambes croisées, une main sur l'interphone, l'autre valsant au rythme de ses paroles, il poursuit son discours. Sa voix monte dans la cabine comme pour s'assurer que les passagers l'écoutent. Ou plutôt qu'il s'entende lui-même. Il ne remarque l'expression d'incrédulité sur mon visage qu'une fois son sermon terminé.

— Oui ? me demande-t-il, curieux.

Le signal des ceintures s'éteint et je me lève pour lui parler en face.

— On a déjà volé ensemble, non ?

— Non, je ne pense pas.

« Ce Marc me dit quelque chose, pensé-je, et ce n'est pas à l'aéroport ni dans l'avion que je l'ai croisé. » Où, alors ? N'arrivant pas à m'en souvenir, je m'attelle à l'essentiel. Avec une délicatesse extrême, je me lance :

— Est-ce que tu as dit que les passagers ne pouvaient pas faire la file devant les toilettes ?

— C'est ce que j'ai dit.

— On a reçu un nouveau mémo ? Je ne l'ai pas vu passer, celui-là…

Il hésite avant de me répondre.

— Pourquoi tu me demandes ça ? Tu doutes de mes compétences ? rétorque-t-il, sur la défensive.

J'hésite à mon tour, légèrement sonnée par sa réplique.

— Non, non. Je ne suis pas au courant de cette procédure, c'est tout, mais si tu le dis, je te crois.

Il sourit et précise :

— Il n'y a pas suffisamment de masques à oxygène près des toilettes. S'il y avait une décompression rapide, ce ne serait pas sécuritaire pour les passagers. C'est pour ça que je dis ça sur *mes* vols.

En résumé, il m'avoue qu'il vient d'inventer une nouvelle procédure à bord, car il s'y connaît mieux que Transports Canada. « Reste zen, Scarlett, reste zen ! » me répété-je intérieurement. Si une décompression rapide devait se produire pour quelque raison que ce soit, la poussière embrumerait la cabine. J'aurais mal aux dents. Aux oreilles. Mes plombages sauteraient. Je serais peut-être aspirée vers l'extérieur. Qu'il y ait dix ou trois personnes en file, elles seraient soit déjà envolées, soit agrippées quelque part en train de récupérer un des masques supplémentaires sur chaque rangée de sièges. Son hypothèse ne tient pas la route, mais, par peur de créer un conflit, je me garde de lui exprimer mon idée et décide de commencer mon service en première.

Soudain, ma mémoire revient. Je savais que ce Marc me disait quelque chose. C'est dans les médias que j'ai aperçu son visage. Pas dans l'avion! Mes angoisses rejaillissent. Comme si je n'avais pas assez de *Freaking*-Debbie à bord, il me fallait voler avec un *Freaking*-Marc. Je récupère mon calepin pour y inscrire deux mots: «À l'aide!»

Chapitre 9

Marseille (MRS) *deadhead* Nice (NCE)

Nous venons de monter à bord du bus qui nous déposera à notre hôtel à Nice. Le trajet dure environ deux heures et l'équipage en profite pour se reposer. Comme *Freaking*-Debbie s'est assise à l'arrière, j'ai pris place à l'avant. Je me suis couchée en allongeant mes jambes sur les sièges de l'autre côté de l'allée. Je bloque le passage, mais mes collègues dorment à poings fermés. Je réussis moi aussi à m'endormir, bercée par le bruit de la boîte de vitesses lorsque le véhicule effectue un dépassement sur l'autoroute. Je rêve que je suis à bord de l'avion. Je suis assise sur mon strapontin et je tiens un journal entre mes mains. L'article se lit comme ceci :

Quand un agent de bord pète les plombs…

Énervé par un passager qui n'avait pas suivi ses instructions, un agent de bord de VéoAir, Marc Besner, a fait une dernière annonce dans le système de communication interne et a ensuite déclenché la sortie d'un toboggan de sauvetage pour prendre la poudre d'escampette, deux bières à la main, en plein sur le tarmac de l'aéroport de Montréal.

Je lève les yeux pour regarder mon collègue qui s'affaire à nettoyer le comptoir dans la *galley*. C'est l'homme dont parle l'article. Mes globes oculaires s'agrandissent et je fige. Il se retourne et remarque ma surprise. Je viens de le démasquer. « C'est trop tard ! » s'écrie-t-il en tirant sur la poignée de la porte pour l'ouvrir à 36 000 pieds dans les airs. « *Noooon !* » hurlé-je pour l'en empêcher avant que mon cauchemar soit interrompu.

— Ça va ?

Freaking-Marc me secoue en m'entendant crier dans le bus. Je m'assois sur mon siège pour me ressaisir.

— On n'est pas encore arrivés ? Il me semble que ça fait des heures qu'on est partis…

— Il reste trente minutes, environ. Tu dois être fatiguée pour rêver de même, me dit-il en prenant place sur un siège en diagonale du mien.

— Un peu.

Je dirige mon regard vers la fenêtre du bus, un peu gênée d'avoir rêvé à mon supérieur de façon aussi horrible. Pourtant, c'est bien ce qu'il a fait : il a ouvert une porte en déployant la glissière d'urgence sans même qu'il y ait la moindre urgence. De la pure démence, digne d'un épisode psychotique. Tout à l'heure, je n'ai pas osé lui demander de me raconter ce qui s'est passé ce jour-là. À vrai dire, il a tellement joué avec mes nerfs que le moins j'avais à lui parler, le mieux je me sentais.

Le service terminé, je suis entrée dans le poste de pilotage pour prendre un café. Les étoiles brillaient et le soleil n'était pas encore levé. Je me suis assise sur le strapontin derrière les pilotes et j'ai gardé le silence. J'étais en transe. Au bout de cinq minutes, le téléphone a sonné. C'était mon directeur. Il avait besoin de moi à l'arrière. Vraiment? Tout le monde dormait. Je disposais de deux heures avant de les réveiller. Je suis sortie pour me rendre compte qu'il voulait prendre ma place. Après m'avoir ordonné de retourner à ma position, il est entré à son tour dans le poste pendant vingt longues minutes.

— Tu sais, je voulais te demander quelque chose, chuchoté-je pour ne pas réveiller mes collègues assoupis dans le bus.

Freaking-Marc s'approche sur le siège voisin.

— Qu'est-ce que tu aimerais savoir?

— En fait, tu dois t'en douter…

— Tu te demandes ce qui s'est passé quand j'ai pété les plombs?

J'acquiesce d'un mouvement de tête, embarrassée par ma curiosité. Il ne semble pas importuné par ma question mais plutôt heureux que je la pose. Il a raconté cet événement un millier de fois, mais je le transporte à nouveau dans ses souvenirs, en ce mois de juillet d'il y a trois ans.

— Nous revenions de Las Vegas. À l'aller, nous n'avions pas eu un moment de répit. Un gin par-ci et une vodka par-là. Pendant l'embarquement, j'ai remarqué une dame et son mari qui se chicanaient. Je suis allé les voir à leurs places pour les avertir que s'ils continuaient ainsi, j'allais les laisser au Nevada. La dame a levé les yeux au plafond comme si elle s'en foutait, mais son mari a réussi à la calmer. J'ai donc pensé que la situation avait été maîtrisée.

— Ha! ha! Erreur… lancé-je, puisque je connais la fin de l'histoire.

— En fait, tout s'est bien passé jusqu'au service du repas, reprend-il. C'est là qu'elle s'est remise à se quereller avec son mari et a lancé par terre son plateau rempli de pâtes. Elle gueulait qu'elle voulait une cigarette. Quand je suis arrivé pour voir le dégât sur le plancher, elle s'est levée et m'a dit: «Je m'en vais à la toilette!» Je l'ai suivie et, avant qu'elle referme la porte derrière elle, je l'ai prévenue de ne pas essayer de fumer.

— C'est sûr que c'est ce qu'elle voulait faire! Elle t'a répondu quoi?

— Elle s'est mise à crier comme une enragée: «Tu ne sais pas ce que j'ai à vivre en ce moment. Mon mari est un sans-cœur! Un ingrat! C'est moi qui ai payé son voyage!»

— Bla bla bla! renchéris-je.

— Justement. Elle me prenait pour qui? Comme si j'allais lui dire: «Madame, je vous prends tellement en pitié que je vous donne l'autorisation de fumer et de mettre la vie des autres passagers en danger!»

— Hum… marmonné-je en remarquant l'ironie de la situation.

Finalement, c'est quand même lui qui est descendu dans la glissière d'urgence, pas les passagers.

Il poursuit son récit.

— Je l'ai avertie encore une fois. Mon commentaire a eu l'effet d'une bombe. Elle s'est écriée: «Alors là, je suis écœurée!» et j'ai vu sa main s'avancer vers mon visage. J'ai levé mon bras pour bloquer sa claque. Je ne m'attendais pas à ça et j'ai figé pendant qu'elle, elle s'est enfermée dans la salle de bain pour se cacher. Je bouillais de rage.

À l'entendre, je suis heureuse de ne pas avoir été celle qui a failli se faire attaquer. Je ne sais pas comment j'aurais réagi. Je me serais sans doute immobilisée le temps de comprendre qu'une passagère venait de faire entrave au code de l'aviation civile.

— Je me suis mis à cogner contre la porte. Plus je cognais, plus je me disais que ma job était merdique! J'avais juste le goût de remettre ma démission. C'était comme si je venais d'avoir une révélation.

Son commentaire m'étonne. «Si tu voulais donner ta démission, pourquoi es-tu encore là, dans ce bus, trois ans plus tard, à me raconter cette anecdote?»

— J'ai été obligé d'utiliser le loquet de sécurité pour ouvrir la porte. Elle a aussitôt lancé : « Je ne peux pas rester assise près de mon mari ! J'ai le cancer du sein. J'ai emmené mon mari à Vegas et il n'a pas voulu faire l'amour avec moi de tout le voyage… »

En plus d'être policiers, infirmiers et membres de la brigade antiémeute, les agents de bord sont aussi de fins psychologues.

— Je l'ai prise en pitié, m'avoue *Freaking*-Marc. Et je l'ai changée de siège sans faire cas de sa claque.

— Sage décision, approuvé-je avec empathie.

— Ça n'a rien changé au fait que j'avais décidé de remettre ma démission une fois de retour à Montréal.

— Mais qu'est-ce qui s'est passé pour que tu le fasses avec autant de… panache ?

— Pendant la descente, la dame est revenue me voir. Elle voulait être la première à sortir de l'avion. J'ai soupiré et lui ai dit qu'il n'y avait aucun siège libre à l'avant. Elle a insisté en pointant un siège en première. J'ai répondu que je ne pouvais pas demander à un passager de première de s'asseoir en arrière.

— Elle se croyait tout permis, à ce que je vois.

— Comme plusieurs autres… Mais ce n'est pas tout. Une fois sur le tarmac, je l'ai vue se lever et ramasser ses affaires pendant qu'on était encore en train de rouler. Elle voulait dépasser tous les passagers et se pointer près de la porte avant eux. J'ai vu son petit manège et je me suis précipité à sa rencontre. Je lui ai ordonné de s'asseoir, mais elle n'a pas bougé d'un poil. J'ai insisté, puis elle m'a traité d'« espèce de connard » !

— Elle avait vraiment envie d'aller fumer !

— Elle avait perdu le nord et moi aussi. Ce n'était sûrement pas elle qui allait sortir en premier, mais moi ! Je suis retourné à l'avant. L'appareil venait d'arriver à la barrière et j'ai entendu les moteurs s'éteindre. J'ai ramassé deux bières, utilisé l'interphone pour transmettre mon message d'adieu dans toute la cabine : « À celle qui m'a traité de connard, *allez vous faire foutre*!», puis j'ai ouvert la porte pour déclencher le toboggan. *Priceless*!

Mon interlocuteur éclate de rire. Visiblement, il ne regrette rien.

— Ayoye! m'exclamé-je, choquée par son attitude.

— C'est la chose la plus satisfaisante que j'ai faite de ma vie!

Je réfléchis. J'imagine l'émotion qu'il a dû ressentir. Une pure libération! Mais moi, jamais je n'oserais faire ça. J'ai toute ma tête, moi…

— Tu ne penses pas que tu y es allé un peu fort? le relancé-je. La glissière… les deux bières. Tu as donné ta démission ou pas, finalement?

— Non, c'est la compagnie qui m'a congédié.

— Et…? demandé-je, ne comprenant pas pourquoi il est devant moi.

— J'ai profité de ces petites vacances pour me remettre sur pied et j'ai ensuite mis le syndicat sur mon cas. Ils n'ont pas eu le choix de me réengager, m'avoue-t-il fièrement.

— Ah! c'est vrai que c'est positif, les syndicats… («… et négatif pour avoir défendu un danger public comme toi!» pensé-je.)

Je porte mon regard vers la route. Le bus vient de s'engager sur la bretelle de sortie. Nous sommes presque arrivés à l'hôtel. Plus qu'un vol de retour avec *Freaking*-Marc et je le mettrai sur ma liste noire d'agents de bord. D'ailleurs, j'aurais dû le faire avec la femme de John. Quoi qu'elle n'a pas été très difficile avec moi aujourd'hui. J'espère que la tendance se maintiendra.

— Le volcan ne vous a pas causé trop de problèmes? demande le chauffeur au commandant lorsqu'il nous remet nos valises rangées dans le compartiment extérieur.

— Le volcan? l'interroge-t-il en arquant un sourcil.

— Vous n'êtes pas au courant? Un volcan en Islande est entré en éruption cette nuit. Les médias disent que ça va perturber l'espace aérien pendant des jours.

Un doute s'affiche sur le visage du pilote. Le conducteur du bus en saurait plus que nous à ce sujet ? Possible. Nous n'avons pas survolé l'Islande. Il n'y avait donc pas d'urgence à nous en informer.

— Ça ne doit pas être si grave, car on nous l'aurait dit, rétorque le pilote pour sauver la face.

— Pas de souci ! affirme l'homme à l'accent marseillais avant de nous souhaiter un bon séjour.

Nous entrons dans le hall de l'hôtel. *Freaking*-Marc avance vers la réception pour récupérer les clés de nos chambres. Je m'empare du tabloïd à ma droite. En gros titre, je peux y lire : « Le volcan islandais Eyjafjöll entre en éruption après 200 ans d'inactivité ». Comme je m'apprête à consulter l'article, j'entends mon directeur interpeller le commandant.

— Il y a une note à ton nom, annonce-t-il en lui tendant le bout de papier.

Le pilote s'avance et consulte le message.

— Il faut que j'appelle *crew sked*, déclare-t-il en réclamant un téléphone.

« Ça s'annonce mal, conclus-je avant de m'ordonner : Rupert, sors de ce corps ! »

Chapitre 10

Nice (NCE) – Bruxelles (BRU) – Montréal (YUL)

— Heille! Regarde qui est venue faire un tour! m'annonce Ethan en répondant à mon appel sur FaceTime.

Son beau sourire disparaît de l'écran pour être remplacé par celui de ma meilleure amie. « Béa? » me demandé-je en la voyant dans le bureau de mon amoureux.

— Ah! salut! m'exclamé-je en tentant de cacher ma surprise. Vous faites quoi?

Ethan redirige le téléphone vers lui et ignore ma question.

— Comment a été ton vol?

— Bien, sauf que j'ai l'impression de vivre la pire escale de ma vie.

— Hein? Comment ça? poursuit-il.

Béa s'approche de mon interlocuteur pour voir mon visage et pour que j'aperçoive le sien.

— Premièrement, je vole avec un directeur complètement cinglé. Tu sais, Béa, celui qui a gonflé une glissière pour sortir de l'avion ?

— Marc Besner ?

— Oui ! Il est fou, ce gars-là ! Il est convaincu qu'il a fait la meilleure chose au monde !

Elle éclate de rire. J'ai l'impression qu'elle manque de sincérité.

— Ce n'est pas si grave. Si tu ne le contredis pas, tout ira bien, me conseille-t-elle.

— Ouais, mais il y a pire. Je vole avec *Freaking*-Debbie !

Béa arque les sourcils. Ethan aussi.

— Ne faites pas cette tête-là. C'est juste qu'on ne sait jamais sur quel pied danser, avec elle. Un jour elle est gentille, et l'autre, elle me saute au visage pour une histoire de salade.

En vérité, j'aurais aimé approfondir la question avec Béa. Lui dire que j'ai peur d'entendre parler de John et que les émotions passées ressenties envers lui remontent à la surface. Ma meilleure amie sait ce que cela pourrait signifier : remettre en question ma relation avec Ethan, celui qui fait battre mon cœur sainement depuis plus d'un an. Je me contente d'expliquer mon dernier malheur.

— Le pire, c'est que je ne sais pas si je vais revenir demain.

— Comment ça ? demande Ethan d'un ton neutre et calme.

— Il y a un volcan en Islande qui est entré en éruption et, selon les données météo, le nuage de cendres se dirige vers la France. Ce qui fait qu'on risque de ne pas pouvoir décoller demain, expliqué-je d'un air affolé.

— Ça prendra le temps qu'il faut, Scarlett. Le plus important, c'est que tu sois en sécurité, déclare-t-il sans montrer la moindre déception.

Pardon ? Pas même un « je vais m'ennuyer de toi » ? Je m'énerve en laissant mon imagination vagabonder.

Ethan sans moi. Béa dans son bureau. « Tu auras tout ton temps avec elle, c'est ça ? »

— Je risque de ne pas revenir avant des jours et c'est tout ce que tu trouves à me dire ? m'énervé-je.

Ma meilleure amie détourne son regard du mien pour regarder Ethan. Elle doit se sentir de trop et c'est justement mon but. Mon amoureux, de son côté, ne comprend pas ma réaction, et je me rends compte que j'ai encore l'air d'une jalouse hystérique.

— Désolée, c'est la fatigue. Tu as raison : la sécurité avant tout.

— Tu me tiendras au courant, ajoute-t-il en s'approchant pour donner un baiser sur l'écran.

J'éteins l'ordi et me glisse sous les couvertures. Je n'ai pas fait de sieste aujourd'hui, car notre escale ne dure que dix-huit heures. Si j'avais dormi ne serait-ce que quelques heures, ç'aurait été l'insomnie assurée cette nuit. Je suis donc sortie marcher sur la promenade des Anglais. J'ai déambulé dans le Vieux-Nice et me suis laissée charmer par un sac d'herbes de Provence ainsi que par un parfum d'ambiance à base de lavande. Assise à une terrasse, j'ai englouti en un temps record une salade niçoise, puis j'ai regagné l'hôtel.

Dans mon lit, j'allume la télé. On annonce que le Royaume-Uni, la Belgique et l'Irlande viennent de fermer leur espace aérien. Le commandant nous a seulement dit qu'il se pouvait que notre route de retour soit plus longue que prévu, par mesure préventive. En effet, il semble que les cendres volcaniques puissent provoquer l'arrêt des réacteurs d'un avion. Pour le moment, ça ne doit pas être très grave si rien n'a encore été modifié. Notre heure de réveil est demeurée la même. Je ne sais donc pas pourquoi j'ai, d'une certaine façon, menti à Ethan. Pour le tester ?

Je me mets à zapper en espérant tomber sur un bon film. Rien ne capte mon attention et je ferme la télé. Pendant que je sombre dans le sommeil, j'essaie de me remémorer ce qu'Ethan m'a répondu lorsque je lui ai demandé ce que Béa faisait dans son bureau. Trop occupée à lui raconter mes péripéties, je n'ai sans doute pas prêté attention à sa réponse. Je m'endors en oubliant que demain, l'imprévu m'attend.

***

— *Check out*, chambre 124, annoncé-je à la réceptionniste en déposant ma carte électronique sur son comptoir.

— Bon vol !

Je souris à demi à la femme en n'arrivant pas à dissimuler mon appréhension de la journée. En arrivant dans le hall, le commandant m'a annoncé deux choses.

— J'ai une bonne nouvelle et une mauvaise. Laquelle tu veux entendre en premier ?

Un rigolo, ce pilote. Ses yeux bleus pétillaient. Comme si ça lui faisait vraiment plaisir de jouer aux devinettes avec moi. J'ai demandé la bonne en premier.

— On décolle comme prévu.

J'étais rassurée, même s'il avait encore une mauvaise nouvelle à m'annoncer.

— On ne va pas atterrir à l'heure à Montréal.

J'ai compris que la théorie de la veille se révélait juste. Une fois à bord de l'avion, le pilote clarifie la situation.

— Le nuage de cendres craché par le volcan islandais s'est déplacé vers le sud de la France. Notre itinéraire initial nous faisait passer directement dedans, ce qui, comme vous pouvez le comprendre, n'est plus une option. Par précaution, tous les avions remontent vers le nord pour le contourner, ce qui fait que l'espace aérien est congestionné. Nous allons donc devoir nous rendre jusqu'à Bruxelles et patienter.

— J'ai des enfants qui m'attendent ! s'énerve soudainement *Freaking*-Debbie.

« Tu n'es sûrement pas la seule dans cet équipage ! » rouspété-je intérieurement. Le pilote remet les choses en perspective.

— Moi aussi, j'ai des enfants. Après autant d'années dans l'aviation, on est tous conscients que des imprévus peuvent survenir. C'est hors de mon contrôle, en passant…

Tout l'équipage se tourne vers la principale intéressée, qui semble avoir oublié dans quel milieu elle évolue. S'adapter à de nouvelles circonstances est difficile, surtout lorsque ça implique d'autres personnes, mais ce n'est pas une raison pour se mettre à chialer. Je pourrais moi aussi, même si je n'ai pas d'enfants, en faire tout un plat, car j'avais des projets. Par contre, cela ne changerait rien aux circonstances. Mieux vaut se laisser guider par l'aventure ; on ne sait jamais ce qui en ressortira de bien. Quoique aujourd'hui, je me demande quel vent favorable pourrait bien me souffler dessus. Et quand on m'informe du poste que j'occuperai à bord de l'avion, j'en doute encore plus : mon strapontin se trouve à côté de celui de *Freaking*-Debbie !

***

— Il me semble qu'on n'a jamais volé ensemble, non ? finit-elle par me demander une fois que nous avons atterri à Bruxelles.

Sa question me surprend. En plus d'être hystérique, *Freaking*-Debbie est amnésique. Elle ne se souvient pas de moi ? Qu'en est-il de cette fois où elle m'a sermonnée pour lui avoir « volé » sa salade ? Je n'ose pas lui rafraîchir la mémoire et me contente de lui mentionner notre dernier vol.

— En fait, tu étais en lendemain de veille.

— Ah oui ? En revenant de Cuba ?

— Ça se pourrait. Tu n'allais pas très bien, je crois, expliqué-je de façon hypocrite.

En effet, je connais très bien la raison qui l'a poussée à boire autant, à l'époque. Elle doutait de la fidélité de John. Son instinct était juste, car il couchait avec moi.

— En tout cas, tu m'auras croisée dans un très mauvais moment de ma vie. Ça va beaucoup mieux, maintenant.

« Tu trouves ? » Des cernes bleuâtres bordent ses yeux, sans doute le résultat d'une nuit d'insomnie. Néanmoins, elle pique ma curiosité. Sa vie va mieux ? C'est l'amour fou avec John ? Un homme s'avance, interrompant notre discussion.

— On va rester longtemps ici ?

Déjà une heure que nous sommes au sol et nous n'avons pas encore reçu de créneau horaire pour décoller. Je me doute que le temps d'attente risque de s'allonger.

— Comme le commandant l'a expliqué tout à l'heure, répété-je, l'espace aérien est surchargé à cause de l'éruption d'un volcan en Islande. Jusqu'à maintenant, nous n'avons reçu aucune autre précision. Nous vous informerons dès que possible.

L'homme fait une moue et retourne à son siège. Dans la cabine, les passagers marchent dans l'allée. Les toilettes sont encombrées. Je n'ai nulle part où aller et *Freaking*-Debbie semble disposée à se confier. Contre mon gré, je me transforme à nouveau en cette Scarlett mensongère qui me répugne tant.

— Tant mieux, parce que tu m'avais semblé triste, tenté-je pour lui tirer les vers du nez.

— Mon mari me trompait, m'avoue-t-elle sans retenue.

— NON ! C'est horrible !

Je frappe mes genoux des mains pour accentuer mon sentiment de désarroi. Elle poursuit :

— Une plus jeune ! Quelle surprise !

— Le péché mignon des hommes…

— Ouais, des filles faciles !

— Mets-en ! renchéris-je, presque convaincue de ce que je dis.

Apparemment, elle ne connaît pas l'identité de la maîtresse. Évidemment, puisqu'elle se confie à moi. J'ai l'impression de parler d'une autre personne. Je ne devrais pas me dénigrer. Je ne suis pas une fille facile. C'est plutôt John qui devrait être assis sur le banc des accusés.

— Mais sans vouloir défendre la maîtresse, je ne pense pas que c'est à elle de porter tout le blâme...

— Je suis d'accord. J'ai mes torts. Il a les siens. Nous avons décidé de rester ensemble pour les enfants et cet arrangement me convient parfaitement. Il pense que je suis là à l'attendre, mais ce qu'il ne sait pas, c'est que j'ai trouvé le meilleur des amants !

John, cocu ? Cette idée me comble. J'aimerais poursuivre la conversation, mais nous sommes interrompues par la sonnerie de l'interphone.

— On va faire un service d'eau, annonce la voix nasillarde de Marc.

Une pile de verres dans une main et une bouteille d'eau dans l'autre, je me glisse dans l'allée.

— De l'eau ?

Une dame me fait signe. Je m'arrête et lui tends ma pile de verres retournés pour qu'elle en prenne un. Elle en saisit un et tire pour le séparer des autres. Rien ne bouge. Elle serre plus fort et tire encore.

— Doucement, madame, lui conseillé-je.

Elle me regarde, incrédule. Elle se dit sûrement : « Ce sont vos verres, le problème ! » Je souhaiterais lui enseigner la technique. Cours nº 1 : on pince légèrement la base du verre du dessus de la pile entre deux doigts et on tire. Astuce : Il ne faut pas presser le rebord du verre contre les autres en dessous, sinon il ne glisse pas. Logique, non ?

Mieux vaut faire le travail à sa place. Je coince ma bouteille d'eau sous mon bras pour me libérer une main et retire moi-même le contenant. Le liquide servi, je passe au passager suivant.

Je me demande si nous resterons longtemps au sol. Déjà presque deux heures que nous patientons sur le tarmac. C'est si grave que ça, des cendres volcaniques? Apparemment, oui. Si l'appareil entre dans la zone affectée, les réacteurs risquent de s'arrêter. C'est déjà arrivé sur un vol de British Airways. En entrant dans le nuage de cendres, il a perdu toute sa puissance. Les quatre moteurs éteints! Heureusement, l'avion est sorti du secteur périlleux et les réacteurs ont redémarré.

L'idée de mourir de façon aussi tragique m'attriste. J'imagine John apprendre la nouvelle. Son ex-maîtresse et sa femme à bord du même avion! Quelle ironie! Et mon Ethan? Serait-il démoli de m'avoir perdue? Anéanti? Je me repasse notre conversation d'hier, alors que Béa était à ses côtés. Je comprends soudain que ce n'est pas ma mémoire qui m'a fait défaut. Je n'ai jamais su ce qu'ils faisaient ensemble au bureau. Il a ignoré ma question. Pourquoi n'ai-je pas insisté? Serait-ce parce que mes séances chez le psy fonctionnent?

Chapitre 11

Bruxelles (BRU) – Montréal (YUL)
Au-dessus de l'Atlantique

Il y a trois heures, nous nous sommes envolés vers le Canada. Les passagers ont applaudi lorsque le commandant a annoncé que nous avions enfin l'autorisation de redécoller. J'ai été soulagée que ces deux heures d'attente ne se soient pas transformées en quatre ou cinq heures. Avec tout ce trafic aérien, qui sait combien de temps nous aurions pu attendre sur le tarmac? En réalité, j'appréhendais le pire, car depuis que la valise de Rupert m'accompagne, j'ai l'impression qu'une série de malheurs me frappent.

— Ça fait du bien d'entendre parler français, m'annonce un beau jeune homme en sortant des toilettes.

Je souris poliment et continue de ranger les chariots dans la *galley* arrière. L'homme s'avance et poursuit.

— J'arrive d'un voyage de huit mois en Inde.

Il a piqué ma curiosité. Il me semble sympathique, alors j'engage la conversation sans pour autant cesser mes occupations. Une simple question suffit à lui faire déballer son voyage.

— J'ai pris un congé sabbatique. Je suis professeur de littérature à l'université.

Il s'avance et colle son dos au mur. Je pousse le chariot dans son réduit et commence à vider les liquides dans le lavabo au fond de la cuisine.

— L'Inde, t'aimes ou t'aimes pas, poursuit-il.

— Je n'y suis jamais allée, mais deux de mes amies, oui. L'une a adoré et l'autre a détesté, dis-je, encore intéressée à lui parler.

Il fait un pas en avant et traverse la ligne imaginaire de ma bulle personnelle d'hôtesse.

— J'ai bien aimé le Taj Mahal, ajoute-t-il en avançant un peu plus.

Il transfère son poids sur une jambe et prend appui d'une épaule sur les compartiments en métal qui contiennent les gobelets en plastique dont j'ai besoin. Un sentiment d'inconfort me saisit et mon intérêt pour ses propos s'envole. Indifférent à mon silence, il poursuit son récit pendant que j'analyse la situation. J'essaie de délimiter mon territoire.

— Pardon, dis-je, j'ai besoin de prendre...

Je pointe le doigt vers le compartiment en question. J'ose espérer qu'il comprendra que ses six pieds m'empêchent de travailler, mais il n'en est rien. L'intrus ne fait que changer d'emplacement et demeure dans la zone interdite.

D'ailleurs, tout agent de bord connaît cette zone. Elle n'est pas très grande et devrait donc être facile à respecter. En règle générale, elle commence après le rideau, là où les compartiments sont intégrés. Un ruban invisible d'environ deux pieds bloque le passage et annonce « Section réservée aux membres de l'équipage ». Comme pour une scène de crime, il empêche les curieux d'entrer dans ce secteur, qui doit par ailleurs demeurer stérile. Mais l'avertissement n'est visible que pour le personnel de bord. Comme si nous avions un pouvoir magique. Les passagers, eux, lisent plutôt : « Entrez, faites comme chez vous. »

— J'ai aussi visité le Laos, le Cambodge…

« Je suis prise au piège ! » pensé-je. Je réclame la présence de *Freaking*-Debbie. N'est-ce pas ironique ? Je prie pour qu'un de mes collègues arrive et me permette de me sauver. En effet, puisque je suis seule à l'arrière, je ne peux pas partir. Quelqu'un doit surveiller l'endroit. À moins, bien sûr, qu'il y ait une vraie urgence.

Après avoir tenté des sourires gênés, des silences et des « hum » avec l'intrus, je décide de jouer franc-jeu et de le chasser. Comment lui dire gentiment que sa présence m'empêche de travailler ? « Ton siège est ton espace, ma *galley* est le mien ! »

Comme si mes souhaits avaient été entendus, la voix de *Freaking*-Debbie retentit dans le haut-parleur.

— Un *médickmnien* ! Un *médickmnien* !

Les mots prononcés sont incompréhensibles, certes, mais j'en profite pour m'esquiver.

— Désolée, on m'appelle, mens-je. Vous allez devoir regagner votre place.

L'homme comprend le message et disparaît. Soulagée, je reprends mes tâches. L'annonce au micro résonne en différé dans mes oreilles.

— Un médecin ! traduis-je.

Je cours à la cabine et y jette un coup d'œil. Un groupe de personnes est rassemblé au milieu de l'allée. J'aperçois *Freaking*-Debbie qui agite les bras. Ses gestes ne trompent pas : il y a urgence.

Alarmée, je songe à la rejoindre mais je me retiens. Je suis déjà à l'arrière, là où se trouve la trousse médicale. Ne connaissant pas les détails de la situation, je décide de prendre le nécessaire. Juste au cas… Je remonte l'allée, la mallette orange dans une main et le défibrillateur dans l'autre. À mon arrivée, je suis surprise d'être la première à rejoindre la paniquée.

— Qu'est-ce qui se passe ? demandé-je en gardant mon sang-froid.

— La dame à la fenêtre, elle… elle… tente-t-elle de m'expliquer sans y parvenir.

Elle désigne la rangée, là où les gens sont regroupés.

— Poussez-vous ! ordonné-je.

Les passagers reculent.

— Elle a dit qu'elle ne se sentait pas bien et elle s'est évanouie, dit un homme assis au milieu.

Je regarde la dame à sa droite. Son teint est bleuâtre.

— Quittez votre siège, monsieur.

Le voisin libère la rangée.

— Je suis son mari, m'annonce-t-il.

— Elle a des problèmes de santé ? lui demandé-je calmement en allongeant la femme sur les sièges.

— Non, rien.

Comme l'homme vient de m'apprendre qu'elle s'est évanouie, je soulève ses jambes pour la faire revenir à elle. « Elle devrait se réveiller d'une seconde à l'autre », pensé-je. Mais rien ne se produit. À part les évanouissements, je n'ai pas l'habitude des urgences médicales. Je détourne mon regard de la dame pendant une demi-seconde. J'espère en vain apercevoir *Freaking*-Marc.

— Va chercher le directeur de vol ! ordonné-je à l'incompétente *Freaking*-Debbie.

11 h 15 et 30 secondes.

L'inertie du corps m'ébranle. Mon cœur se met à battre plus vite et de l'adrénaline afflue dans mes veines. « Merde ! C'est pire que je pensais ! » paniqué-je en silence. Je masque mon trouble et essaie de me rappeler la prochaine manœuvre à exécuter.

Une tape ? Une pichenotte ? Je me sermonne pour avoir rêvassé lors de ma dernière formation en secourisme. « Tu vois, Scarlett, si tu n'avais pas pensé à Ethan et à Béa, tu saurais quoi faire ! » Je lève de nouveau les yeux à la recherche du directeur de vol. Il n'arrive pas. Mais qu'est-ce qu'il fait ? Et le médecin que *Freaking*-Debbie a appelé ? Je comprends alors que, pour le moment, je suis seule et que je n'ai pas de temps à perdre.

11 h 15 et 35 secondes.

Je vérifie si la dame, toujours inconsciente, respire. Je me concentre et observe sa poitrine. Plusieurs curieux sont rassemblés derrière moi et font de l'ombre, m'empêchant de bien voir.

— Vous ! Reculez et asseyez-vous !

— Mais je suis assis où vous êtes, ose me répondre un homme.

— Allez vous promener dans l'allée !

La lumière revenue, je pose une main sur la poitrine de la femme. Respire-t-elle ? Difficile à dire, son pull en laine est trop épais. J'essaie de sentir son souffle sur ma joue. Rien. « Merde de merde ! » m'accablé-je avant d'apercevoir mon directeur arriver en trombe.

— Elle ne respire pas, annoncé-je, soulagée de le voir à mes côtés.

Les yeux de mon « sauveur » s'agrandissent. Il ne bouge pas. Ne parle pas. Il ne semble pas saisir la gravité de la situation.

11 h 15 et 45 secondes.

— Aide-moi ! hurlé-je en tirant Mme Sans-vie pour la coucher par terre.

Marc réagit et m'aide à l'étendre dans le vaste espace près de la sortie d'urgence. « Son taux d'adrénaline n'a pas encore atteint le même niveau que le mien », supposé-je, quoique alertée par son manque d'initiative.

— Maintenant, qu'est-ce qu'on fait ? demandé-je pour lui laisser le leadership qui lui revient.

— Je ne sais pas, Scarlett. Je n'ai jamais vécu une situation pareille.

Est-ce qu'il est en train de me dire qu'il me passe les rênes ?

— Tu veux dire que… tenté-je de traduire.

— Je vais t'assister, me dit-il, déposant le poids d'un éléphant sur mes épaules.

11 h 16.

J'avale avec difficulté. Mon impuissance me secoue. Mes sens s'aiguisent en moins de deux.

— Appelle un médecin! lui ordonné-je.

Il m'obéit, capable d'accomplir au moins la tâche que je lui confie. Pendant que je cherche à savoir si le cœur de la dame a cessé de battre, je fais un vœu: «Faites qu'il y ait un médecin à bord!» Mon index et mon majeur sont posés sur le poignet de la dame, mais je ne sens rien. J'essaie le pouls du cou. Toujours rien. «Et merde!» blasphémé-je à voix haute tandis que le message de recherche d'un médecin résonne dans toute la cabine.

11 h 16 et 10 secondes.

J'ouvre la trousse médicale pour prendre un protecteur facial. Marc appelle ensuite le commandant pour l'informer de la situation. Je l'entends dire: «Morte», puis il raccroche.

— Personne n'est mort, le reprends-je à voix haute pour ne pas aggraver l'état du mari, qui pleure à chaudes larmes.

Et puis je me rappelle que, sans un docteur pour confirmer le décès de la dame, nous n'avons pas le droit de déclarer une telle chose et devrons tenter de la réanimer jusqu'à l'atterrissage. Je me rends compte que nous sommes au-dessus de l'Atlantique. Vais-je devoir lui masser le cœur pendant quatre heures? «AH! Un médecin, s'il vous plaît!» supplié-je en ouvrant le défibrillateur.

11 h 16 et 20 secondes.

Aucun médecin ne se pointe. Je comprends que la vie de cette femme est entre mes mains. Je remarque que ses traits semblent sereins, détendus. Pour le moment, elle n'est plus des nôtres. J'en suis convaincue. J'exécute sans attendre ce dont je me souviens pour réanimer quelqu'un. Marc m'aide à retirer le chandail de Mme Sans-vie afin que je puisse poser les électrodes sur sa peau. Cette machine me guidera, me parlera et m'indiquera si je dois masser le cœur ou administrer des chocs électriques. La surcharge soulèvera-t-elle la dame du sol comme dans les films ?

11 h 16 et 25 secondes.

Pendant que je me transforme en cardiologue, Marc récupère les documents à remplir pour communiquer avec MedLink, le service de médecine d'urgence qui fournit du soutien médical au secteur de l'aviation civile à partir d'un hôpital au sol. Au moins, Marc connaît ses procédures. C'est déjà ça. J'aimerais tant que la téléportation existe ! J'acheminerais un docteur illico à bord de cet avion.

J'allume le module électronique. Un son se fait entendre, puis une indication m'apprend que je dois commencer la réanimation cardiorespiratoire. Les compressions thoraciques ? Déjà ? Je ne peux pas attendre une minute ? Peut-être qu'une infirmière va arriver ? Un ambulancier ? Un vétérinaire ? Même un dentiste…

« Scarlett, tu n'as pas le choix ! » me sermonné-je avant de me mettre à crier tout en appuyant fort sur le thorax. « AH ! AH ! » me terrifié-je entre chaque pression. Une poussée et j'entends un craquement sous mes mains. Je viens de lui casser une côte ? Je continue. Une chanson des Bee Gees m'aide à garder le rythme : « *Ha, ha, ha, ha, stayin' alive, stayin' alive…* »

11 h 17.

Trente compressions plus tard, aucun changement. Je dois passer au bouche-à-bouche. Je soulève le menton de la dame pour dégager ses voies respiratoires. Sa bouche s'ouvre. Un faible souffle s'en échappe. Je sursaute. « Pourquoi moi ? » Au lieu d'implorer, je visualise. « Il y a un médecin à bord. Il me remplace. Il sauve cette femme ! »

Je place la partie la plus large du masque entre la lèvre inférieure et le menton. Je pose mes doigts de chaque côté du masque et exerce une pression pour empêcher l'air de s'échapper. Je visualise de plus belle. « Elle ressuscite ! » J'approche ma bouche de la sienne. Prête à insuffler la vie, je ferme les yeux et j'entends *Freaking*-Debbie s'écrier : « Il est urgentologue ! Il va la sauver ! »

Chapitre 12

Montréal (YUL) – Punta Cana (PUJ) – Toronto (YYZ)

Je marche dans l'aéroport en direction de la barrière d'embarquement. Aujourd'hui, je vole avec Béa. Un hasard, car nous ne demandons plus de voler ensemble. Nos goûts diffèrent, côté courrier. Elle n'aime pas s'absenter trop longtemps de la maison, préférant partir pendant deux ou trois jours maximum, alors que moi, j'aime mieux voler deux fois pendant six jours consécutifs pour avoir le reste du mois de congé. Tant qu'à se rendre à l'aéroport, autant que ça en vaille la peine.

Il me semble que ça fait une éternité que nous ne nous sommes pas vues. J'ai bien proposé d'aller la chercher à son appartement pour que nous nous rendions au terminal ensemble, mais elle m'a assuré que ce n'était pas nécessaire, qu'elle ne voulait pas se presser. Reste qu'elle devait quand même se déplacer et qu'elle n'a pas de voiture…

Avant de gagner la barrière, je fais une halte au kiosque à jus, ma gâterie obligée depuis que le commerçant s'est installé au beau milieu du terminal.

— Un Vert Vital, s'il vous plaît, demandé-je au commis derrière le comptoir.

Je regarde ma montre. Comme je ne suis pas en retard, je précise :

— Avec un peu de gingembre, s'il vous plaît. Merci !

Un petit coup de pouce énergétique ne peut pas me faire de mal. Je m'approche de la barrière, mon gobelet santé dans une main et Miss Malchance dans l'autre. C'est le nom que je lui donne. À mon *carry-on*, je veux dire. J'ai beau essayer de me convaincre du contraire, mais après un volcan en éruption et un arrêt cardiaque à bord, je n'ai plus de doutes. Heureusement, l'histoire s'est bien terminée, mais j'ai quand même fait une demande pour recevoir une nouvelle valise de la compagnie. Trois semaines d'attente, m'a-t-on dit. Je ne peux pas prendre de risque. Pas après avoir vu cette femme presque mourir sous mes yeux.

Trois longues minutes avant que le médecin la réanime. Son cœur s'est remis à battre sans électrochocs. Un miracle, a dit le Dr Jones. Il est resté assis près d'elle pendant tout le reste du vol à surveiller ses signes vitaux. Un héros, cet homme. Quoique j'ai aussi contribué à augmenter ses chances de survie : une minute de plus avant d'entamer les manœuvres de réanimation et elle serait peut-être six pieds sous terre…

— Allô !

Je rejoins l'équipage qui s'est regroupé en retrait dans la salle d'attente.

— L'avion n'est pas prêt ? demandé-je à la directrice de vol en voyant la barrière déserte.

— Il est au hangar. *Crew sked* m'a dit qu'ils vont le déplacer ici dans quinze minutes. On va patienter ici en attendant.

J'approuve et m'assois à côté de Béa.

— Salut! dis-je en m'avançant pour lui faire la bise.

— Salut, répond-elle, l'air encore endormie.

— Tu as bien dormi?

— Pas beaucoup. Avec Pénélope, on a invité quelques amis hier soir.

— Ah bon? Qui ça? demandé-je en tentant de dissimuler ma déception de ne pas avoir été parmi eux.

Surtout qu'hier, j'étais seule à la maison; Ethan rencontrait un client. Je ne devais connaître personne parmi ses amis, sinon elle m'aurait appelée. Elle confirme mon hypothèse.

— Des amis à Pénélope, des gens qui ne t'intéressent pas.

Sa remarque me pique.

— Comment tu sais que ces gens ne m'intéressent pas si je ne les ai jamais rencontrés?

— Ben… C'était des hommes riches, plus âgés.

— Franchement, Béa! Ton ex Damien était plus âgé, riche, et je l'aimais bien. John était plus âgé lui aussi. Des fois, j'ai l'impression que tu me perçois mal, avoué-je, peinée.

— Non, ça n'a rien à voir. C'est juste normal que je passe un peu plus de temps avec des célibataires comme moi, tu ne penses pas?

J'approuve. Je me suis déjà sentie ainsi moi aussi. Reste que je suis déçue. Être en couple ne nous met pas à l'abri de la solitude. Surtout que, ces derniers temps, Ethan s'absente souvent pour le boulot. Un nouveau contrat, m'a-t-il dit. Sa firme marche tellement bien qu'il pourra ralentir la cadence d'ici deux ans sans trop se soucier de l'argent. C'est un coup à donner, et je l'encourage à le faire. Sauf que, pendant ses absences répétées, je me sens seule et j'aurais plus que jamais besoin de ma meilleure amie. Ce qui me blesse, c'est que Béa le sait. Et malgré cela, elle ne m'a pas invitée. Pour alléger la conversation, je change de sujet.

— En parlant de John… Je ne t'ai pas raconté mon vol avec *Freaking*-Debbie.

— Ben oui, tu m'as raconté comment elle a paniqué avec le cas d'urgence.

— Oui, c'est vrai, mais je ne t'ai pas parlé d'avant. On a jasé, elle et moi.

— Ah.

J'interprète son manque d'enthousiasme comme de l'indifférence. J'essaie de capter son intérêt avec un sujet croustillant.

— Apparemment, c'est John qui est cocu ! Elle a un amant ! T'imagines, les rôles sont inversés ! C'est tant pis pour lui !

Je n'arrive pas à cacher ma joie. Je m'attendais à ce que Béa partage mon bonheur, mais elle demeure de marbre et se range plutôt du côté de l'ennemi.

— Comment tu peux lui vouloir autant de mal ? Il t'a aimée, et toi aussi. Les choses n'ont juste pas fini comme tu l'aurais voulu.

— Hein ? T'es sérieuse ?

— C'est toi qui n'as pas voulu entrer dans sa vie, précise-t-elle. Si tu avais fait un effort pour rencontrer les enfants, je pense que ça aurait été différent.

— Wô ! m'énervé-je. Les choses ne se sont pas passées comme je l'ai voulu parce qu'il était égoïste et méchant. Comment tu peux dire ça ? Tu sais que j'ai tout essayé.

— Tu aurais pu en faire plus, je pense. Vous seriez encore ensemble, ajoute-elle lentement en appréhendant ma réaction.

Pourquoi ma meilleure amie essaie-t-elle de me convaincre que j'ai failli dans ma relation avec John ? Croit-elle que je suis encore sous son charme ? Pour que cette idée germe dans son esprit, c'est que je dois laisser paraître une telle chose. J'essaie de la convaincre du contraire.

— Si tu dis ça parce que j'ai l'air d'éprouver encore des sentiments pour John, tu fais fausse route. Je ne l'aime plus. C'est juste que j'ai beaucoup pleuré pour lui et que je me réjouis du retour du boomerang.

J'ai visé juste. Béa retrouve son enthousiasme.

— Je suis soulagée, Scarlett. J'ai cru que tu n'étais pas encore passée à autre chose, m'avoue-t-elle.

— Je ne sais pas comment tu as pu penser ça…

— Ben, des fois, se réjouir du malheur des autres prouve qu'on ressent encore quelque chose pour eux.

— Je vais donc te le répéter. Je suis *over* John! Tellement *over*!

Elle sourit. Un sourire timide qui semble embarrassé. Je suis surprise de m'entendre m'exclamer aussi fort moi aussi. Mes collègues se retournent pour essayer de comprendre ce qui m'arrive.

— Oups, désolée, m'excusé-je, gênée, avant d'être sauvée par une intervention de Cloé, la chef de cabine.

— L'appareil va arriver sous peu. Pour gagner du temps, comme vous êtes tous là, on va faire le *briefing* ici.

Je fais un tour d'horizon rapide pour voir avec qui je vole. Diane, l'insomniaque, ma chère Béa, une autre que je ne connais pas ainsi que la directrice de vol. «Où sont les autres? pensé-je. N'a-t-elle pas dit que tout le monde était arrivé?» Perplexe, je m'empresse de lui faire remarquer que l'équipage est incomplet.

— C'est parce qu'on est cinq…

La chef de cabine consulte de nouveau le plan de vol.

— On vole en 737 aujourd'hui, m'annonce-t-elle avec un clin d'œil.

— Ah, je vois…

Je donne un coup de coude à Béa et la regarde. Elle n'arrive pas à décoder mon expression.

— La valise, chuchoté-je.

— Quoi, la valise? rétorque-t-elle à voix basse.

— C'est sa faute!

Des points d'interrogation se dessinent sur son visage. Le lien entre «On vole en 737» et la valise porte-malheur ne s'établit pas. Je cesse de m'acharner et redirige mon attention sur le *briefing* sans vraiment l'écouter.

En fait, je n'ai jamais travaillé à bord d'un Boeing 737. En début d'année, VéoAir a fait l'acquisition de ce petit porteur qui permet de desservir un marché différent. Tous les employés ont alors suivi une formation théorique pour connaître l'appareil, sauf qu'on ne pouvait pas se familiariser concrètement avec l'avion tant qu'on ne volait pas à bord. J'ai repoussé cette journée pendant des mois en écrivant «Éviter le 737» sur mon horaire.

La nouveauté ne m'effraie pas. C'est plutôt cet appareil qui ne me dit rien. Pour une hôtesse de l'air, il se situe aux antipodes du *glamour*. Pas d'endroits où se cacher. Une seule allée. Des mouvements de chariot répétitifs et obligés pour permettre aux passagers d'accéder aux toilettes. Des groupes de mariés, des gens bourrés. Normal : cet appareil n'effectue que des trajets de courte ou moyenne distance : Cancún, République dominicaine, Porto Rico… J'en ai tellement entendu parler en mal que j'en ai la chair de poule. Ce jour allait inévitablement arriver. Si j'avais pu, j'aurais repoussé cette journée pendant ma vie entière.

— Scarlett ? m'interpelle la directrice.

— Oui ?

Je sors de ma rêverie.

— C'est à toi.

— À moi ?

— Ton poste. Tu es la première à choisir.

— Euh…

Je ne sais pas quoi répondre. Je ne me souviens plus de qui fait quoi dans cet avion. Ma nervosité me fait perdre tous mes moyens. Ah oui, ça me revient !

— L 2 A ! annoncé-je, contente d'avoir sauvé la face.

— Je vais prendre R 1, précise Béa à son tour.

Si je me rappelle bien, la personne à ce poste travaille à l'avant pendant tout le vol et ravitaille les chariots. Pourquoi ne choisit-elle pas un poste pour être avec moi, comme d'habitude ? Je lui rafraîchis la mémoire.

— Tu travailles à l'avant. Pas avec moi.

— Je sais, répond-elle.

Silence. Elle ne m'a jamais fait ça. Serait-ce notre conversation de tout à l'heure qui l'a choquée ?

— Je n'ai pas le goût d'être dans l'allée aujourd'hui, se justifie-t-elle.

— OK. Pas de problème, réponds-je, un peu déçue.

J'essaie de me remémorer ce qu'implique mon poste de travail. Je sais au moins une chose : je serai assise du côté gauche dans la queue de l'avion. Pour le reste, je ne suis plus sûre. Avant de me diriger vers l'arrière, j'interpelle Cloé pour qu'elle me fournisse de plus amples détails.

— Tu fais le service des boissons et du repas.

— Ah ! OK. Juste ça ? demandé-je, soulagée.

— Ben, tu sais aussi que tu dois briefer les passagers assis aux hublots de secours ?

— Bien sûr ! mens-je pour ne pas avoir l'air d'une incompétente.

Des perles de sueur brillent sur mon front. Ma chemise blanche s'imbibe d'humidité. Évidemment, mes collègues juniors ont dû se réjouir quand, grâce à mon ignorance, la plus sénior de l'équipage, en l'occurrence moi, a choisi la position la plus indésirée des quatre. Un avertissement aurait été apprécié. « Bel esprit d'équipe ! » m'offusqué-je. Je m'emporte. C'est ma faute. J'aurais dû demander un résumé des tâches dès le début.

Je poursuis mes vérifications prévol. Je confirme ensuite par une signature qu'elles ont été effectuées et retourne à l'arrière.

— L'embarquement est commencé, annonce la chef de cabine dans l'interphone.

Je me poste en milieu de cabine, là où ma présence est requise en tant que L 2 A. J'observe mon environnement en tentant de m'y habituer. Les compartiments à bagages se referment différemment de ceux dont j'ai l'habitude. Une seule allée traverse l'avion de l'avant à l'arrière. Même les hublots semblent avoir une forme différente. Je me sens déboussolée. Mon spacieux bureau s'est métamorphosé en quelque chose de beaucoup plus exigu.

— Mon siège est ici, m'annonce un passager.

— Oh! pardon, dis-je en me déplaçant dans la rangée suivante.

Pour passer le temps, je récite en silence les explications que je devrai fournir aux passagers assis près des hublots situés au-dessus des ailes. Un : en cas d'évacuation, êtes-vous volontaire pour ouvrir les sorties d'urgence? «Vous feriez mieux de me dire oui», pensé-je. Deux : avant d'ouvrir, vous devez vérifier que la sortie est utilisable. Traduction : y a-t-il du feu sur l'aile, de l'eau, des débris? J'espère que vous serez encore vivants pour pouvoir le déterminer. Trois, le plus important : comment ouvrir ce foutu hublot? Retirez le couvercle protecteur et tirez sur la poignée supérieure vers l'extérieur et vers le haut. Euh... Serait-ce plutôt vers l'intérieur et vers le bas?

— Désolé, madame, je suis assis ici, m'apprend un autre passager en me tendant son billet d'embarquement.

— Oh! pardon, répété-je en me déplaçant de nouveau dans une rangée libre.

Où en étais-je? Ah oui, la poignée! Faut-il l'actionner vers le haut ou vers le bas? «Dans le fond, pensé-je, si ça ne marche pas par en haut, ils n'auront qu'à pousser par en bas. Je vais m'en tenir à l'essentiel.»

Je remonte l'allée – je devrais plutôt dire : j'essaie de remonter l'allée. «Pardon» par-ci, «pardon» par-là : j'avance à pas de tortue. Le passage est si étroit qu'il n'y a aucune bretelle de dégagement. C'est la collision assurée lorsqu'on s'engage dans ce sens unique.

— Merde, c'est quoi, cet avion? me lamenté-je à Diane en atteignant enfin le semblant de *galley* à l'arrière.

— C'est l'avion le plus vendu au monde, m'annonce-t-elle tout bonnement.

Comment sait-elle ça ? Diane la perdue et l'insomniaque est informée ? La voilà qui fredonne un air de Frank Sinatra :

— *Come fly with me, let's fly, let's fly away !*

Sa légèreté m'apaise. Elle est si détendue, si heureuse d'être à bord ! Sa mélodie parvient jusqu'à moi et je me laisse bercer. Envoûtée, je suis prête à accomplir ma besogne, qui m'apparaît désormais anodine. En remontant l'allée, les passagers m'entendent fredonner à mon tour et un air commence à leur trotter dans la tête :

Come fly with me, let's fly, let's fly away
If you could use some exotic booze
There's a bar in far Bombay
Come fly with me, let's fly, let's fly away

Come fly with me, let's float down to Peru
In llama-land there's a one-man band
And he'll toot his flute for you
Come fly with me, let's take off in the blue.

Chapitre 13

Punta Cana (PUJ)

Nous venons d'atterrir en République dominicaine. En regardant les passagers descendre de l'appareil, je m'aperçois que le 737 possède au moins un avantage : le débarquement s'exécute en un temps record. Plus facile de faire disparaître cent cinquante personnes que trois cent cinquante. Une fois l'avion évacué, l'équipe du nettoyage se présente au bas des rampes d'accès. « Je ferais mieux de me mettre quelque chose sous la dent avant qu'ils entrent », pensé-je.

Comme je le fais toujours entre un aller et un retour, une fois au sol, je grignote une bouchée. La tête dans le chariot de repas, je fouille dans les collations d'équipage. Des crudités m'auraient bien tentée, mais il ne reste que les céleris. Un sandwich ? Ils sont si mauvais qu'il faudrait que la mort me guette pour que je me décide à en engloutir un. J'opte pour une pomme verte. Rien pour me remplir le ventre… J'ai bien apporté mon lunch, mais il doit être réchauffé et les fours sont pleins. Je le mangerai sur le vol de retour, lorsque les passagers auront été servis. Avant de refermer le compartiment, je demande à Diane si elle désire quelque chose.

— Merci, Scarlett, je n'ai pas faim. Je vais aller prendre l'air, m'annonce-t-elle avant de descendre les escaliers pour s'asseoir sur une parcelle de gazon près du tarmac.

Je rejoins Béa, assise à l'avant. Sans dire un mot, je prends place à ses côtés et feuillette un magazine laissé par un passager. Deux potins plus tard, je m'étonne déjà.

— Ayoye! Chris Martin et Jennifer Lawrence, sérieux?

Béa s'avance pour regarder la page.

— Il était pas avec Gwyneth Paltrow, lui?

— Ben oui! Le couple parfait. Et là, c'est fini. Il l'a remplacée par une fille plus jeune. Elle a vingt-cinq ans!

— Ben voyons, Scarlett, les hommes plus vieux aiment les femmes plus jeunes, il n'y a rien de nouveau là-dedans. Et puis, moi, je trouve qu'en vieillissant ils embellissent, deviennent plus virils. Les deux y trouvent leur compte.

La condescendance de sa réplique m'irrite. Je dois mal l'interpréter et j'essaie de ne pas en faire de cas.

— Tu n'as pas tort, mais quand même… Elle, vingt-cinq ans, lui, deux enfants!

— Scarlett… me reprend Béa d'un ton moralisateur.

Je me rends compte que je n'ai pas le droit de juger. Bien que je préfère la fougue d'un homme de trente-cinq ans, j'ai un jour apprécié l'expérience sexuelle d'un quadragénaire. Je cesse de regarder la photo du couple de stars se tenant par la main sur une plage de Malibu et tourne la page pour laisser place à un autre potin. Une pub des bijoux Cartier apparaît.

— Tiens, ce sont tes boucles d'oreilles, remarqué-je en admirant les deux anneaux d'or sertis de diamants scintillants.

Je me retourne vers Béa pour vérifier que ce sont bien les mêmes boucles que son ex milliardaire lui a offertes en cadeau. Au prix qu'elles valent, elle ne les retire jamais. Je pense même qu'elles sont vissées sur le papillon derrière ses lobes. Je sursaute.

— Tu ne les portes plus ?

— J'en ai perdu une, précise-t-elle.

— Tu dois avoir le cœur en miettes. Tu sais où tu aurais pu la perdre ? demandé-je avec empathie même si, de son côté, elle ne montre aucune tristesse alors que je sais qu'elle adorait ces bijoux.

— Aucune idée. C'est pas grave, c'était juste du matériel.

Sa réplique m'étonne. J'ai l'impression d'être très superficielle en ayant osé penser qu'une telle perte la peinerait. Je baisse la tête pour lire les prochains potins, mais mon cerveau n'assimile pas ce qu'il voit. Je suis sonnée. Béa est distante et bête avec moi, et je ne comprends pas pourquoi. Une jolie Dominicaine interrompt ma réflexion. Je soulève les pieds pour qu'elle récupère les vieux journaux qui traînent sur le plancher. Elle passe à la rangée suivante. J'entends un brouhaha d'aspirateur en fond sonore.

— Tu ne trouves pas qu'elle ressemble à Pénélope ? demande Béa en changeant de sujet.

Mon amie pointe une image de Kim Kardashian. Le bruit d'enfer provenant de l'aspirateur me gêne et je ne réponds rien. Je rumine en silence. Je scrute une série de *selfies* de la vedette californienne au style tape-à-l'œil. C'est vrai qu'avec son teint basané, la styliste lui ressemble vaguement. Je doute que Pénélope ait une bonne influence sur Béa. Je repense à ce souper d'hier auquel je n'ai pas été invitée. Mon humeur s'aigrit. J'ai toujours exprimé mes sentiments à ma meilleure amie, mais là, je n'ose pas lui confier ma déception. J'ai l'impression d'avoir été mise de côté par la gang de filles cool de l'école. Nous sommes-nous à ce point éloignées? Suis-je si différente depuis que je suis en couple?

Je sors de l'avion pour respirer un peu d'air frais alors que Béa demeure assise à lire le magazine. Un autre appareil VéoAir est stationné à nos côtés. Curieuse de savoir qui est à l'intérieur, je plisse les yeux en direction du cockpit. Éblouie par la lumière du jour, je porte la main à la hauteur des sourcils pour me faire un peu d'ombre afin de mieux voir. Les profils des deux hommes, trop éloignés pour être reconnus, font vagabonder mon imagination. Et si c'était John? Je suis bien passée à autre chose, mais puis-je en être convaincue si je ne l'ai pas revu? Les silhouettes disparaissent et je vois l'équipage descendre sur le tarmac. «Les chanceux, pensé-je, ils dorment ici ce soir.» Je scrute leurs visages. Je ne connais personne; ils doivent provenir d'une autre base.

Paf!

Un gros sac transparent rempli de déchets vient d'être lancé dans l'escalier. L'équipe de nettoyage a terminé et, un à un, les employés s'empressent de sortir.

— *Adiós*, me lance un homme.

— *Gracias, adiós*, réponds-je.

L'embarquement des nouveaux passagers ne saurait tarder. Je laisse ma peau se faire caresser par les rayons du soleil. Mes paupières se ferment et je respire profondément l'air humide. Je repense à ma meilleure amie. Je ne peux pas laisser un froid s'installer entre nous. Je lui parlerai ce soir lorsque nous irons manger à Toronto.

— Les passagers s'en viennent, m'annonce la directrice de vol pour que je regagne mon poste.

Je rejoins aussitôt l'arrière de l'appareil et me penche sur une rangée de sièges pour regarder par le hublot. Je repère les passagers qui attendent en file indienne près du terminal avant d'embarquer à bord d'une passerelle mobile. J'ai encore une minute pour me refaire une beauté. J'entre alors dans le cabinet de toilette pour m'appliquer du rouge à lèvres. Avant, j'utilisais « Envoûtée », mais depuis Ethan, c'est « Flamme » que je préfère.

Lorsque je reviens dans la cuisinette, des passagers déambulent déjà dans l'allée. Une femme vêtue d'une robe blanche avance dans ma direction. Quoi de mieux qu'un tissu blanc immaculé pour mettre en valeur son « beau » bronzage ? Au cours des prochaines semaines, je parie qu'elle ne portera que certains vêtements de sa garde-robe. Un t-shirt blanc. Un jersey blanc. Un foulard… blanc. À l'épicerie, on lui demandera : « Vous arrivez d'où ? » Et elle répondra avec fierté : « Hi ! hi ! de Punta Cana ! » Un contraste du tonnerre sur une peau presque calcinée.

— Je peux utiliser la toilette avant de partir ? me demande-t-elle en pointant vers l'arrière.

Son haleine de cigarette m'oblige à reculer.

— Bien sûr, c'est par ici.

Je bats en retraite dans la cuisine afin de la laisser passer. Lorsque je retourne à l'arrière, je remarque que Diane manque à l'appel. L'embarquement est commencé depuis au moins dix minutes, elle devrait être à son poste. Serait-elle aux toilettes ? Non, car la dame vient d'y entrer. Je parcours la cabine des yeux mais ne l'aperçois nulle part. L'appareil est si étroit qu'il n'y a aucun moyen qu'elle passe inaperçue. Pendant que je me demande où pourrait bien être passée Diane la perdue, la passagère en blanc ouvre la porte du cabinet et, avant de retourner à sa place, s'adresse à moi d'un air méprisant.

— Ouf ! dit-elle, cette cuisine est donc bien petite ! Elle doit être aussi petite que votre cuisine chez vous, au salaire que vous faites !

Elle repart dans la direction opposée. Je n'ai pas eu le temps de répliquer. Je m'imagine en train de renverser du vin rouge sur son beau chandail blanc. Un incident est si vite arrivé, dans un avion… «Oups, désolée, madame, les turbulences m'ont fait perdre l'équilibre!» Je reviens à la réalité. Diane!

Dring! Dring!

— Oui, c'est Cloé à l'avant.

La directrice me regarde depuis l'autre bout de l'allée. Des têtes de passagers nous bloquent la vue.

— Désolée de te déranger, je me demandais si Diane se trouvait en avant.

— Non, pourquoi?

— Dans la toilette avant? proposé-je.

Elle ouvre la porte pour regarder à l'intérieur, puis elle secoue la tête.

— Elle n'est pas en arrière avec toi?

— Non, soupiré-je, inquiète.

— Je suis en plein embarquement, Scarlett. Elle ne doit pas être bien loin. Tu la connais, elle doit être assise en train de jaser avec un passager.

Elle raccroche, sûre de ce qu'elle avance. Quant à moi, j'en doute. Diane s'est déjà perdue à plusieurs reprises dans des aéroports, ce qui a mené à la diffusion d'un avis de recherche dans un terminal. Un homme de la sécurité avait ensuite dû l'escorter jusqu'à nous.

Soudain, un éclair de génie me traverse l'esprit. Voilà! C'est ça! Elle m'a dit qu'elle allait prendre l'air. Je ne l'ai pas vue revenir. Elle doit encore être dehors sur le gazon! Je décide de remonter l'allée vers l'avant tout en scrutant les rangées pour m'assurer qu'elle n'est pas en pleine discussion avec un passager, comme Cloé l'a suggéré.

— Diane n'est pas dans l'avion, conclus-je une fois rendue à l'avant.

— Elle est où, alors? me demande Béa spontanément avant que la directrice ait la chance de parler.

— Dehors.

— Tu es sérieuse? s'exclame Cloé.

— Elle m'a dit qu'elle allait prendre l'air. La connaissant, elle s'est endormie près du tarmac.

Surprise mais consciente que cette possibilité est bien réelle, Cloé entre dans le poste de pilotage pour regarder à travers le pare-brise.

— Vous voyez une agente de bord sur la pelouse? demande-t-elle aux pilotes.

Ils jettent un coup d'œil à l'extérieur mais lui affirment qu'il n'y a personne.

— Elle est peut-être allée faire un tour au terminal? proposé-je.

— Va voir et ramène-la vite, sinon on va avoir du retard.

Je descends les escaliers en trombe, préoccupée par l'accomplissement de ma tâche. J'emprunte la voie réservée à la circulation qui longe la parcelle d'herbe où ma collègue m'a dit qu'elle irait s'installer. Cent mètres plus loin, j'entre dans le terminal. Deux agentes de bord d'une autre compagnie aérienne sont en train d'écraser leurs cigarettes. Je m'avance tel un détective pour les interroger.

— Pardon, est-ce qu'il y avait une hôtesse de VéoAir ici il y a une minute?

Les deux femmes se regardent, perplexes.

— Même uniforme que moi. Cheveux remontés en toque, ébouriffés, précisé-je.

— *Sorry…*

Je prends une grande respiration et essuie avec le dos de ma main les gouttes de sueur qui perlent sur mon front. La chaleur écrasante me rend mal à l'aise dans mon uniforme cintré, conçu davantage pour le *look* que pour le confort. Je reviens sur mes pas en réfléchissant. Je m'ingénie à me mettre dans la peau de la disparue.

Je suis Diane l'insomniaque. Je m'étends sur l'herbe au soleil. L'appareil est stationné à quelques mètres de moi. Je n'ai pas dormi la nuit dernière et je suis épuisée. Je ferme les yeux dix minutes et, lorsque je reviens à la réalité, je prends conscience de mon environnement. Chaleur du sud, gazon piquant, avions

131

partout. Fidèle à moi-même, je me perds entre l'herbe et l'escalier. Où suis-je?

Je lève les yeux pour observer ce que j'aurais vu si j'avais été Diane. Devant moi, un appareil aux couleurs de VéoAir. À droite, un avion similaire. Notre 737 est garé à côté d'un autre 737. Serait-elle suffisamment dans la lune pour être montée à bord du mauvais Boeing? L'espoir de la retrouver me gagne et je me dirige vers l'autre 737. Un mécanicien se tient près de la porte avant. Je m'empresse de l'interroger sans pour autant m'arrêter de marcher.

— Est-ce qu'il y a quelqu'un à bord? dis-je en entrant.

— J'attends l'équipage de retour. L'avion est vide, précise-t-il.

Je me glisse immédiatement dans l'allée pour vérifier. À première vue, il a raison. Néanmoins, plus j'avance vers l'arrière, plus mon intuition me dit que j'ai vu juste. M'approchant de la dernière rangée, je remarque qu'un journal modifie le profil supérieur des sièges. Je n'arrive pas encore à voir qui tient l'imprimé, mais, impatiente de le savoir, j'active le pas. J'atteins ma destination en moins de deux, trempée de sueur et muette de stupéfaction. Incapable de prononcer un seul mot, je tends mon index vers le papier pour le baisser et permettre à Diane d'apercevoir mon visage.

— Heille, salut, dit-elle. C'est moi ou c'est long avant que les passagers arrivent?

Je soupire.

— En fait, l'embarquement est terminé, lui réponds-je.

— Terminé?

Elle se lève et jette un coup d'œil à la cabine.

— Ben voyons, ils sont où, les passagers, si c'est terminé?

— Diane, toi, t'es où? demandé-je, curieuse de savoir combien de temps il lui faudra pour se rendre compte de son erreur.

Elle avance dans l'allée et fait demi-tour, le regard vide. Une seconde passe, puis son expression se ravive. Les clochent carillonnent. Elle semble avoir résolu l'énigme. Elle appuie les deux mains sur un accoudoir et se penche pour regarder par un hublot.

— Oups… laisse-t-elle échapper.

— Oui, oups, confirmé-je.

Chapitre 14

Toronto (YYZ)

Je récupère la clé de ma chambre d'hôtel et me retourne comme d'habitude vers Béa, qui se dirige d'un pas pressé vers l'ascenseur.

— On se rejoint dans combien de temps?

Elle s'arrête sec et fait demi-tour.

— Je suis fatiguée. Je pense que je préfère manger dans ma chambre, m'annonce-t-elle.

— Pas de problème. Tu viens dans ma chambre ou je vais dans la tienne?

Elle détourne son regard du mien, embarrassée.

— Je vais manger seule ce soir...

J'ai compris. Elle n'a pas le goût d'être avec moi. Il y a des jours comme ça où, une fois arrivée à l'hôtel, je préfère moi aussi demeurer dans ma chambre et profiter d'un lit douillet. Mais jamais lorsque Béa vole avec moi. Je préfère de loin aller la retrouver pour jaser. Bien que déçue et incapable de comprendre la raison pour laquelle elle est si distante avec moi, je n'insiste pas et lui souhaite un bon repos avant de gagner mes quartiers.

***

— Ah! me réjouis-je en me plaçant sous le jet d'eau chaude.

Le meilleur moment de la journée : la douche. Je pourrais y demeurer pendant des heures sans me lasser. L'expérience se répète chaque fois. Avant d'y entrer, je ressens toujours un regain d'énergie d'après-vol et je me plais à planifier ma soirée. Où mangerai-je? De quoi ai-je envie? Un burger? Une salade? L'eau me coulant sur la tête, je m'apaise au bout d'une minute et mes pensées se voient modifiées. J'aperçois le lit, la télé, un verre de vin. Rien que ça. Une fois le robinet fermé, aucune image ne me vient plus à l'esprit. En fait, je m'endormirais sur-le-champ.

— Allez, Scarlett, sors manger! m'encouragé-je à voix haute avant de m'habiller.

J'enfile un jean, un t-shirt et un pull en laine puis m'empresse de franchir le pas de la porte avant de changer d'idée. L'hôtel étant situé en bordure de l'aéroport, les choix de restaurants sont limités. J'opte pour L'Arizona, un genre de *steakhouse* où on offre un menu varié. Une jeune serveuse au buste plantureux m'accueille.

— *Hi, can I help you*[5]?

Je fige. J'avais oublié que seules des poitrines à bonnets D travaillaient ici. Résultat : la clientèle est masculine à 90 %.

— *Come on!* s'exclame un homme pour encourager son équipe sportive favorite, qui dispute un match de hockey sur l'immense écran télé au-dessus du bar.

Gênée, j'hésite à entrer. À part mes pommettes rougies par la fatigue, je ne porte pas de mascara ni même

---

5. — Bonjour, est-ce que je peux vous aider?

de brillant à lèvres pour me donner de l'éclat. Mes cheveux humides, attachés à la va-vite, me donnent un air délabré. «Voyons, Scarlett! me sermonné-je, es-tu si orgueilleuse que ça? Ethan ne te trouve-t-il pas plus belle au naturel? Et puis, tu n'es pas ici pour séduire qui que ce soit!»

Je décide d'entrer et m'installe sur un tabouret au comptoir. Je repense à Béa et à ses confidences de ce matin. Elle préfère passer plus de temps avec Pénélope. Ça me paraît évident maintenant qu'elle refuse de passer la soirée avec moi. Songeuse, je consulte le menu.

— Je vous sers à boire? m'interpelle une Barbie blonde au décolleté plongeant.

— *Sure*, un verre de syrah, s'il vous plaît, réponds-je en échouant à garder mon regard rivé sur le sien.

Ils sont si gros, si dodus! Des faux? Sans aucun doute. Le sillon central qui les sépare indique la direction vers laquelle il faut regarder. En bas, encore plus bas. Oups, ils ont froid! À porter ce mince tissu de coton, je serais glacée moi aussi.

— Pardon, je peux emprunter votre menu? me demande mon voisin de gauche.

— J'ai terminé, dis-je en le glissant dans sa direction.

— Vous êtes québécoise?

J'acquiesce d'un signe de tête sans même le regarder.

— Vous êtes dans le coin pour le travail? me demande-t-il avec le désir évident de faire la conversation.

«Une fille seule ne peut jamais manger en paix!» m'offusqué-je en silence avant de porter mon attention sur mon «harceleur». Un homme dans la soixantaine avancée, cheveux clairsemés, boit du cognac dans un verre en ballon. Ses yeux sont doux, sans malice. Étonnée de la bonté qu'il dégage, je me surprends à répondre.

— Je suis agent de bord, je dors ici cette nuit. Et vous?

— Rendez-vous d'affaires.

— Dans quel domaine ? l'interrogé-je en approchant ma tête de la sienne pour qu'il m'entende.

— Dans la construction. Je bâtis des stades, des gratte-ciel. Que des projets du genre. Vous, sur quels trajets volez-vous ?

— Ah ! plusieurs. J'arrive de Punta Cana aujourd'hui.

— J'aime la République. J'ai justement une villa là-bas, me lance-t-il avec légèreté.

— Une villa ? Wow ! C'est bien mieux qu'un petit appartement à Montréal !

— Peut-être, mais ça n'achète pas l'amour…

Il baisse les yeux vers le menu, l'air pensif. Cet homme semble meurtri par des blessures du passé. Par sollicitude, j'atténue la portée de son affirmation.

— Hum, je ne suis pas si sûre de ce que vous avancez. Barbie, juste ici, elle vous aimerait pour votre villa…

Je lui adresse un sourire qui ne fait pas basculer pour autant ses vieux souvenirs par-dessus bord. Il note mon intérêt et décide de se confier.

— Lorsque j'avais votre âge, j'étais un homme ambitieux et talentueux. J'avais à peine vingt-six ans quand je me suis marié. Ma femme Amy était belle comme vous. Rayonnante, attachante, attentionnée. Nous avons eu deux merveilleux enfants, Richard et Anna. Avant d'avoir trente ans, j'empochais mon premier million. La vie me gâtait. Je possédais tout ce dont un homme pouvait rêver.

— Et ce n'était pas assez ? l'interromps-je en devinant instinctivement la suite.

— Non. J'ai décidé de tout foutre en l'air pour une autre femme. Plus frivole, plus sexy. Elle ne m'aimait pas pour ce que j'étais mais pour ce que je valais. Je représentais pour elle la sécurité, le confort, le luxe, avec une villa au soleil.

— Vous l'aimiez, cette jeune femme ?

— J'aimais plutôt qui j'étais en sa présence. Un être inatteignable et prodigieux.

— Votre femme ne suscitait pas ce sentiment en vous ?

Je sonne comme mon psy. Peu importe, son histoire m'intéresse. Il s'ouvre à moi.

— Ma femme connaissait mes moindres faiblesses. Elle savait d'où je venais et à quel point j'avais travaillé fort pour bâtir mon entreprise. Elle me respectait. Alors que son amie m'idolâtrait. J'adorais ça.

Je m'étouffe presque avec une gorgée de vin. La gorge serrée, j'ose lui faire répéter ses derniers mots pendant qu'une assiette de burger-frites se présente devant moi.

— Son amie ?

— Sa meilleure amie, pour être exact.

— *Oh my god !* m'exclamé-je en plaçant ma main devant ma bouche. Vraiment ? Je croyais que ce n'était que dans les films que ça arrivait…

« Sors de ton rêve de princesse, Scarlett ! La preuve, tu l'as devant toi. »

— C'était bien réel, chère demoiselle. D'ailleurs, je ne sais pas pourquoi je vous raconte tout ça, avoue-t-il, je ne connais même pas votre nom !

— Scarlett. Et vous ?

— Richard, comme mon fils.

Ses traits tirés témoignent d'un vécu émotionnel douloureux. Un manque de sommeil évident a dessiné des cernes sous ses yeux troublés. J'aimerais le prendre dans mes bras, lui dire que le meilleur s'en vient. Je lui mentirais, je le sens. Le temps est derrière lui, pas devant. Il prend une gorgée de cognac avant de jeter un coup d'œil au match de hockey qui enflamme les autres clients. Je m'aperçois qu'il est presque 22 heures. Je fais signe à la serveuse de préparer l'addition.

— Laissez-moi vous inviter, offre-t-il gentiment.

— Non, voyons, dis-je en récupérant la note.

— J'insiste.

J'accepte, reconnaissante. Il poursuit.

— Je suis désolé de vous avoir embêtée.

— Arrêtez! J'ai adoré vous parler. Je vous souhaite de retrouver la quiétude, dis-je en lui faisant la bise.

— Puis-je vous poser une dernière question? dit-il.

— Bien sûr…

— Vous sembliez troublée tout à l'heure. C'est un peu pour ça que j'ai eu envie de vous parler. À quoi pensiez-vous?

— À ma meilleure amie, réponds-je sans réfléchir.

— Une bisbille entre elle et vous?

— J'ai l'impression, avoué-je.

— Un conseil: ne laissez jamais la jalousie s'installer dans votre amitié.

— Avec nous deux, ça ne risque pas d'arriver! rétorqué-je en riant jaune, consciente que cette possibilité est pourtant bien réelle.

— Bon, si vous le dites… ajoute-t-il d'un air sceptique avant de me laisser partir.

***

En entrant dans ma chambre, je saute aussitôt sur mon téléphone portable. La conversation avec Richard m'a troublée. Pendant la promenade du retour, je me suis posé des questions. J'ai déjà abordé l'idée avec M. Pinault: Béa envierait ma relation avec mon chum. Elle en serait jalouse au point de vouloir s'immiscer entre nous deux pour me rendre à mon tour jalouse. Ça fonctionne… Après le Portugal, leurs rires complices chez moi et la conversation FaceTime avec Ethan, j'en suis venue à m'inquiéter lorsque je les vois ensemble. Ce n'est pas normal. C'est ma meilleure amie. Je dois savoir ce qu'elle pense vraiment. J'ai toujours été honnête avec elle; ce n'est pas aujourd'hui que je vais lui cacher ce qui me perturbe. Assise au bord du lit, je me libère de mon trouble.

« Je m'inquiète pour notre relation, Béa. Je m'ennuie de toi. Qu'est-ce qui se passe ? »

J'appuie sur le bouton « Envoyer ». L'inscription « Lu » s'affiche sous le message et trois points de suspension apparaissent, signe qu'elle est en train de m'écrire.

« 2 sec, je suis au tél ☺ », m'envoie-t-elle sans me faire attendre.

« Tu vois, Scarlett, me dis-je, tu n'as pas à t'inquiéter. Un bonhomme sourire, ça dit tout ! » Surtout qu'elle s'est empressée de me répondre. Pour ne pas m'endormir, car je veux tout de même approfondir avec elle ce qui me chavire, je décide d'appeler Ethan.

Ça sonne à l'autre bout du fil. Je me couche sur le lit pour être plus à mon aise. Après quelques sonneries, je raccroche. Je compose de nouveau le numéro, car, même s'il dort, mon amoureux répond lorsque c'est moi. Le message vocal se fait entendre sur la ligne. Bon, je dois me résoudre à attendre que Béa me rappelle. « Si je suis en train de dormir, on se parlera demain », pensé-je, doublement déçue de ne pas avoir pu raconter ma soirée à Ethan.

Soudain, je me souviens du téléphone fixe de la maison. Ethan se déplace tellement souvent entre son bureau et les maisons qu'il construit que j'ai pris l'habitude de communiquer avec lui sur son portable. Convaincue que nous nous parlerons pendant un bon moment, je m'enveloppe confortablement dans la couette en duvet et compose le numéro du condo.

J'ai hâte d'entendre la voix rassurante de mon amoureux. Au lieu de ça, un son sec et répétitif retentit dans mon oreille. Je bondis dans mon lit. La ligne est occupée ! Une simple coïncidence, me rassuré-je en vain. Je n'éteins pas mon téléphone tout de suite, préférant laisser l'agressant *bip bip bip* frapper mon cerveau. Je revois alors ma meilleure amie dans le bureau de son architecte « préféré », la main sur son épaule, alors que moi, j'étais de l'autre côté de l'océan.

Chez le psy

— C'est fini, monsieur Pinault! Je vais devoir le laisser! Ils ont une aventure ensemble!

— Un petit instant, madame Lambert. Je trouve que vous sautez rapidement aux conclusions. Avez-vous fait l'exercice que je vous ai conseillé?

— Quel exercice?

— Celui du calepin.

— Oui et non. C'est long, écrire! Ça m'angoissait au lieu de me détendre.

Mon psy fronce les sourcils et poursuit.

— Bon, que s'est-il passé?

Je me redresse sur le vieux divan brun, respire profondément et lui expose les faits en détail.

— D'abord, il y a eu cette journée au Portugal où Ethan et Béa se sont prélassés sans moi sur une plage. Je suis certaine que c'est là que tout a commencé.

Mon interlocuteur laisse échapper un « hum » rempli de doute.

— Poursuivez.

— Après cela, ils riaient aux éclats quand ils étaient ensemble. Mon chum s'est mis à s'absenter plus souvent le soir, « pour le travail ».

Je fais le signe des guillemets avec les index et les majeurs de mes deux mains pour souligner mon scepticisme par rapport à la raison de ces absences répétées. Je reprends mon récit.

— J'ai pensé présenter Charles à Béa parce qu'elle me disait qu'elle aimerait une relation stable, et là, quand j'en ai parlé à Ethan, il n'était pas fou de l'idée. Ç'a fini que Béa s'est contredite en me disant « il est mon genre, mais il n'est pas mon genre ». Et honnêtement, c'est un vrai Adonis…

— Nous avons convenu qu'elle avait le droit de ne pas être intéressée par le premier venu, m'interrompt mon psy.

— Laissez-moi finir !

Les pièces du puzzle se mettent en place dans mon esprit.

— J'appelle mon chum depuis ma chambre d'hôtel à Bruxelles. Il répond comme d'habitude, mais Béa est avec lui !

— Il est normal que Béa passe dire bonjour à votre amoureux à l'occasion. Elle est votre meilleure amie, après tout.

— Ouais, mais ils ont évité de me répondre quand je leur ai demandé pourquoi ils étaient ensemble ce jour-là. J'en ai reparlé à Ethan et il m'a dit qu'elle était venue porter quelque chose pour Charles de la part de Pénélope. Et quand j'ai demandé à Béa, elle a hésité avant de me répondre et a fini par parler de Charles elle aussi, mais elle était toute mêlée. Vous auriez dû voir sa tête !

Mon psy demeure de marbre. Il ne semble pas croire que mes soupçons soient fondés. Je passe à l'attaque.

— La semaine passée, Béa m'a dit que je serais encore avec John aujourd'hui si j'avais fait suffisamment d'efforts. Elle n'avait jamais tenu ce discours. Je me suis demandé pourquoi elle avait changé d'avis… Dans le fond, si je retournais avec John, Ethan redeviendrait libre. Libre pour elle !

— Avez-vous envisagé de retourner avec cet homme ?

— C'est vrai que j'ai eu peur d'éprouver encore des sentiments pour lui quand j'ai vu sa femme sur mon vol, mais ça ne m'a rien fait. J'ai dit à Béa que lui et moi, c'était vraiment terminé. Je suis amoureuse d'Ethan. J'ai été très claire là-dessus.

— À ce moment, a-t-elle exprimé de la tristesse ?

Je secoue la tête.

— De la déception ?

— Non. Pourquoi vous me demandez ça ?

Mon psy réfléchit à sa prochaine intervention. De toute évidence, selon lui, mon hypothèse vacille. Il s'attarde avant de me déstabiliser.

— Béa n'aurait-elle pas dû sembler déçue de vous entendre louanger l'homme qu'elle veut vous voler?

Je barbote dans mes souvenirs. Elle était plutôt contente de me savoir en amour avec le bon mec pour moi. Mais je n'ai pas l'intention de plier tant que je n'aurai pas terminé mon petit exposé.

— Vous oubliez la boucle d'oreille! Je l'ai retrouvée…

— La boucle d'oreille?

— Oui, Béa avait perdu sa Cartier. Elle m'a dit qu'elle ne savait pas où, mais moi, je sais.

— Ah oui? demande mon psy, qui commence enfin à montrer de la curiosité.

— Je l'ai trouvée dans la poche du jean d'Ethan en faisant la lessive! J'ai failli m'évanouir!

M. Pinault soupire.

— J'imagine que vous l'avez confronté et qu'il vous a dit qu'elle l'avait perdue lors de sa visite au bureau?

— Comment vous savez ça?

— Ma chère Scarlett, une boucle d'oreille perdue ne prouve rien du tout. Il l'a mise dans sa poche pour la lui rendre et il l'a tout simplement oubliée là.

— C'est une boucle d'oreille qui se visse, monsieur Pinault! Ça ne se perd pas comme ça!

— Pardon?

— Elle se visse! répété-je en hurlant presque.

Mon interlocuteur fronce les sourcils.

— Ah! laissez faire! Pour moi, c'est évident qu'ils ont dû faire des… choses, la vis s'est desserrée et la boucle lui a glissé du lobe. C'est la seule explication plausible.

J'éclate en sanglots. Mon univers s'écroule. C'est le retour du boomerang. Je savais que ça allait arriver. On doit payer tôt ou tard pour nos erreurs.

— Calmez-vous, madame Lambert, nous allons trouver une solution.

— Quelle solution ? Il n'y a rien à faire.

Je sanglote en silence.

— J'ai une solution, m'annonce mon sauveur.

J'essuie mes larmes et renifle, mais mon nez reste bloqué. D'un mouchoir, j'extirpe les sécrétions qui l'obstruent. Je n'ai plus de fierté.

— Vous ne pouvez pas laisser votre copain en vous basant sur des doutes non fondés. Par contre, si vous avez raison, vous devriez être en mesure de trouver des indices, des vrais. Je parle ici de messages textes, de courriels, ce genre de choses. Je vous conseille d'attendre avant de faire quoi que ce soit que vous pourriez regretter. Tant que nous n'aurons rien de concluant, le confronter ne pourrait que l'amener lui aussi à remettre en question sa relation avec vous… surtout si vous avez tort.

— Vous croyez que j'ai tort ?

— Pour le moment, rien ne prouve que vous ayez raison.

Je baisse la tête pour fixer le plancher. Je n'ai jamais autant souhaité avoir tort. Or, ma petite voix me trompe rarement. Quelque chose se trame, c'est certain, et je compte bien découvrir de quoi il s'agit.

Chapitre 15

Vancouver (YVR) – Manchester (MAN)

— *Hey, guys*, comment ça va ?
Luc, le directeur de vol, salue l'équipage en se tenant debout au bout de l'allée. Ayant désormais capté notre attention, il gonfle le torse. Sa chemise blanche semble sur le point d'éclater tellement elle est moulée sur son corps. Il l'a fait ajuster par une couturière, ça se voit. Son eau de Cologne envahit la première classe. Prêt à faire son *briefing* à l'équipage, il s'élance :

— Ce soir, nous volons vers la magnifique ville de Manchester. Super temps là-bas, *sunny, warm, it's gonna be awesome* !

À ce que je sache, il ne vient pas d'une famille anglophone. En fait, si je me souviens bien, il est né en Gaspésie, une région très majoritairement francophone. Chaque fois, je suis étonnée de l'entendre parler à moitié anglais et à moitié français. J'imagine sa maman qui l'accueille sur le perron de la maison familiale. « Ah ! mon fils, que je suis contente de te voir ! » s'écrie-t-elle. Il lui répond : « *Mom,* je suis *sooo happy* d'être ici ! » Elle ajoute : « Quoi ? Tu peux répéter ? » À moins que sa mère soit anglophone ou parle *Frenglish* elle aussi ?

Il poursuit :

— Le commandant ne m'a pas encore dit la durée du vol, je vous la transmets *as soon as I can.* Avant toute chose, je voudrais qu'on aborde un sujet qui me tient à cœur.

Un *briefing* ne devrait-il pas, comme le terme l'indique, être bref ? Avec lui, c'est la même sérénade à chaque occasion : « Le service à la clientèle est le centre de mon univers ! Bla, bla, bla ! » Et la sécurité dans tout ça ?

— Les passagers sont notre priorité, poursuit-il. Sans eux, vous n'auriez pas de job. Prenez soin des *pax*[6] comme vous prendriez soin de votre mère. Quand un *pax* vit une bonne expérience, il revient voler sur nos ailes. *We are VeoAir's image. We smile ! We have fun*[7] !

Si je me fais cracher à la figure, je continue de sourire, c'est bien ça ? J'ai une envie soudaine de me débarrasser de ma gomme. Je ne mâche jamais en public, mais maintenant que je sais que *Too-Much*-Luc m'analyse sous toutes mes coutures, je ferais mieux de la balancer dans un vieux mouchoir.

— Si vous avez un problème avec un passager, je veux immédiatement être mis au courant. *Sometimes, the energy doesn't flow for some reason.* Un collègue pourrait régler plus facilement la situation. *Don't take it personal. It's not you, it's the energy.* N'oubliez pas : *team work ! Have a great flight*[8] !

« Bon vol à toi aussi », pensé-je en guise d'au revoir. Le poste que j'ai choisi me donne le luxe de

---

6. Passagers.

7. — [...] Nous sommes l'image de VéoAir. On sourit ! On s'amuse !

8. — [...] Quelquefois, pour une raison indéterminée, l'énergie ne passe pas. [...] Ne le prenez pas personnel. Ce n'est pas vous, c'est l'énergie. N'oubliez pas : on travaille en équipe ! Bon vol !

demeurer à l'arrière de l'appareil. Je n'aurai donc pas à aller à l'avant, là où s'affairera mon collègue petites-douceurs-exagérées-pour-les-passagers.

***

— Tu veux un café? me demande Todd pendant l'embarquement.

« Qu'il est gentil, ce gars-là, toujours le cœur sur la main », pensé-je.

— Oui, merci! Deux crèmes.

— Tu prévois faire quoi à Manchester?

— Difficile à croire, mais je n'y suis jamais allée! lui avoué-je, fébrile à l'idée d'atterrir dans une ville qui m'est inconnue.

Cette nouveauté m'aidera, je l'espère, à diriger mes pensées ailleurs que vers les soucis de ma vie personnelle.

— On va devoir te faire visiter! conclut Todd. Il faut absolument que tu voies Market Street pour le *shopping*, Shambles Square pour une pinte de bière, la cathédrale pour…

— Wô! le coupé-je dans sa lancée. On a dix heures de vol à faire cette nuit, on verra là-bas, OK?

— Tu as raison, approuve-t-il, conscient que la fatigue nous obligera à tirer un trait sur certains points à l'ordre du jour. Je peux vous aider? ajoute-t-il après avoir dévié son regard du mien.

Je fais demi-tour. Une vieille dame avance de peine et de misère dans notre direction. Je lui offre mon bras. Gênée, elle refuse et me montre ce qu'elle tient dans sa main tremblotante. Deux cachets.

— Un verre d'eau, madame? proposé-je.

— *Please*, répond-elle avec un joli accent britannique.

Je lui donne à boire puis lui propose de la raccompagner jusqu'à son siège, situé aux dernières rangées. Entre chaque pas, elle appuie avec lourdeur un bras sur les dossiers pour ne pas tomber.

— Aurez-vous besoin d'un fauteuil roulant à l'arrivée ?

— *Yes*, me confirme-t-elle gentiment.

— À l'embarquement, vous en aviez un ?

Dans l'affirmative, cela va de soi, elle en aura un à l'arrivée. Par contre, si ce n'est pas le cas, je dois m'assurer d'ajouter un fauteuil supplémentaire sur la liste des demandes spéciales avant l'atterrissage.

— *Yes*, confirme-t-elle. J'avais un fauteuil roulant.

Comment se fait-il qu'on l'a assise aussi loin ? Une dame à mobilité réduite n'a-t-elle pas, par définition, de la difficulté à marcher ? Logiquement, déambuler sur cent cinquante pieds jusqu'à la rangée 47 pourrait la fatiguer. Ou même l'achever.

— *Have a great flight*[9], lui souhaité-je avant de retourner à l'arrière pour boire une gorgée de café.

Je me poste au bout de l'allée et observe la cabine. Les passagers prennent place l'un après l'autre. La majorité d'entre eux m'ont l'air centenaires. Pourquoi les vols vers l'Angleterre sont-ils toujours bondés de personnes âgées ?

Un homme se distingue nettement du lot. Grand, baraqué, la quarantaine, chemise à demi ouverte, il avance, l'air perdu, son billet d'embarquement à la main. Ce qu'il dégage ne m'attire pas, mais, par professionnalisme, je me glisse en cabine pour lui proposer mon aide. J'avance à pas de tortue, comme s'il fallait que j'observe la situation avant de parler. Il gagne sa place et chancelle en déposant ses bagages dans le compartiment. Je l'entends fulminer à voix haute.

— *Fucking seats ! No fucking space !*

Il regarde autour de lui et fait fi de ma présence.

— *Ten fucking hours*[10] ! poursuit-il, mécontent, en titubant dans l'allée.

---

9. — Bon vol.

10. — Maudits sièges ! Pas d'espace ! [...] Dix maudites heures !

Il a bu, c'est évident, et il est agressif en plus. Je me demande comment il a réussi à se faufiler au comptoir d'enregistrement. Peut-être n'a-t-il picolé qu'une fois passé le contrôle de sécurité? Deux jurons plus tard, il s'assoit et cesse de parler. Je n'aperçois que ses cheveux gras. J'ai désormais une nouvelle préoccupation: M. Jurons est-il trop intoxiqué pour que nous lui permettions de rester à bord?

Afin de le savoir, je parcours l'allée jusqu'au milieu de l'appareil. J'ai ralenti ma démarche à proximité de l'homme, mais mon nez n'a flairé aucun effluve accusateur. Je dois lui parler, c'est la seule façon d'évaluer son état.

— *Sorry, sir*[11], dis-je en souriant pour ne pas jeter d'huile sur le feu. Tout va bien?

— Avec un auuuutre siège, ça pourrait aller miiiieux, dit-il en anglais en articulant laborieusement.

— Désolée, mais le vol est complet aujourd'hui.

— *Suuuure*[12]! lance-t-il avec un accent *british* teinté d'arrogance.

Un coup de vent d'haleine alcoolisée parvient jusqu'à moi et mon hypothèse se confirme. Je n'ai pas l'intention d'y aller par quatre chemins.

— Monsieur, avez-vous bu dans l'aéroport?

— *What? No*[13]! ment-il, raide comme une barre.

Tout le monde a le droit de consommer de l'alcool avant de monter dans un avion. Pourquoi me cacherait-il qu'il a bu, à moins qu'il en ait trop consommé? Je ne pousse pas l'enquête davantage et me rends illico à la *galley* avant pour faire part de la situation au directeur de vol.

— Luc, j'aimerais te parler, l'interpellé-je pendant qu'il remplit un document sur le comptoir.

---

11. — Désolée, monsieur.

12. — Bien sûûûûr!

13. — Quoi? Non!

Je patiente en retrait le temps que mes mots se rendent jusqu'à son cerveau. Il lève les yeux et m'accorde un minimum d'attention.

— Avant que tu fermes la porte, j'aimerais que tu viennes à l'arrière pour voir un passager. OK?

— Oui oui, répond-il, l'air occupé.

En redescendant l'allée, je remarque que l'homme me fixe, ce qui me met mal à l'aise. Alors que je retourne à l'arrière, il recommence sa petite scène.

— *What a shitty company*[14] !

Ça suffit! Ce n'est pas parce qu'il a eu une mauvaise journée qu'il doit nous le faire payer. Alarmée par la situation, je retourne voir le directeur.

— Luc, il faut que tu viennes, lui dis-je en coupant sa conversation avec l'agent au sol.

— Écoute, j'ai un avion à faire partir *on time*!

— Justement, c'est pour ça qu'il faut que tu viennes voir l'homme en arrière, insisté-je plus fermement.

— Ça ne peut pas attendre après le décollage?

— Il est soûl et il rouspète depuis le début du vol.

— Soûl?

— Oui.

— *Too drunk to fly*[15] ?

— Ben, je sais pas trop… hésité-je.

Il insiste.

— À ton avis, Scarlett, *can he fly*[16] ?

— Euh…

J'ai l'impression d'avoir la destinée de M. Jurons entre mes mains. Suis-je une hôtesse à ce point cruelle pour le faire expulser de l'avion? Il va peut-être s'endormir et se taire une fois que nous aurons décollé. J'hésite encore. Mon directeur remarque mon doute. Il précise ce qu'il veut dire:

---

14. — Quelle compagnie de merde!

15. — Trop soûl pour voler?

16. — À ton avis, Scarlett, peut-il voler?

— Il marche ? Il est capable de s'exprimer clairement ?

En résumé, il me dit que nous devrions attendre qu'il soit soûl mort. Contrairement à Luc, ma priorité n'est pas de partir à temps mais de m'assurer que cet homme soit en sécurité. Un taux d'alcool trop élevé dans le sang combiné aux effets de l'altitude : voilà la combinaison parfaite pour perdre connaissance. L'autre option : un dédoublement de la personnalité, et là, ce sont les autres passagers qui courraient un danger. Mais ça, ça n'arrive que dans les films, hein ?

— Je ne suis pas sûre, Luc, il marche croche, mais il peut s'exprimer clairement. J'ai besoin de ton avis avant qu'on parte.

— D'accord, d'accord, je vais y aller, donne-moi deux minutes. Son siège ?

— 37 F, lui réponds-je, rassurée.

***

— Ton café doit être froid, tu veux que je t'en prépare un autre ?

— Merci, Todd, je vais me le faire, dis-je pour éviter de retourner en cabine.

Pendant que je sirote ma boisson, Marina, une hôtesse à l'allure élégante, cheveux blonds et beau sourire, entre dans la *galley* d'une démarche assurée, s'installe en plein centre, esquisse une affreuse grimace et déclare : « Ça sent le cari ! » avant de retourner aussitôt dans l'allée.

En plus des passagers âgés, les vols en provenance ou en direction de l'Angleterre sont remplis de gens d'origine indienne. Quant à ma collègue Marina, son raffinement ne semble pas s'étendre à ses manières.

— Mesdames et messieurs, mon équipage et moi-même sommes heureux de vous souhaiter la bienvenue à bord de ce vol à destination de Manchester.

Durée du vol ce soir : neuf heures trente-trois minutes, et nous volerons à une altitude de 41 000 pieds. En vue du décollage, veuillez vous assurer que vos bagages sont placés sous les sièges…

L'annonce de la fin de l'embarquement et le verrouillage de la porte me font sursauter. L'avion se met à rouler. Sous l'effet des secousses, le café déborde de mon verre. Je dois me rendre à l'évidence : jamais je ne finirai de le boire. De minces filets chauds inondent mes doigts. « Ouache ! » m'écrié-je. Et M. Jurons ?

Je jette un coup d'œil à la rangée 37. Le voilà debout, en train de fouiller dans son sac. Les mouvements de l'appareil le font vaciller. Il entrouvre et referme la bouche comme s'il tentait d'apprivoiser cette sensation pâteuse qui perdure lorsqu'on a trop bu. Ses paupières se referment lourdement à plusieurs reprises. Je ne suis pas dupe. Ses gestes le trahissent. J'appelle à l'avant.

— Luc à l'interphone.

— Salut, c'est Scarlett à l'arrière. Tu as fermé la porte sans venir voir mon monsieur ?

— Ma priorité, c'était de partir à l'heure. Je vais aller le voir en faisant mon *walk around*[17].

Il raccroche. La vidéo sur les consignes de sécurité commence. Étant responsable de la dernière porte, je demeure assise à mon strapontin, à l'abri des regards. Je fulmine. Mes collègues font belle figure, debout devant les passagers. De leurs postes, ils aperçoivent peut-être de la vapeur qui s'échappe de mes oreilles. Je lui ai demandé deux fois de venir ! C'est la sécurité à bord de cet avion qui m'importe. N'est-ce pas une raison suffisante pour répondre à ma demande ? Mes pensées se dirigent vers Luc, qui s'engage fièrement dans l'allée pour faire le tour de l'avion avant le décollage.

En théorie, lors de cette inspection, il devrait vérifier, bien que l'équipage vienne tout juste de le faire,

---

17. Le tour de l'avion.

que les passagers sont attachés, que leurs sièges sont relevés et tout le tralala. Une dernière précaution avant le décollage.

De mon point de vue, Luc applique cette procédure par narcissisme. «Regardez-moi!» crie-t-il en silence aux passagers. Sa démarche légère traduit une assurance démesurée. Sa chevelure ondulée, remontée avec précaution sur sa tête, balance à chaque enjambée. «On dirait John Travolta dans *Grease*», pensé-je. Le simili-acteur passe près de mon monsieur, lui lance un coup d'œil puis s'arrête pour me parler.

— Il dort. Tout va bien, me dit-il avec un grand sourire.

— Ah oui? Il y a une seconde, il…

— Ben là, il dort. En passant, quand je te dis que je vais aller voir, je vais le faire. Tu n'as pas à me le rappeler.

— Je pense qu'on s'est mal compris, Luc. Cet homme-là est ivre, il ne devrait pas être à bord.

— Pardon? Tu m'as dit tout à l'heure qu'il était correct.

— Non, je t'ai dit que je voulais que tu viennes le voir. Ce n'est pas à moi de juger si on le sort ou non.

— Écoute, Scarlett, si je devais gérer la moindre petite crise, je n'en finirais plus. Je fais confiance à mon équipage et tu m'as dit que tu pensais que ça irait, alors j'ai respecté ton jugement. Et là, il dort! Je ne vois pas où est le problème…

— Tu as raison. J'ai sûrement exagéré son état dans ma tête.

— Très bien. Bon vol!

Perturbée par mon manque de lucidité évident, je m'attache à mon strapontin. Je n'ai pas l'habitude de m'en faire pour un rien. Je ne suis pas un de ces agents de bord qui entrevoient la catastrophe à la moindre chose anormale. Aurais-je perdu mon discernement?

Chapitre 16

Quelque part au-dessus du Grand Nord canadien

— Pardon, madame, pourriez-vous…

Je tends le bras pour qu'elle me remette son plateau vide. Ses voisins dorment à poings fermés et je n'arrive pas à l'atteindre. Si je m'appelais Inspecteur Gadget, je ne me donnerais pas la peine de demander et d'attendre, plantée au beau milieu de l'allée. Le regard de la dame se promène entre mon bras et son plateau sale. «Qu'elle le ramasse elle-même!» se dit-elle peut-être. «Je ne suis pas votre servante!» voudrais-je lui hurler à la figure.

— Votre plateau, madame, demandé-je avec un sourire forcé.

Elle réagit enfin et me laisse poursuivre ma collecte. Je l'avoue: je suis à bout de nerfs. D'abord, il y a eu cet homme pendant l'embarquement qui, avec ses gros mots, a déclenché une alarme en moi. J'en ai fait part à mon directeur, mais il n'a pas voulu tenir compte de mon avis, ce qui a mené à une petite altercation avec lui. Le pire, c'est que j'avais raison, et me voilà maintenant réduite à éviter les poignards que me lancent les yeux de M. Jurons à chacun de mes passages. En fait, aussitôt que nous avons décollé, il s'est dirigé vers l'arrière. Il ne dormait plus.

— *Give me a beer!* m'a-t-il demandé avec son fort accent.

— *Sorry?*

— *A beeeer!* a-t-il répété en bafouillant.

Son état ne semblait pas s'être amélioré. Le contraire m'aurait étonné, l'altitude accentuant l'effet de l'alcool. «Je ferais mieux de redemander à Luc de venir le voir», ai-je pensé. Pour gagner du temps, je lui ai précisé que nous passerions avec les boissons dans une dizaine de minutes.

— *I want it now*[18]! a-t-il insisté en serrant le poing.

J'aurais aimé lui répondre qu'il n'avait pas le droit de me parler ainsi, mais, d'expérience, je sais que cette réplique aurait pu l'enflammer. Dans un avion, mieux vaut éteindre les feux plutôt que de les allumer. J'ai donc insisté à mon tour et employé l'argument approprié pour le calmer.

— Je suis désolée, mais comme nous venons à peine de décoller, tout l'alcool est encore sous verrou. Retournez à votre place et je vous apporte une bière dès que possible.

Ce n'était pas complètement faux. À leur arrivée à bord, les chariots et les contenants sont scellés pour éviter que des articles soient perdus ou volés. Une fois en vol, nous retirons les cadenas, mais avant l'atterrissage, nous devons nous assurer de les remettre en place.

Ma phrase a produit son effet et il est retourné s'asseoir. J'ai immédiatement regardé mon collègue aux yeux verts, qui venait d'être témoin de la scène.

---

18. — Donne-moi une bière!
— Pardon?
— Une bièèère! [...] Je la veux maintenant!

— C'est lui, le gars dont je t'ai parlé. Il est soûl, ça se voit, non?

— Et intimidant, en plus…

Le problème résidait justement là. Boire, ça va, mais exiger d'un ton agressif son précieux nectar, alors là, non! Braver l'autorité d'un membre d'équipage est un recours inacceptable.

— Tu peux appeler Luc? Je crois qu'il devrait contre-vérifier.

L'avis de Todd allait compter et forcer le responsable du vol à franchir de nouveau le rideau pour prendre connaissance de la situation.

— Il s'en vient, m'a-t-il confirmé en raccrochant l'interphone.

J'étais soulagée. À mon grand étonnement, il est arrivé en trombe.

— C'est encore ton monsieur? Il s'est réveillé?

Je lui ai exposé les faits sans toutefois exprimer mon ressentiment.

— Il déparle. Il bafouille. Il vacille. Il ordonne. Il insiste. Il me fait même peur, ai-je avoué.

À chaque mot prononcé, mon interlocuteur hochait la tête d'avant en arrière pour me signifier son attention. Il s'est ensuite dirigé vers l'homme. « Pas question que mes agents de bord se sentent menacés », m'a-t-il dit. Sa réplique m'a surprise. Où était passé Luc le-client-a-toujours-raison?

De ma *galley*, j'ai admiré l'assurance qu'il dégageait en se tenant droit comme une barre à la rangée 37. Ses « délicieuses » façons venaient d'être remplacées par de l'autorité. Comprenait-il enfin, comme je l'avais fait une heure auparavant, que M. Jurons était effectivement en état d'ébriété? J'ai entendu deux ou trois *fucking* et le ton est monté.

Après avoir écouté les propos belliqueux de l'homme, Luc s'est baissé à sa hauteur, lui a soufflé quelque chose à l'oreille et est revenu à l'arrière, l'air sérieux.

— Je lui ai coupé l'alcool. Il sent à plein nez.

— OK… ai-je approuvé. Qu'est-ce que tu lui as dit pour qu'il se taise ?

— Je lui ai récité un avertissement officiel. Il est ivre et son langage est inacceptable.

« Non, vraiment ? » Je me suis gardée de lui exprimer ma pensée. Il a poursuivi :

— On va le garder à l'œil pour éviter que la situation dégénère. Je vais informer le commandant. Il vaudrait mieux que cet homme modifie son comportement, sinon je vais prendre d'autres moyens pour le calmer.

Lui confisquer son passeport pour ensuite le faire arrêter en Angleterre, par exemple ? Je doutais que nous en arrivions là : en effet, pour la majorité des passagers, se faire rappeler les conséquences de leurs comportements désobligeants a l'effet d'une douche froide. Personne ne veut être accueilli par la police une fois au sol et risquer une poursuite judiciaire.

***

Une heure a passé et l'avertissement semble avoir fonctionné. M. Jurons n'a ni bougé ni parlé. Pas un mot. Que des regards foudroyants qui me mettent mal à l'aise. Todd m'a dit que le commandant l'avait appelé à l'arrière pour savoir si la situation s'était améliorée.

— Affirmatif, a-t-il répondu.

J'ai donc poursuivi mon service comme si de rien n'était. Même si l'homme me crucifiait du regard, je lui ai gentiment offert un repas. Il m'a rétorqué qu'il ne mangerait pas. J'ai senti la haine dans sa voix et me suis reculée pour ne pas envenimer les choses. Ça me rendait sincèrement indifférente qu'il boude son assiette.

J'en suis maintenant à récupérer les plateaux sales. Une tâche que je m'applique à accomplir en un temps record. Je les insère un à un dans leurs emplacements respectifs. «Ah non! Une montagne!» pensé-je en arrivant près de la rangée 35. Encore un de ces fins finauds qui veulent m'aider en faisant ce qu'il ne faut pas.

En général, il s'agit d'une famille. Papa, maman, deux ou trois enfants. Ils sont encombrés depuis belle lurette par les tablettes baissées qui maintiennent les plateaux en place. Soudain, une idée de génie germe dans l'esprit du père. Pour libérer l'espace et permettre aux enfants de s'amuser, quoi de mieux que d'empiler les plats dans les plats, les verres dans les verres et les mini contenants à salade dans les mini contenants à salade? Ensuite, assurons-nous d'insérer de vieilles serviettes de papier et quelques emballages en plastique à travers tout ça. Déposons ce beau mélange sur un plateau et glissons les plateaux vides sous celui-ci. Quelle brillante idée!

— Grrrr! attends! grondé-je en empêchant ma collègue de pousser le chariot.

Et vlan! Tout fout le camp par terre! Des grains de riz s'accrochent à mes chaussures noires lustrées. Un mystérieux liquide dégouline sur mes collants. Il s'étend même au-delà de quelques rangées. Ark! Je me penche pour ramasser le dégât et, au même moment, j'entends:

— *Fucking bitch!*

Je me relève. Ai-je bien entendu? Je ne crois pas avoir rêvé et je sais qui a prononcé ces mots. Avant de faire volte-face, je prends une profonde inspiration. Je ne peux pas me laisser parler ainsi. Je n'ai pas le choix. Je dois lui rappeler qu'à bord d'un aéronef, aucun langage hostile envers un membre de l'équipage n'est toléré. Je me retourne vers la rangée 37, les épaules redressées et le torse gonflé.

— *Sorry, sir, but*[19]... dis-je avec un semblant d'assurance, les jambes molles.

---

19. — Désolée, monsieur, mais...

Ouf! quel soulagement! Un répit, à tout le moins. Il s'est sauvé quand ses chaussures ont été aspergées par le douteux liquide? Il a filé aux toilettes? Peu importe où il se trouve, il ne peut pas s'en tirer aussi facilement. Je me retourne vers ma collègue.

— Est-ce que je fabule ou il m'a traitée de *fucking bitch*?

Je remue les lèvres en silence pour prononcer ces derniers mots.

— Non, c'est ce que j'ai entendu moi aussi, confirme Marina. On finit de ramasser et on va régler ça en arrière.

J'approuve et termine ma besogne aussi vite que possible. Lorsque nous revenons dans la *galley* pour ranger les chariots, la porte du cabinet s'ouvre et je me retrouve face à face avec lui. Je fige.

— *Look, I've been patient enough, just give me a fucking beer*[20]! m'ordonne-t-il en brandissant le poing.

« Finalement, je pense que je vais oublier l'idée de le sermonner à propos de son commentaire grossier de tout à l'heure », me dis-je, terrorisée à l'idée de devoir l'affronter. Mes deux collègues Todd et Marina s'approchent de moi pour me soutenir, mais n'interviennent pas afin de ne pas brouiller les cartes. L'homme attend une réponse et je sens que la réplique que je compte lui fournir n'est pas celle qu'il aimerait entendre. « Je n'y arriverai pas », pensé-je.

— *Give me a second, sir*, dis-je à M. Jurons en décrochant le combiné pour appeler Luc.

— *No, give me that beer*[21]! s'énerve-t-il en me menaçant toujours du poing.

Todd s'interpose, bras levé.

— *Wô*! s'écrie-t-il. *ENOUGH*[22]!

---

20. — J'ai été assez patient, donne-moi une maudite bière!
21. — Donnez-moi une seconde, monsieur.
    — Non, donne-moi cette bière!
22. — ÇA SUFFIT!

Voulait-il vraiment me frapper ? À cette idée, je me colle contre le mur, apeurée. J'aperçois ensuite Marina qui remonte l'allée d'un pas pressé pour aller chercher du renfort. Étienne, le troisième et dernier membre d'équipage de sexe masculin, arrivera sous peu à la rescousse. Une voix en sourdine retentit dans mon oreille.

— Allô ! allô ! s'énerve mon directeur de vol au bout du fil. Qu'est-ce qui se passe ? C'est quoi, ces cris ?

— C'est le 37 F. Tu ferais mieux de venir tout de suite, déclaré-je, en proie à la panique.

***

— *Fucking shit ! You fucking bastard !* fulmine l'homme en état de transe diabolique.

Après mon coup de fil, Todd et Étienne ont réussi à attirer l'homme au fond de la *galley* pour essayer de le calmer. Ça n'a pas fonctionné, mais, au moins, les autres passagers n'auront pas assisté à son accès de rage, quoique sa voix porte au-delà des dernières rangées.

— *Sir, you will need to calm down*[23], annonce Luc d'emblée.

Le directeur de vol vient à notre secours et se rend compte sur-le-champ que nous avons affaire à un cinglé. Pour se calmer, l'homme a peut-être descendu un litre de whisky acheté à la boutique hors taxes avant de monter à bord, qui sait ? Peu importe, sa crise de démence a déjà commencé.

— *I hate this plane ! I hate you all*[24] ! poursuit-il en frappant du poing la machine à café.

Le métal absorbe le choc et, lorsqu'il retire sa main, la surface enfoncée me fait comprendre la gravité de la situation. On va devoir le menotter…

---

23. — Monsieur, vous allez devoir vous calmer.
24. — Je déteste cet avion ! Je vous déteste tous !

— Vous deux! gronde Luc en nous désignant du doigt, Marina et moi. Allez me chercher les quatre passagers les plus costauds que vous verrez, nous ordonne-t-il, prêt à prendre le taureau par les cornes. Ah oui, poursuit-il en me pointant d'un air autoritaire, appelle le commandant pour l'informer de la situation.

Il s'est adressé à nous à voix haute, car l'homme ne parle pas un mot de français. Préoccupées, ma collègue et moi nous regardons dans le blanc des yeux et traduisons les faits dans nos propres mots.

— Ouais, on n'a pas le choix, dis-je. Il a l'air assez cinglé pour tuer quelqu'un.

— Nous, par exemple? propose Marina, convaincue que la chose est possible.

— Non, voyons, c'est une façon de parler, me corrigé-je. Je ferais mieux d'appeler le commandant. Toi, va chercher de l'aide. Je te rejoins.

Nous partons en mission. Alors que je remonte l'allée vers la première classe, une femme se dirige vers le cabinet de toilette à l'arrière.

— Madame, la toilette ne fonctionne pas, mens-je. Veuillez utiliser celle du milieu.

Elle suit mes instructions sans se douter de ce qui se trame. D'ailleurs, comment en sommes-nous arrivés là?

***

— Ici le commandant, j'écoute, répond Roger.

— Bonjour, c'est Scarlett. J'appelle de la part du directeur de vol. Nous avons une situation particulière à l'arrière avec le même homme ivre que tout à l'heure.

— Je pensais qu'il s'était calmé. Qu'est-ce qui se passe?

— Il vient de frapper sur la machine à café. Il est très agressif, physiquement et verbalement, et d'ici deux minutes on va le menotter.

— Et c'est maintenant que vous m'en parlez? s'étonne-t-il, contrarié.

— Honnêtement, ça s'est passé tellement vite, je ne vois pas comment on aurait pu vous le dire plus tôt…

— Vous croyez que vous allez pouvoir le maîtriser?

— Je ne sais pas. Sûrement, rétorqué-je, n'arrivant pas à évaluer la situation.

Quoi? Ce n'est pas tous les jours qu'on a affaire à un forcené!

— Scarlett, « sûrement » ne convient pas. J'ai besoin de savoir si je dois envisager de dérouter l'avion ou pas.

— Je comprends, Roger. Je vais demander à Luc qu'il vous appelle.

— Merci!

Je raccroche le combiné. Dérouter? Où pourrions-nous atterrir ailleurs qu'en Angleterre? Nous sommes quasiment au-dessus du pôle Nord! Je ne m'attarde pas à la question et pars rejoindre ma collègue en plein recrutement.

La cabine est maintenant plongée dans une obscurité quasi totale. Grâce à la lumière provenant des écrans, je parviens à distinguer Marina, silhouette chétive et filiforme aux côtés de trois hommes de gabarit moyen. J'avance dans leur direction.

— J'ai trouvé le *jackpot*! m'annonce-t-elle, triomphante.

J'observe les recrues. Stature normale, grandeur moyenne. « Je ne vois pas où est le *jackpot* », pensé-je. Je jette un coup d'œil vers la dernière recrue, toujours calée dans son siège.

Ouf! alors là, par contre… Ses pectoraux explosent sous un pull de sport. Il est musclé, il n'y a pas à dire. Et il y a plus que cela. Il porte le même vêtement que les trois autres types. Je plisse les yeux pour lire l'inscription : Manchester Rugby Club. « Oh! » laissé-je échapper.

Ma collègue, visiblement fière d'avoir exécuté sa tâche avec succès, déclare alors, tel l'entraîneur d'une équipe de sport :

— *Come on, gang! Let's do this!*

Chapitre 17

Iqaluit (YFB) – **Nunavut**

— À votre tour, mademoiselle.

L'homme en uniforme de police s'approche de moi pour recueillir ma déposition. Ses yeux bridés révélant ses origines autochtones ne trompent pas : à minuit pile, heure de l'Est, nous avons vraiment atterri au Nunavut.

Ses questions tombent à débit minimal. « Nous n'avons pas toute la soirée ! » pensé-je. Sans doute que lui, si. Pour l'aider à conclure et également pour ne rien oublier, je déballe à plein régime tous les détails qui me viennent à l'esprit.

— Les joueurs de rugby ont aidé l'équipage. On l'a menotté. Il crachait, mordait. On lui a enfilé le filet anticrachats. Même avec les pieds attachés, il ne voulait pas se calmer. Il devenait de plus en plus fou. Si vous aviez vu ça !

J'ai observé la scène en retrait. Comment aurais-je pu leur prêter main-forte avec mes cinquante-six kilos mouillée? Luc n'a pas non plus participé à la capture de l'animal. En tant que directeur de vol, il devait tenir le commandant au courant.

— On ne se rendra pas à Manchester, a-t-il dit dans l'interphone.

On entendait l'homme à l'arrière s'époumoner. *Fucking* ci! *Fucking* ça! Tous les passagers étaient réveillés. Luc a poursuivi sa conversation comme si de rien n'était.

— Tu as déjà parlé au *dispatch*? (Pause.) Exact, on n'a pas le choix, a-t-il approuvé.

En fait, lors de mon premier appel, le pilote avait déjà communiqué avec le centre des opérations pour signaler la situation. Une nouvelle destination avait été choisie au cas où on devrait atterrir si les choses s'aggravaient. À Iqaluit, les conditions météo étaient bonnes et un service de police était disponible, exactement ce qu'il nous fallait. Uniquement accessible par avion ou par bateau, cette ville située sur la terre de Baffin allait parfaitement convenir à M. Rage-de-l'air.

— On descend dans combien de temps? a demandé Luc au commandant.

«Aaaaaaah!» hurlait l'homme derrière. Engagé dans la conversation, le directeur de vol faisait abstraction du grabuge.

— Tu fais l'annonce ou je la fais? a-t-il poursuivi.

Il a raccroché, puis une voix a résonné dans la cabine.

— Mesdames et messieurs, ici votre commandant. Comme vous l'avez peut-être remarqué, une situation problématique se déroule à l'arrière avec un de nos passagers. Pour des raisons de sécurité, nous devons atterrir au Nunavut. La descente se fera sous peu. Je vous demande de demeurer à votre place et d'attacher votre ceinture. Je vous reviendrai une fois au sol avec de plus amples renseignements. Merci!

J'ai changé de poste avec Étienne afin qu'il soit à l'arrière pour l'atterrissage. J'ai pris place sur le strapontin situé à la troisième porte du côté gauche. Quant à M. Jurons, il s'est retrouvé dans la *galley*, retenu par Henry, Phil, Joe et Andy, du Manchester Rugby Club.

***

— *Thanks*, me remercie le policier une fois ma déposition notée.

Deux heures viennent de s'écouler et nous ne sommes pas prêts à redécoller. Aurons-nous l'autorisation de nous rendre en Angleterre ? Une sonnerie se fait entendre. Je décroche le combiné et Luc s'adresse à son équipage, dont les membres se trouvent à leurs portes respectives.

— Vous ne l'avez peut-être pas remarqué, mais une inspection de l'avion est en cours.

— C'est parce qu'on a atterri trop lourd ? l'interrompt Marina spontanément.

— Oui, exactement, confirme-t-il. Écoutez, je ne veux pas entrer dans les détails, mais en gros, comme il fallait atterrir rapidement, on n'a pas pris le temps de vider de l'essence des ailes pour diminuer notre poids. Comme l'avion était plus lourd que le maximum autorisé, un mécanicien doit l'inspecter avant que nous puissions repartir. Tout ça prend du temps.

— Les dépositions aussi prennent du temps, soupiré-je en revoyant l'officier de police à moitié endormi m'interroger.

— Ouais, c'est pas la rapidité qui règne dans ce coin de pays, approuve-t-il. Mais ils n'ont pas le choix s'ils veulent porter des accusations et entamer des poursuites judiciaires contre cet homme.

Un sourire satisfait s'affiche sur mon visage. Si je me souviens bien, ce type encourt une amende pouvant aller jusqu'à cent mille dollars et une peine d'emprisonnement maximale de cinq ans. Les explications se poursuivent.

— Pour toutes ces raisons, ça se peut qu'on n'ait pas l'autorisation de se rendre à Manchester.

— On va dormir ici? interviens-je en redoutant une réponse affirmative.

Il doit faire – 30 °C dehors!

— Je ne sais pas. Je vous tiendrai informé aussitôt qu'on sera prêts à partir.

Il raccroche. S'il fallait que nous dépassions la durée prévue de notre service, la compagnie devrait obligatoirement accorder une période de repos à l'équipage. Le choix du lieu revient à *crew sked*, qui s'assure qu'un équipage de remplacement est disponible pour prendre le relais ou, s'il n'y en a pas, que la ville d'accueil dispose des installations nécessaires pour accueillir tous ces gens pendant quelques heures. D'un strict point de vue logistique, je doute qu'Iqaluit regorge de chambres d'hôtel pour héberger trois cent cinquante personnes en même temps.

Écrasée de fatigue, je m'assois sur mon strapontin près de la porte. Je tente de rester éveillée en observant la cabine. Quelques passagers se tiennent debout dans l'allée et s'étirent les jambes alors que les autres dorment à poings fermés. Le sommeil m'appelle. Je regarde par le hublot pour me distraire, mais rien à l'extérieur n'a changé depuis notre arrivée. Mes paupières deviennent lourdes et se ferment peu à peu. Les bruits de fond s'assourdissent, puis, à l'écran, un fond noir apparaît. S'ensuivent les images claires et colorées d'un film qui me semble familier. Je revois la scène d'il y a trois jours.

Ethan prend une douche pendant que je suis en mission. Après ma séance psychothérapeutique, je suis revenue à la maison bien décidée à trouver des indices. J'ai fouillé son ordinateur, ses papiers de bureau, mais mes doutes n'ont pas été corroborés. J'ai l'impression de devenir folle, mais je m'acharne à chercher.

Je suis assise sur le lit et je tiens son téléphone portable. L'ultime pièce à conviction. Le bruit de l'eau qui coule dans la pièce adjacente me rassure. J'ai encore du temps devant moi. J'appuie sur l'icône en forme d'enveloppe blanche. La boîte courriel s'affiche et je la fais défiler jusqu'en bas, cherchant le nom de ma meilleure amie. Je ne trouve rien et laisse échapper un soupir de soulagement tout en sachant que l'enquête n'est pas terminée.

La douche cesse de fonctionner. Le temps alloué par le sablier s'est écoulé. Mon cœur s'affole, me faisant perdre toute ma concentration. Suis-je si certaine de ce que j'avance? Les deux personnes les plus précieuses à mes yeux oseraient-elles me faire une chose pareille? Si Ethan la désire comme John m'a désirée, au point de tromper sa femme avec moi, oui. J'entends la porte de la douche se refermer derrière lui. Il est sorti! D'un instant à l'autre, il entrera dans la chambre. Je me ressaisis et appuie sur l'icône des textos.

Mon sang se glace. Sur l'écran tactile, en lettres majuscules: BÉA. Je repère la date d'envoi. Hier! À 13 heures. J'étais chez M. Pinault! Peut-être lui a-t-il demandé une info sur, euh… un voyage? Je lis la conversation. Trois lignes.

— T'es où? demande Ethan.

— Trafic! J'arrive dans dix minutes, répond Béa.

— K. Je t'attends, confirme le traître.

Je hurle de rage, n'arrivant plus à me contenir.

— Qu'est-ce qui se passe?

Le coupable arrive en trombe, nu comme un ver.

— C'est quoi, ça?

Je lance avec force l'appareil sur le lit. Le portable rebondit sur les draps et tombe sur le plancher. Mon copain se penche pour le récupérer et comprend ce qui m'a rendue hystérique. Il se justifie aussitôt.

— Ah ça… Ce n'est pas ce que tu penses.

Je m'effondre, en larmes. Encore. À genoux sur le tapis, la tête entre mes mains, ma respiration fait des siennes. J'essaie de reprendre mon souffle, mais j'hyperventile. Ethan arrive à la rescousse et me force à me lever.

— Scarlett, regarde-moi, dit-il d'un ton calme en me saisissant par les épaules.

Je refuse en silence et laisse couler les larmes sur mes joues.

— Arrête. Tu te montes un bateau pour rien. Regarde-moi, insiste-t-il en soulevant mon menton vers lui.

Remplie de mépris pour l'homme qui se trouve devant moi, je lui obéis quand même. Il approche son visage du mien et nos regards se perdent l'un dans l'autre. En voyant ses yeux bleus d'ange, j'arrive à me calmer. Une fois ma respiration apaisée, il s'explique d'un air sincère.

— Je sais ce que tu penses. Tu crois que je te trompe avec Béa.

— Si tu savais comment ça me brise le cœur…

— Tu as tort. Je ne sais même pas comment tu en es arrivée là.

— Quoi? crié-je. Je ne suis pas folle! J'ai lu les messages sur ton téléphone. Ça confirme tout!

Il soupire.

— Ça ne confirme rien, Scarlett. Il va falloir que tu te ressaisisses. J'ai texté Béa pour lui demander un conseil.

— Un conseil? À propos de quoi?

Il demeure muet, sans détourner son regard du mien. Il cherche une excuse. J'aimerais lui faire confiance, mais je ne peux pas. Pas sans réponse.

— À propos de quoi? insisté-je. À propos de quoi? À propos de quoi? répété-je en boucle lorsqu'une main posée sur mon épaule me sort de mon rêve.

— Désolé, madame, vous alliez tomber…

Je regarde l'homme qui se tient debout près de mon strapontin. Je m'aperçois que je ne suis pas dans ma chambre avec Ethan mais bien à Iqaluit, où je viens de m'endormir en pleine cabine. *Quel manque de professionnalisme!* me sermonné-je en me levant aussitôt pour me réveiller.

— Désolé, monsieur, je me suis assoupie.

— Ça va. Nous sommes tous exténués, avoue-t-il en regagnant sa place.

Je souris timidement et tourne la tête vers ma collègue Marina, qui se tient debout à la porte opposée. Elle se balance d'avant en arrière afin de rester éveillée. Elle remarque que je l'observe et, pour me signifier son épuisement, agrandit les yeux en soupirant.

— Ouaip! Sacré Iqaluit! confirmé-je avec lassitude.

— Ça me rappelle le 11 septembre 2001.

Je traverse l'allée pour la rejoindre.

— Hein?

— Le 11 septembre 2001. Ç'a été comme ça. Des milliers d'avions ont dû atterrir en moins d'une heure au milieu de nulle part. En Islande, à Terre-Neuve, ici. Personne ne pouvait redécoller. Ç'a été la première fois dans l'histoire que le Canada fermait son espace aérien.

— Je n'étais pas agent de bord dans ce temps-là.

— Ah! moi, je l'étais. Et je m'en souviens.

Tout le monde, sans exception, porte bien gravés en mémoire ses faits et gestes lorsque la planète a vu, en direct, les tours du World Trade Center s'effondrer. Je prenais mon petit-déjeuner dans le salon de ma résidence universitaire. Mes cours avaient été annulés. En voyant *live* à la télé le Boeing frapper la seconde tour, j'avais retenu mon souffle. Étais-je en train de visionner un film d'action? Ça ne pouvait pas être réel.

— Toi, tu étais où? demandé-je, le cœur serré, avec une pensée pour les victimes.

Marina jette un regard aux alentours. À part le policier qui recueille une nouvelle déposition, aucun changement en cabine. Aucune annonce aux passagers n'a été faite pour signaler un départ imminent. Marina se plonge dans ses souvenirs. Pensive, elle baisse les yeux en direction du tapis gris et des images vives apparaissent dans sa mémoire. Comme si c'était hier…

Chapitre 18

«Dans ce temps-là, me raconte Marina, je travaillais pour Jet Cloud, une compagnie qui a fait faillite à la suite du 11-Septembre. J'occupais le poste de chef de cabine. J'avais posé ma candidature quelques mois auparavant et le salaire me plaisait. La veille du jour fatidique, j'avais effectué un vol vers Los Angeles. Nous sommes arrivés assez tard, vers 1 heure du matin. J'ai proposé à mon équipage de venir prendre un verre dans ma chambre. Deux collègues, Esther et Annie, ont accepté l'invitation et nous avons jasé jusqu'à 3 h 30. Je me suis endormie avec un taux d'alcool un peu trop élevé dans le sang…

Le matin, la sonnerie du téléphone a retenti à 6 h 30. Convaincue qu'il était midi et que l'équipage m'attendait en bas, dans le hall, j'ai sauté sur le combiné.

— Oui, allô?

— Tu as vu ce qui se passe à la télé ? m'a crié Annie, qui ne levait jamais le ton.

Les yeux entrouverts, j'ai lu l'heure sur le réveille-matin.

— Non ! Je dors !

J'étais mécontente d'être dérangée à une heure pareille. Elle a poursuivi en faisant fi de mon commentaire.

— Deux avions ont frappé les tours jumelles du World Trade Center à New York !

Je ne l'écoutais pas, encore trop endormie. J'étais dans un état comateux. J'ai raccroché en disant que j'allais la rappeler. Le téléphone a sonné de nouveau.

— Quoi encore ? me suis-je exclamée, certaine que c'était encore elle.

— Euh, salut… a soufflé mon ami Rock.

J'ai aussitôt reconnu mon collègue.

— Tu n'es pas parti ?

En théorie, il aurait dû décoller à 7 heures du matin avec l'appareil à bord duquel nous avions atterri à Los Angeles la veille.

— Marina, a-t-il rétorqué, tu n'as pas regardé les nouvelles ? Allume ta télé tout de suite ! m'a-t-il ordonné. C'est très grave, ce qui se passe, ça pourrait déclencher la Troisième Guerre mondiale !

Je me suis assise d'un seul coup dans mon lit. Effrayée par ce que j'allais découvrir à l'écran, j'ai hésité un instant avant d'appuyer sur le bouton de la télécommande. Rock demeurait avec moi sur la ligne téléphonique, mais avec les horribles images qui se sont mises à défiler devant moi, je n'ai pas réussi à prononcer un mot. Le monde de l'aviation allait changer…

Il m'a raconté que lui et son équipage étaient alignés sur la piste, prêts à s'envoler, quand le commandant avait reçu un appel de la tour de contrôle. On lui avait alors annoncé qu'une attaque terroriste avait eu lieu et que l'espace aérien américain venait d'être fermé. Cela signifiait que tous les avions qui devaient décoller des États-Unis étaient cloués au sol et que tous ceux qui devaient y atterrir seraient déroutés vers le Canada.

Assise dans mon lit depuis près d'une demi-heure, j'ai repris mes sens. J'ai immédiatement appelé Emmy, une bonne amie qui était aussi la directrice de vol assignée à l'autre équipage. Comme nous étions tous coincés ici, je lui ai proposé de venir avec sa gang dans ma chambre pour suivre les événements. J'ai ensuite invité mes collègues et nous avons regardé CNN, grignoté des chips et bu du café en quantité industrielle en attendant que *crew sked* nous appelle pour nous informer de notre nouvelle heure de départ.

Les médias annonçaient qu'aucun avion ne s'envolerait des États-Unis pendant au moins vingt-quatre heures. Mais il fallait tout de même manger. Un des pilotes a proposé que nous nous dirigions au Denny's à côté. En troupeau, nous nous sommes installés au restaurant. Nous ne pouvions pas nous séparer l'un de l'autre, car nous savions qu'un événement de cette ampleur allait affecter le cours de notre carrière.

En revenant, nous avons décidé de nous réunir de nouveau pour un 5 à 7 dans le hall de l'hôtel. C'était la fête de l'une d'entre nous, une bien mauvaise journée pour célébrer un anniversaire, mais nous désirions faire en sorte qu'elle passe quand même une belle soirée.

Avant de descendre rejoindre mes collègues, Emmy m'a appelée. Elle m'a dit : « *You've got to see this*[25] ! » Je me suis rapidement rendue à sa chambre, et c'est là que j'ai aperçu la vue imprenable que sa fenêtre offrait sur le terminal, tous ces avions alignés et stationnés sur le tarmac. Pas un mouvement, pas une âme qui vive.

— Tu aurais dû voir l'hôtesse de l'air ce matin dans le hall, m'a-t-elle dit pour se vider le cœur.

— Quoi ? Elle pleurait ?

---

25. Il faut que tu voies ça !

— À chaudes larmes, m'a-t-elle expliqué. Elle travaille pour American Airlines !

Je me suis assise à côté d'elle pour l'écouter.

— L'hôtesse m'a dit qu'elle aurait dû se rendre de Los Angeles vers Boston cet après-midi-là mais que l'appareil dans lequel elle devait prendre place ne s'est jamais rendu à destination : il s'était écrasé sur une des tours. Elle a perdu une amie à bord. T'imagines ? Ça aurait pu être l'une d'entre nous si cet avion avait appartenu à Jet Cloud.

J'en avais la chair de poule.

Le lendemain, Esther et moi avons décidé d'aller faire du patin à roues alignées. Nous en avions assez de regarder le temps passer, surtout qu'aucun avion ne devait décoller cette journée-là. Comme elle et moi faisions souvent escale à L.A., nous avions pris l'habitude d'apporter nos patins pour nous distraire. Nous sommes donc montées à bord d'un bus en direction de Santa Monica. Une fois arrivées à la jetée sur le front de mer, nous avons lu et relu les inscriptions près de la rue : nous étions au bon endroit. Seulement, c'était une ville fantôme qui nous accueillait.

Sur le bord de la plage, là où une magnifique piste cyclable s'étend sur des kilomètres, il n'y avait personne. Où étaient passés les hommes à gros bras, les poitrines en silicone et les dos tout bronzés ? Les vendeurs avaient fermé boutique. Le parc d'attractions était fermé.

Malgré tout, nous avons enfilé nos patins et filé en direction de l'aéroport. Nous étions aux anges car, en dépit de la tragédie, la piste nous appartenait. Après presque deux heures d'exercice, nous croyant perdues, nous nous sommes arrêtées près d'une auto-patrouille.

— L'aéroport est encore loin ? ai-je demandé au conducteur de la voiture.

— Vous y êtes ! a-t-il répondu en pointant le doigt devant nous.

Les projecteurs de la piste d'atterrissage étaient éteints, mais j'ai reconnu la forme en Y des lignes jaunes au sol. En temps normal, des Boeing auraient survolé nos têtes toutes les deux minutes. Voilà pourquoi nous nous croyions perdues. Lorsque je suis revenue à ma chambre, un message de *crew sked* m'informait que nous repartirions seulement le surlendemain.

Lorsque l'équipage s'est de nouveau réuni pour le souper, Esther s'est mise à blaguer.

— Heille, Marina ! Demain, tu vas porter ton pantalon vert avec ton chandail vert ?

— Et toi, ton jean et ton chandail blanc ? ai-je rétorqué.

Nous étions supposés être à Los Angeles pendant vingt-quatre heures, pas pendant soixante-douze heures. Je n'avais que mon pyjama, mes vêtements de sport et un ensemble pour sortir. Un jour de plus et je porterais enfin des vêtements propres.

Je me souviendrai toujours de la lourdeur de l'ambiance pendant le vol de retour. Les passagers se regardaient d'un œil suspicieux et ceux qui présentaient des traits moyen-orientaux suscitaient la méfiance. Une dame du genre de celles qui vivent à Beverly Hills s'est approchée de moi et, tout en braquant son index en direction d'un homme à la peau basanée, m'a dit :

— Qu'est-ce qu'il fait sur ce vol ? L'avez-vous interrogé ?

J'ai répondu que j'étais convaincue qu'avec les nouvelles mesures de sécurité auxquelles nous venions tous d'être soumis, on avait fouillé son passé, sa vie, ses poches, toute sa personne de la tête aux pieds. Les changements avaient déjà commencé… »

***

Marina cesse de parler et détourne soudainement son regard du mien pour fixer de nouveau le tapis, l'air pensive. Je la laisse réfléchir pendant que je porte mon attention vers l'arrière. Je n'aperçois pas le policier.

Il doit avoir quitté l'avion, ce qui signifie que nous partirons sous peu. Impatiente de connaître la suite, je pose ma main sur celle de Marina.

— Heille, tu termines ton histoire ?

Elle sursaute. Son visage affiche un magnifique sourire alors qu'elle reprend son récit.

***

« La porte du poste de pilotage était désormais verrouillée. Nous devions nous annoncer par interphone au lieu de faire nos allers-retours habituels. Les passagers n'avaient plus le droit de visiter le cockpit, ce qui était très dommage pour eux et pour les pilotes, qui devaient dorénavant compter sur leur coéquipier pour leur faire la conversation.

Avant ce temps-là, comme j'étais directrice de vol, j'avais pris l'habitude de faire plaisir aux pilotes. Sur un vol de Toronto vers Los Angeles, je m'étais mise à la recherche de la plus belle fille à bord. Une jolie jeune femme de vingt-quatre ans avait aussitôt attiré mon attention. Elle ressemblait à Megan Fox.

— *Would you like to visit the cockpit?* lui avais-je proposé.

— *Sure*[26] !

Je l'avais invitée à me suivre jusqu'à l'avant de l'appareil. Avant qu'elle entre, j'avais annoncé sa venue.

— Heille, les gars, j'ai invité une passagère à venir vous jaser. Vous allez me remercier !

Ils avaient tourné la tête pour regarder l'heureuse invitée et j'avais vu leurs pupilles se dilater.

— Oh ! Venez vous asseoir ! avait bafouillé le commandant en l'invitant dans son royaume.

Lorsque « Megan Fox » était revenue en cabine, elle nous avait remerciés gentiment de lui avoir permis de

---

26. — Aimeriez-vous visiter le cockpit ?
    — Oui !

vivre cette expérience inusitée et elle était demeurée dans la *galley* pour jaser.

— Je suis actrice, m'avait-elle confié après que je lui ai avoué que son minois me disait quelque chose.

— Dans quels films joues-tu ?

— Des séries américaines. Que des petits rôles pour le moment, avait-elle précisé avant de regagner sa place.

Elle m'avait dressé une liste avec les titres des séries dans lesquelles elle apparaissait. J'allais la glisser dans ma poche d'uniforme lorsqu'une idée m'avait effleuré l'esprit. J'avais alors regardé ma collègue et lui avais divulgué mon plan. Prévenu de la blague, mon équipage était venu ajouter son grain de sel et je m'étais ensuite glissée dans le poste de pilotage.

— Heille, les gars, la fille qui vient de venir m'a dit qu'elle est actrice porno. Elle m'a donné une liste de ses films, regardez !

J'avais tendu le papier au commandant. J'essayais de ne pas rire. Il avait lu les titres discrètement, l'air indifférent.

— *Rêves humides, Gorges profondes, Amour lubrifié…*

Son teint était devenu écarlate, au point où je m'étais demandé s'il n'allait pas s'étouffer.

— Laisse-moi donc cette liste, avait ajouté, curieux, le premier officier. »

***

Marina éclate de rire en parvenant à peine à se contenir. Je suis déjà en train de l'imiter depuis que *Rêves humides* a été mentionné. J'en ai mal au ventre. Une annonce se fait entendre.

— Mesdames et messieurs, ici votre commandant. Malheureusement, le temps dont nous disposions pour nous rendre à Manchester n'est maintenant plus réglementaire pour le personnel de bord. Par mesure de sécurité, nous devons effectuer un changement d'équipage à Montréal.

Les passagers s'étonnent et soupirent. Ils nous lancent des regards furieux. Je soulève les épaules, désolée mais consciente que si nous décidions de nous rendre à notre destination initiale après vingt heures de service, les pilotes ainsi que moi-même risquerions pour ainsi dire de nous endormir au volant.

D'une certaine façon, je suis contente de revenir plus tôt que prévu à la maison. Je passerai le week-end avec Ethan. Il m'a dit qu'une relation saine doit d'abord être basée sur un lien solide de confiance et, selon lui, ce n'est pas en l'obligeant à me révéler ses moindres secrets qu'on y arrivera. J'ai acquiescé. J'ai le goût de le croire, sauf que j'ai de la difficulté à oublier les événements des dernières semaines. J'espère que M. Pinault a raison en disant que cette histoire de tricherie est une idée construite de toutes pièces par mon ego, par mes insécurités. Il est grand temps qu'Ethan et moi nous retrouvions.

— Scarlett?

Je reviens à la réalité.

***

« Pendant tout le vol, reprend Marina, j'avais décidé de garder le silence sur la vérité. Les deux pilotes étaient tellement contents d'avoir eu une *pornstar* dans leur cockpit que je ne désirais pas gâcher leur bonheur tout de suite. J'ai fini par révéler la blague à la fin de la journée. Une déception palpable se lisait sur leurs visages. Avant de retourner chez lui, le premier officier a fini par me dire :

— Je vais quand même dire à mes amis qu'il y a eu une *pornstar* dans mon cockpit ! »

Marina sourit. Avant de vérifier la cabine pour le décollage, elle ajoute :

— Avant le 11 septembre 2001, comme disent les pilotes, c'était le bon vieux temps !

Chapitre 19

Montréal (YUL)

Lorsque j'arrive à la maison, il fait encore nuit. Ma montre affiche 1 heure. Rien que ça? Je me rends compte que c'est l'heure de Vancouver. Un rapide calcul mental m'apprend qu'il est en fait 4 heures. Sans faire de bruit, je saute sous la douche sans passer par la chambre afin de ne pas réveiller Ethan. Il s'attend à ce que j'arrive dans deux jours. Il sera surpris de me voir, et je pense qu'il appréciera un week-end imprévu en ma compagnie. J'espère regagner sa confiance et souhaite qu'il regagne la mienne.

J'éponge l'eau qui perle sur ma peau et passe dans la pièce voisine pour me glisser sous les draps. J'ai la chair de poule, mais je sais qu'un corps chaud, toujours bouillant, me réchauffera. Je soulève la couverture avec douceur pour ne pas le réveiller. Une fois couchée, je suis sonnée par la froideur du matelas. Quelque chose ne tourne pas rond. Je tends le bras pour toucher mon amoureux. Le vide m'accueille.

J'allume la lampe de chevet. Pas d'Ethan! Où peut-il bien être à une heure pareille? J'en conclus l'évidence: il a découché…

Prise de panique, je saute hors du lit et attrape les premiers vêtements qui me tombent sous la main: un pantalon de coton ouaté trop grand pour moi ainsi qu'un t-shirt aux couleurs de l'équipe de football des Patriots de la Nouvelle-Angleterre. Je n'ai plus l'intention de fermer les yeux sur mes doutes. Je ne suis pas folle. Mes espoirs de reprendre confiance dans ma relation viennent d'être anéantis. Mes soupçons ont trop longtemps été balayés sous le tapis. Il est temps que je me respecte. L'hypothèse se transformera en faits vérifiés. Ce n'est qu'une question de minutes.

Je prends mes clefs de voiture, ramasse le châle en laine qui traîne dans l'entrée et sors en trombe. L'air frisquet du mois d'octobre me fouette. Le siège chauffant m'accueille et je mets le volume de la radio à son maximum. *All Of Me*, de John Legend, joue à tue-tête: «*Cause all of me loves all of you, love your curves and all your edges…*» Une chanson d'amour écrite pour sa douce. Grrr! Je me mets à hurler en changeant de station. Je tombe sur *Someone Like You*, d'Adele. «*I heard that you've settled down, that you found a girl and you're married now. I heard that your dreams came true. Guess she gave you things I didn't give to you.*» Merde! C'est une blague ou quoi? Je ferme tout. Des larmes coulent sur mes joues et trempent le haut de mon t-shirt.

Plus j'approche du Vieux-Montréal, plus je sens que ce que je m'apprête à découvrir va chambouler ma vie. Je pourrais rebrousser chemin, regagner la maison et attendre qu'Ethan revienne. Ignorant mon retour imprévu, il me sortira une excuse que j'écouterai et mourrai d'envie de croire. Mais je ne peux plus faire l'autruche. Ça doit se terminer maintenant.

Je gare la voiture dans un espace interdit devant l'entrée de l'édifice à logements. J'appuie sur le bouton de l'intercom. Un *bip* s'éternise. Je presse encore. *Biiip!*

— Allô, répond une voix endormie.

— Béa! Ouvre, c'est Scarlett!

— Scarlett? se surprend-elle depuis le quatrième étage.

— C'est moi. Allez, ouvre!

— Qu'est-ce qui se passe? Il est 4 heures du matin…

Elle ne déverrouille pas la porte pour me laisser entrer et tente de connaître la raison de ma présence. Sa réaction m'affole, mais j'essaie de me contenir, car je n'ai encore rien vu qui puisse confirmer mon hypothèse. J'essaie de l'amadouer.

— Il fait un froid de canard, dehors! Ouvre la porte, j'ai besoin de te parler!

Ma voix frémit. Je suis congelée et terrorisée à l'idée qu'elle refuse de me laisser monter.

— Attends en bas, j'arrive, m'annonce-t-elle en détruisant le peu d'espoir qu'il me reste.

Une minute plus tard, la porte s'ouvre, poussée par Béa qui la referme aussitôt derrière elle comme pour m'empêcher de me faufiler à l'intérieur. Ma pire ennemie porte un peignoir rouge. Je devine qu'en dessous, son corps nu devait être allongé aux côtés de mon amoureux quelques secondes auparavant. Une douche froide en pleine figure. Le Ice Bucket Challenge!

— Je ne peux pas croire que tu m'as fait ça! Je suis ta meilleure amie!

Béa fige. Elle comprend que je sais. Elle émet un son traduisant de l'hésitation et se retient de parler.

— Dis quelque chose! m'exclamé-je en sanglots.

— Qu'est-ce que tu veux que je te dise, Scarlett?

— Tu oses me demander ça? Tu m'as menti, Béa!

Elle baisse les yeux, honteuse. Il y a une minute, j'espérais avoir tort. Je viens de perdre à la fois ma meilleure amie et l'homme de ma vie.

— Laisse-moi monter! exigé-je en tentant de me calmer.

— Je ne pense pas que ce soit une bonne idée, répond-elle.

Ces dernières paroles achèvent ce qu'il me restait de maîtrise de moi-même. Une énergie du désespoir à la puissance 1000 jaillit en moi. «Aaaah!» L'écho de ma voix retentit jusqu'aux ruelles avoisinantes. Pour éviter de commettre un crime, je regagne ma voiture et enfonce l'accélérateur en direction du condo. Je suis prête à anéantir quiconque se trouve sur mon chemin. L'heure matinale joue en ma faveur et balaie les automobilistes de la route.

En rentrant à l'appartement, je flotte dans un état de transe. Mes gestes défilent au ralenti, comme si j'étais spectatrice de la scène. Je lance mes vêtements à la va-vite dans ma grosse valise. J'en remplis une deuxième et les dépose toutes les deux près de la porte. «Le peu qu'il reste de mes effets personnels, cet enfoiré me les fera parvenir par la poste», pensé-je. Je suis contente d'avoir entreposé mes meubles chez mes parents. D'ailleurs, où puis-je bien aller ce matin, sinon à la maison familiale? J'ai besoin de ma maman.

Ma vie est à la dérive. À cette pensée, mon regard se pose sur Miss Malchance. J'attrape la poignée d'une main et ouvre la fenêtre de l'autre pour balancer l'objet maléfique par-dessus la rambarde du balcon. Sa trajectoire le fait s'écraser en plein milieu de la rue, accompagné par la voix hystérique d'une hôtesse de l'air meurtrie qui crie: «Valise de malheur!» Avant de quitter pour de bon ce nid douillet qui a déjà été rempli d'amour, j'écris une note que je dépose sur le lit.

«T'es juste un écœurant!»

Je relis ma phrase. Elle est teintée de haine. Même si je suis blessée comme je ne l'ai jamais été, ce n'est pas dans ma nature d'écrire ce genre d'insulte. Je déchire le papier et parviens à faire une deuxième tentative.

« Tu m'as brisé le cœur. Adieu. »

∗∗∗

Sur la route, la lueur du jour tardant à poindre, le sommeil me gagne. Lorsque mes roues frôlent l'accotement, je m'oblige à me garer à une halte routière pour faire une sieste. Les premiers rayons du soleil me réveillent et je reprends mon chemin. « Maman ! » larmoyé-je en silence pendant le trajet. L'adulte en moi n'existe plus. Je suis une fillette qui réclame la présence de sa mère. Seuls mes parents sauront me remettre sur pied.

Quelle déception ! Leur fille encore échec et mat face à l'amour. « Ça ne finira jamais ! » m'accablé-je avant d'entendre sonner mon portable. C'est Ethan ! Je ne prends pas l'appel. Il laisse un message.

« Scarlett. T'es où ? Appelle-moi. »

« Qu'est-ce que ça peut bien te faire de savoir où je me suis enfuie ? » m'énervé-je à voix haute en entendant sa voix anxieuse. Me croit-il assez troublée pour mettre fin à mes jours ? La sonnerie retentit de nouveau. C'est encore lui. Je décide de répondre.

— Quoi ?

— Ah ! Scarlett, je m'inquiétais.

Il semble soulagé, ce qui me frustre davantage. Il est content que je n'aie pas commis l'irréparable par sa faute ? Je m'enflamme.

— Inquiet ? Après ce que tu m'as fait, comment peux-tu être inquiet ? Je te déteste !

— Hein ? entends-je à l'autre bout du fil.

— Ethan ! C'était ma meilleure amie !

— Scarlett, attends, j'étais…

La ligne est brusquement coupée. Je traverse une forêt où les signaux satellite ne réussissent pas à passer aisément. Je suis heureuse de ne pas avoir entendu ses justifications. Les faits sont là pour rester. Ses menteries ne réussiront pas à me convaincre. J'éprouve un minimum de respect envers moi-même.

La ville de Mont-Laurier m'accueille au son des tintements de mon téléphone. Trois messages vocaux s'affichent. Deux proviennent d'Ethan et un de Béa. Je les supprime sans même les écouter. «Vivez avec votre culpabilité et laissez-moi vivre avec ma peine!» les sermonné-je en garant ma voiture devant la chaleureuse maison des Lambert.

— Maman! m'écrié-je en courant à l'intérieur.

La fillette en moi s'effondre dans les bras de sa mère, qui m'enlace sans trop comprendre la raison de ma venue inopinée à cette heure matinale. Une impression de déjà-vu m'habite: ce n'est pas la première fois que j'arrive à l'improviste, le cœur en miettes. La dernière fois, John m'avait chassée de son chalet d'un coup de balai. Cette fois, c'est moi qui suis partie.

— Qu'est-ce qui se passe, ma fille? me demande ma mère, préoccupée, une tasse de café à la main.

— Ah! maman, si tu savais…

— Raconte!

— Je vais le faire, mais avant, j'ai besoin de dormir, dis-je, les paupières lourdes.

Elle fait la moue et mon père arrive à la rescousse.

— Laisse-la se reposer, Agathe. Tu la connais, elle a besoin de sa bulle avant de parler.

Je souris à mon père qui, comme toujours, m'accueille avec délicatesse. Tout l'opposé de ma mère. Il dépose mes valises en retrait et je me dirige vers ma chambre. Mon poids frappe le lit en faisant rebondir les oreillers. J'exécute un virage sur moi-même et m'emmitoufle en ramenant la couette sur moi. Je m'endors en suppliant le Seigneur que ces dernières vingt-quatre heures n'aient été qu'un vilain rêve.

Chapitre 20

Mont-Laurier

— Scarlett!

Je me réveille en sursaut en entendant la voix rugissante de ma mère de l'autre côté de la porte. Des pas approchent. Ils martèlent si fort le plancher que je jurerais qu'elle porte des bottes de construction. Elle entre en trombe dans ma chambre, les yeux exorbités, en brandissant le téléphone.

— C'est pour toi.

L'appareil se trouve à deux centimètres de mon visage. Je l'empoigne par obligation.

— C'est qui? chuchoté-je pour que la personne au bout du fil ne m'entende pas.

— Réponds! insiste-t-elle.

J'hésite, puis, compte tenu de l'urgence avec laquelle ma mère s'est précipitée dans ma chambre et de sa présence devant moi, postée tel un soldat près de mon lit afin de s'assurer que je réponde, j'appose mon oreille contre le combiné.

— Allô?

— Scarlett, c'est Béa, ne raccroche pas!

Je demeure muette, sans broncher. Elle poursuit d'un ton autoritaire.

— Il faut que tu écoutes ce que j'ai à dire. Tu peux rester silencieuse si ça te chante, mais écoute-moi.

— Après ce que tu m'as fait, tu ne mérites pas une seconde de mon attention!

— J'ai tout dit à ta mère. Si ce n'est pas moi qui te le dis, c'est elle qui le fera…

Je lance des flèches meurtrières à la messagère qui se trouve dans ma chambre. Elle rétorque par un puissant regard qui me force à me soumettre.

— OK. Tu as deux minutes, dis-je sèchement.

Béa soupire. Ma mère, rassurée, se retire de mes quartiers.

— Ethan et moi t'avons caché des choses parce que je l'aide depuis quelques mois à préparer sa demande de fiançailles.

— Quoi? De quoi tu parles?

— Les textos, nos cachettes. Il voulait que je l'aide pour la grande demande. J'ai même cherché avec lui une bague pour toi.

Je fige sans arriver à émettre le moindre son. Et si c'était vrai? J'ai besoin de réponses. Mes idées folles ne sont pas arrivées par hasard.

— Tu vas me dire qu'hier, chez toi, vous étiez en train de parler mariage à 4 heures du matin? Ne me prends pas pour une dinde!

— Scarlett, Ethan n'était pas chez moi hier. Il était à son bureau.

Je doute de son affirmation et laisse échapper un rire moqueur.

— Après le travail, Charles et lui sont restés pour prendre un verre. Ils ont continué à boire jusque tard dans la nuit et Ethan s'est endormi sur le sofa.

— Comment tu sais ça?

— Parce que c'est lui qui me l'a dit. Il vient de m'appeler, affolé. Imagine-le. Il rentre chez lui ce matin, en lendemain de veille, l'appartement est sens dessus dessous, il trouve un message d'adieu de sa blonde alors qu'il voulait la demander en fiançailles et qu'elle n'était même pas supposée rentrer avant lundi. C'est inquiétant, tu ne trouves pas?

Je n'ose pas opiner, mais intérieurement je commence à me dire qu'elle a raison. Je me suis monté un bateau. Et tout un! Un voilier de cinquante pieds. Ou plutôt un paquebot de croisière. La honte! Comment en suis-je arrivée là? J'étais convaincue qu'elle couchait avec l'homme que j'aime. Je me ressaisis. Hier, elle a bien refusé de me laisser monter à son appartement…

— Ce qui est inquiétant, Béa, c'est qu'hier, vu mon état, tu m'as quand même empêchée de monter chez toi. Tu as entretenu mes doutes. Tu m'as poussée à le laisser! continué-je.

— Je te jure que je dis la vérité, Ethan était à son bureau!

— S'il n'était pas là, pourquoi tu ne m'as pas laissée monter, alors? renchéris-je.

Un silence à peine perceptible s'ensuit et, en bafouillant, Béa parvient à répondre.

— Parce qu'il y avait des décorations partout dans le salon. La surprise aurait été gâchée.

— Hum… fais-je, encore sceptique.

— Tu peux m'en vouloir, Scarlett, mais ne t'en prends pas à Ethan. C'est ton futur mari. Le meilleur gars pour toi. Il ne t'a jamais trompée et il ne le fera jamais, j'en suis convaincue, insiste-t-elle.

Elle semble sincère. Mon amoureux est acquitté. L'ampleur des dégâts me frappe en pleine figure. J'ai laissé Ethan… pour rien! Mon cœur s'affole, ma respiration s'accélère.

— Béa! Tu te rends compte de la gaffe que je viens de faire! Il doit penser que je suis folle!

— C'est de notre faute, on a mal joué notre jeu.

— Tu ne penses pas que je suis folle ?

— Non, non.

— Juste un peu ?

— Peut-être jalouse un tantinet, blague-t-elle.

Je ris jaune avant de fondre en larmes. Un mélange de soulagement d'être sortie de ce cauchemar et de peur d'entrer dans un autre.

— Je dois raccrocher, Béa. Il faut que je m'excuse auprès d'Ethan.

— Il va comprendre, m'encourage-t-elle.

— Tu crois ?

— Bien sûr. C'est l'homme de ta vie, Scarlett. Tout ira bien. Rappelle-moi après.

— OK !

Une fois la ligne coupée, je prends une profonde respiration. Je sais que la conversation que je m'apprête à avoir ne sera pas de tout repos. On dit que l'orgueil fait périr son homme, et Ethan en a un lot à lui tout seul.

Dring ! Dring ! Dring !

Trois sonneries. Les plus longues de ma vie. Par où vais-je commencer ? Je n'ai pas le temps de décider qu'il décroche.

— Salut, dis-je, gênée.

— Salut, répond-il d'un ton neutre.

Sa voix monocorde ne me permet pas de savoir sur quel pied danser. La honte me martelant, je n'arrive pas à placer un mot. Mon silence s'éternise.

— Tu as repris tes esprits ? lance-t-il avec froideur.

— Euh… oui…

— Je savais que tu étais jalouse, mais pas à ce point-là ! Je t'avais dit de me faire confiance. Comment tu as pu en arriver là ?

— Euh… c'est que…

— Je voulais me fiancer avec toi, Scarlett…

— Je sais, Ethan, je m'excuse ! Tu peux encore le faire, tu sais…

— Non, je ne peux plus.

Ma gorge se serre. Comme je m'y attendais, un second cauchemar s'annonce, et celui-là est pire que le premier. Perdre mon amour parce que j'ai déliré ! J'essaie de faire pitié pour me racheter.

— Je manquais d'attention, Ethan. J'avais besoin d'amour et tu n'étais pas là pour moi. Tu te faisais distant. Tu travaillais trop. Tu parlais plus souvent à Béa qu'à moi !

— Voyons ! Pas du tout ! Je lui parlais pour qu'elle m'aide à te demander en mariage !

— OK. Je m'excuse. Je vais te faire confiance à l'avenir.

— Je ne sais plus, Scarlett…

— Tu ne sais plus quoi ? Si tu m'aimes ? proposé-je en priant pour que ça ne soit pas le cas.

Il soupire.

— Je t'aime encore, voyons. Le problème n'est pas là.

— Il est où, alors ? Si on s'aime, tout est possible !

J'essaie une autre tactique : le romantisme.

— Même si on s'aime, une relation doit être basée sur la confiance. Je ne peux pas avoir une femme qui doute de moi. Qui m'espionne. Qui fouille mon téléphone. Qui pense que je la trompe avec sa meilleure amie, une collègue ou sa mère !

— Tu exagères, là !

— À peine.

Stratégie n° 3 : le faire sentir coupable.

— D'ailleurs, qu'est-ce que tu avais à préparer des banderoles ? Ça prend du temps, et les doutes sont arrivés pendant ces préparatifs inutiles. Tu me connais. Je suis une fille simple. Une bague, ça aurait suffi.

— Des banderoles ? C'est Béa qui t'a dit ça ? Je ne comprends pas. De toute façon, n'essaie pas de me faire sentir coupable, ça ne fonctionnera pas. Tu es allée trop loin et tu le sais.

J'éclate en sanglots. Rien ne fonctionne. Tout est ma faute. Il a raison. Je suis une vraie parano. L'asile est tout ce qu'il me reste comme option. Je viens de le perdre. J'essaie la supplication.

— Je t'aime! Tu entends? Je t'aime, Ethan! *Je t'aime!* Ne me laisse pas!

Ma fierté vacille. S'il était devant moi, je m'agenouillerais à ses pieds. Je lui baiserais les mains. Je veux à tout prix me faire pardonner. Je doute que cela se produise. Pas maintenant. J'entends sa respiration au bout du fil. Son souffle saccadé m'indique que c'est aussi dur pour lui que pour moi. Pleure-t-il? Je n'ose pas le lui demander. Nous restons silencieux pour nous écouter respirer. Il pleure, j'en suis certaine. D'une voix forte et puissante, il met fin à la conversation.

— Si tu as besoin de venir chercher des trucs à l'appartement, fais-le-moi savoir pour que je m'absente. Pour le moment, j'ai besoin de réfléchir à tout ça. Donne-moi du temps, OK?

Je pleure encore plus fort.

— OK? insiste-t-il.

— OK… parviens-je à émettre entre deux sanglots.

— Merci, dit-il en raccrochant.

Je m'enroule dans les couvertures et ma mère accourt aussitôt pour me consoler. Elle avait, comme d'habitude, l'oreille collée à la porte et a entendu tout ce que j'ai dit. Je n'ai pas besoin de lui fournir d'explication. Elle sait que je viens d'être chargée d'une nouvelle mission: reconquérir l'homme de ma vie. Les plans défilent dans mon esprit. Soudain, je comprends qu'une chance est à ma portée. Pourquoi Ethan a-t-il eu l'air surpris lorsque je lui ai parlé des décorations chez Béa? Sûrement parce qu'elles n'ont jamais existé… Je bondis dans mon lit.

— Qu'est-ce qui se passe? demande ma mère, perplexe.

— Je n'étais pas folle! Je suis convaincue que Béa me cache quelque chose! Ça expliquerait tout!

N'y comprenant plus rien, ma mère attend en silence. Tôt ou tard, je devrai lui raconter, mais pas maintenant. J'ai plus urgent à faire : parler à M. Pinault, et ça presse !

✳✳✳

— Vous avez bien joint le bureau d'Henri Pinault, psychothérapeute. Veuillez me laisser un message après le bip. Notez que je serai absent à partir du lundi 19 octobre jusqu'au 1er novembre inclusivement. Merci et bonne journée !

— Monsieur Pinault ! C'est Scarlett Lambert ! Il y a une urgence, j'ai absolument besoin de vous parler. Rappelez-moi, s'il vous plaît !

Je raccroche. Il m'a déjà dit qu'il prenait ses messages régulièrement pour les urgences. Il va me rappeler. Je regarde l'heure affichée à ma montre. Midi. J'en profite pour prendre une bouchée et faire un compte rendu à la *familia*.

✳✳✳

14 heures

— Vous avez bien joint le bureau d'Henri Pinault, psychothérapeute. Veuillez me laisser un message après le bip…

— Monsieur Pinault ! C'est Scarlett Lambert ! Vous ne m'avez pas encore rappelée ! Il faut absolument que je vous parle. C'est à propos d'Ethan et de Béa. J'ai tout fait foirer ! Rappelez-moi vite !

✳✳✳

15 heures

— Vous avez bien joint le bureau d'Henri Pinault, psychothérapeute. Veuillez me laisser un message après le bip…

— C'est Scarlett! J'attends encore votre appel. C'est très urgent! J'ai laissé Ethan en pensant qu'il était chez Béa hier soir. Mais il était à son bureau. Maintenant, il ne veut plus de moi! Sauf que Béa me cache quelque chose! Si j'ai raison et que je découvre ce dont il s'agit, ça va me disculper! Ça prouvera que je n'étais pas folle! Rappelez-moi vite!

***

15 h 30
— Vous avez bien joint le bureau d'Henri Pinault, psychothérapeute. Veuillez me laisser un message après le bip…
— Bon, je me demande dans quel pays vous êtes pour ne pas me rappeler. Je suis certaine que vous n'êtes pas bien loin, parce que si vous aviez pris l'avion, vous me l'auriez dit. Où êtes-vous?

***

16 heures
— Vous avez bien joint le bureau d'Henri Pinault, psychothérapeute. Veuillez me laisser un message après le bip…
— OK. J'ai compris. Vous ne voulez pas me parler. Je vais devoir m'arranger toute seule. Je n'ai pas besoin de vous! Pfft! Laissez donc faire pour le retour d'appel!

Chapitre 21

Salem, Massachusetts, États-Unis

Trois jours viennent de passer et je n'ai reçu aucun appel de mon psy. Il doit vraiment s'être envolé au bout du monde. Comme je ressentais plus que jamais le besoin d'être éclairée sur les événements de ma vie, une idée géniale m'a traversé l'esprit : visiter Salem, la ville des sorcières. J'ai demandé à ma mère de m'y accompagner. D'ailleurs, elle a un brin de sorcière en elle. Elle adore analyser les gens selon leur signe astrologique, calculer leur chemin de vie avec la numérologie ou rencontrer des diseuses de bonne aventure. J'avoue que j'ai, moi aussi, un penchant pour l'ésotérisme. Je crois que nous serons servies, car nous visiterons la ville le jour de l'Halloween. On m'a dit que, au mois d'octobre, on y rencontre les meilleures « sorcières » des États-Unis. Les touristes n'ont qu'à choisir parmi un vaste bassin de médiums pour obtenir une lecture de leur avenir en quinze minutes. Exactement ce dont j'ai besoin ! En route, j'annule mes engagements.

— Affectation des équipages, bonjour, Cindy à l'appareil.

— Bonjour, j'appelle pour dire que je suis malade, lui annoncé-je sans même forcer ma voix pour paraître enrhumée.

— D'accord, votre nom et votre numéro d'employée?

— Scarlett Lambert, n° 1014.

— Parfait, rappelez-nous quand vous serez rétablie.

— OK. Merci.

Une fois l'appel terminé, mon prochain courrier de sept jours s'efface de mon horaire et est attribué à une réserve. Je n'ai pas du tout envie de travailler, et ce n'est sûrement pas le cœur en miettes que je pourrai sourire à mes passagers. J'espère que les sorcières sauront me remonter le moral. Chaque jour qui vient de passer, je me suis endormie triste et déçue de n'avoir reçu aucun signe de vie d'Ethan. Il en prend du temps pour réfléchir! J'ai peur que sa décision finale soit négative.

Entre-temps, il me fallait trouver un endroit où me loger provisoirement lorsque je reprendrais le travail. J'ai demandé à Béa de m'héberger, mais elle a refusé en disant que Pénélope préférait que je n'envisage leur appartement qu'en dernier recours. Je n'étais pas la bienvenue chez ma meilleure amie. C'est là que mes doutes se sont renforcés. Je suis désormais convaincue que Béa me cache quelque chose, mais quoi? J'ai décidé de ne pas insister et d'attendre qu'elle m'ouvre son jardin secret. Ou que je le découvre en jouant à l'espionne… Nous nous sommes parlé au téléphone tous les jours depuis ma rupture avec Ethan. Elle essaie de me remonter le moral du mieux qu'elle le peut. Elle est certaine qu'il va revenir bientôt. Je n'en suis pas aussi convaincue.

J'ai finalement demandé à Rupert qu'il m'accueille dans sa chambre d'ami. Il a accepté de bon cœur. Je séjournerai donc chez lui avant ou après un vol. Lors de mes jours de congé, je remonterai dans le Nord, chez mes parents.

— On arrive, vite, sors les passeports ! s'énerve ma mère en apercevant le panneau de signalisation qui annonce les douanes américaines.

J'approuve d'un mouvement de la tête mais n'atteins pas pour autant mon sac à main pour récupérer les documents.

— Allez, Scarlett, d'un coup qu'ils nous fouillent !

— Calme-toi. On n'est pas encore arrivées.

Elle s'avance à l'extrémité du siège du passager, l'air nerveuse. Elle scrute l'horizon en silence, terrifiée. Voyant les voitures se ranger en file indienne dans les voies d'accès, elle s'affole.

— Donne-moi ta sacoche, je vais sortir les passeports !

— Maman, il y a dix voitures devant nous, pas de panique.

— Allez, les passeports ! insiste-t-elle.

— Il est derrière mon siège, lui dis-je pour mettre fin à cette discussion inutile.

Elle se penche vers l'arrière de la cabine pour dénicher les précieux documents. Rassurée, elle se cale dans son siège, plus sereine qu'il y a une seconde. Quinze minutes passent et nous sommes encore en file.

— Tu vois le temps qu'on avait pour prendre les passeports ? la piqué-je par pur bonheur de le faire.

— Mieux vaut être préparées, Scarlett.

— Bon, bon. C'est ça.

Pas la peine d'essayer de la convaincre. J'appuie sur l'accélérateur et roule dans le corridor d'accès en direction d'un agent. Une caméra sophistiquée prend un cliché de la voiture et de nos visages. Je m'arrête sous le portique.

— *Good morning. Passports, please*[27].

---

27. — Bonjour. Vos passeports, s'il vous plaît.

L'homme à moustache n'esquisse aucun sourire. Si je n'étais pas hôtesse de l'air, son ton de voix me glacerait le sang. Mais je connais bien les douaniers américains. Ils jouent la carte des durs à cuire. Un seul regard et j'ai le goût de leur avouer la vérité, toute la vérité. Mon amoureux m'a quittée! Ma mère semble traumatisée.

— *Where are you going*[28]? nous demande-t-il.

— *Salem, Massachusetts.*

À ma surprise, il me sourit, l'air gentil.

— *Are you witches*[29]?

— *My mom is*[30], blagué-je en y croyant à moitié.

Il se penche pour observer l'apprentie sorcière du côté du passager.

— *So, you are a real witch*[31]?

Ma mère fige, car elle ne parle pas l'anglais. Elle se dit sans doute: « Il va m'arrêter, me jeter en prison… » Bien que je savoure ce rare moment où elle se sent vulnérable et où je possède tout le contrôle, je ne lui laisse pas le temps de paniquer.

— Il veut savoir si tu es une sorcière, traduis-je.

— Hi hi, émet-elle, gênée, en soulevant les épaules en signe d'hésitation.

Je tourne la tête vers le douanier.

— *OK, enjoy your trip, witches*[32]! nous lance-t-il en nous remettant nos passeports.

— *Thanks!* dis-je, impatiente de connaître mon avenir.

***

Après avoir déposé nos bagages à notre hôtel situé en banlieue de Salem, nous embarquons à bord d'un

---

28. — Où allez-vous?

29. — Êtes-vous des sorcières?

30. — Ma mère l'est.

31. — Vous êtes une vraie sorcière, alors?

32. — OK! Profitez bien de votre séjour, les sorcières!

taxi qui nous amènera au centre-ville. J'ai bien tenté de dénicher une chambre dans le quartier historique, mais c'était impossible. En arrivant, je comprends pourquoi tous les établissements sont complets. Une foule déambule dans les rues.

— Regarde, maman! m'exclamé-je en apercevant un homme déguisé comme un des personnages du film *Pirates des Caraïbes*.

Je jurerais que c'est le vrai pirate Davy Jones à la barbe garnie de tentacules. La précision avec laquelle l'homme a confectionné son costume est remarquable. Il a même pensé à coller des coquillages sur son chapeau et sur sa cape. Son bras gauche est camouflé par une pince de crabe géante.

— Heille, Scarlett, regarde celle-là!

Je détourne mon attention du pirate et scrute la femme que ma mère m'indique.

— Wow, il fallait y penser! m'exclamé-je en constatant qu'un « ange » de Victoria's Secret aux ailes déployées parade dans la rue.

Nous demeurons un moment sur le trottoir à contempler les costumes des passants. Lorsque nous reprenons notre promenade, nous jetons un coup d'œil aux différentes boutiques. L'une d'elles offre des potions magiques pour attirer l'amour. Une autre, des herbes spéciales pour des rituels d'incantation. Plusieurs affichent en grosses lettres *Tarot Readings*.

— Je pense que c'est ici qu'il faut entrer, dis-je en lisant l'inscription *Annual Psychic Fair and Witchcraft Expo* sur une porte.

— On entre! ordonne ma mère sans hésiter.

Je me glisse à l'intérieur du bâtiment, fébrile à l'idée de recevoir des réponses à mes questions. Et si ça marchait vraiment, ces choses-là? Avant ma naissance, ma mère était allée voir une voyante. Elle lui avait prédit ma naissance et avait ajouté que mon métier m'amènerait à voyager énormément. Mais encore… Une chanceuse qui a visé juste?

Dans le couloir menant à la pièce principale, je remarque que les photos des voyants sont affichées sur le mur. J'observe ensuite les tables où ils sont assis. Ils ont l'air bien occupés ; chacun s'occupe d'un client. Je m'approche de l'accueil pour demander des informations. La dame habillée en noir me recommande de lire les spécialités de chacun et de choisir ensuite la personne qui nous convient. Je me retourne pour fournir un résumé à ma mère, mais elle ne me laisse pas le temps de lui expliquer quoi que ce soit avant de m'indiquer une des photos accrochées au mur.

— C'est lui que je veux ! annonce-t-elle.

— Mais tu n'as même pas lu sa fiche…

— Pas grave, juste à le voir, c'est sûr qu'il est bon !

Je m'approche de la photo. L'homme s'appelle Jeffrey Justice. Il doit avoir une trentaine d'années maximum. Il a la peau pâle, les cheveux blonds très pâles. Il a l'air d'un vrai médium. Je consulte la liste de ses « pouvoirs ». Cartomancie. Chiromancie. Médiumnité.

— Il parle aux esprits, maman…

— Encore mieux ! s'exclame-t-elle, convaincue d'avoir fait le bon choix.

— OK, j'embarque ! lui dis-je avant d'aller réserver notre tour.

La dame derrière le comptoir m'annonce que notre élu sera libre aussitôt que la cliente actuelle aura terminé, ce qui veut dire maintenant, car je la vois se lever.

— Vas-y en premier, dis-je à ma mère. Je verrai après si j'y vais ou pas.

Elle acquiesce et nous réservons trente minutes pour ma mère. De mon côté, je ne me sens pas encore prête à entendre des prédictions. Et si le médium me disait qu'Ethan et moi c'est fini et qu'il ne reviendra pas ? Je cache ma nervosité en m'asseyant sur la chaise à côté de celle de maman.

— *You don't have to be nervous*[33], me lance aussitôt le médium.

— Euh, *I'm not. I will translate for my mom because she doesn't speak English, that's all*[34], déclaré-je, surprise qu'il ait ressenti mon angoisse.

— *Sure.*

J'esquisse un sourire à ma mère pour lui signifier que son intuition à propos de l'expertise du médium était sans doute juste. Elle m'ignore, hypnotisée par Jeffrey. Son visage est détendu, radieux. Elle est dans son élément.

— *What's your name*[35] ? lui demande-t-il.

— Agathe, répond-elle à la seule question qu'elle comprend.

— *What kind of reading do you want ? Talking to the dead or standard tarot reading*[36] ?

— Tu veux parler à des gens décédés ou tu veux une simple séance de tarot ? traduis-je.

— Les morts, on les laisse là où ils sont. J'ai tout réglé avec eux avant qu'ils meurent. J'ai pas besoin de leur parler !

— OK, ça va, dis-je pour la calmer. *Just a normal reading*[37], précisé-je.

La lecture commence. Jeffrey demande à ma mère de prononcer son nom complet à voix haute. Elle s'exécute. L'homme au teint diaphane procède à une description précise de son caractère. Elle acquiesce et moi aussi, mais rien ne prouve qu'il ait un don. Il parle de la vie passée de ma mère, des difficultés qu'elle a vécues. Entre-temps, je poursuis la traduction.

---

33. — Vous n'avez pas à être nerveuse.
34. — Euh, je ne le suis pas. Je vais seulement traduire pour ma mère, car elle ne parle pas l'anglais.
35. — Quel est votre nom ?
36. — Quel genre de lecture aimeriez-vous ? Une pour parler à vos proches décédés ou un tarot traditionnel ?
37. — Juste une lecture normale.

— Je sais déjà ces choses-là! s'exclame ma mère, contrariée par la lecture non concluante qu'elle entend.

— Attends, dis-je, c'est pas fini…

Soudain, le médium se tait. Il baisse les yeux comme pour écouter des voix qui lui parlent. Il s'adresse à moi en anglais.

— Je sais que votre mère ne désirait pas parler aux défunts, mais il y a quelqu'un qui insiste depuis tout à l'heure pour que je mentionne qu'il est là, près d'elle.

— Ah oui? Qui ça? demandé-je, heureuse que la séance devienne excitante.

— C'est un homme. Il me parle en français et je ne comprends pas bien ce qu'il me dit. Il me répète son nom.

— Et?

— C'est difficile à dire, je ne parle pas votre langue, explique-t-il, gêné de bafouiller en tentant de répéter les syllabes qu'il a entendues.

— Ben là! insisté-je, essayez quand même!

Jeffrey tourne la tête vers la gauche et écoute de nouveau cette voix imperceptible pour ma mère et pour moi. Il revient à la réalité et s'exprime avec un accent prononcé:

— Andrrray Grrrenier!

Ma mère se fige. Pour ma part, mon cœur s'arrête. Pas de doute, Jeffrey Justice possède un don surnaturel.

— C'est mon grand-père, précisé-je.

— Oui, il est décédé subitement d'un arrêt cardiaque, mais il a longtemps eu le cancer, ajoute-t-il.

— Exact.

— Il veut dire à votre mère qu'il a retrouvé sa femme. La première, précise-t-il, la mère de votre mère. Et qu'il est heureux auprès d'elle.

Ma mère demeure de marbre, cachant ses émotions. Mais je sais qu'entendre cet inconnu lui révéler des faits réels sur sa famille la touche. Quant à moi, je suis bouche bée.

Une fois le message transmis, le médium poursuit sa lecture stupéfiante.

— Votre famille va bientôt s'agrandir.

— Ah! oui? s'étonne ma mère lorsque j'entame la traduction. Tu vas te marier? propose-t-elle.

— Ça concerne votre fille unique. Vous, me pointe-t-il.

Surprise qu'il sache que je suis la seule enfant de la famille, je demeure muette. Des questions défilent dans mon esprit. Ethan va-t-il revenir? Va-t-il me faire la grande demande? Comme s'il m'avait entendue penser, il s'attarde à moi.

— Comment vous appelez-vous?

— Scarlett Lambert, dis-je.

Le médium ferme les yeux et hoche la tête de haut en bas comme s'il entretenait une conversation avec une entité invisible. Une fois le message reçu, il me le révèle.

— Je vois que l'homme de votre vie n'est pas présent en ce moment. Il vous a quittée, n'est-ce pas?

— Euh, oui. Je l'ai quitté et il m'a requittée, précisé-je en riant jaune.

— Ne vous inquiétez pas. Il reviendra.

Je soupire de soulagement.

— Une amie très proche vous aidera, ajoute-t-il.

— Béa?

— Je ne peux pas vous le dire, mais c'est une amie très proche. Vous croyez savoir qui elle est, mais elle vous cache quelque chose.

— C'est Béa! Je sais, mais quoi? m'impatienté-je en espérant qu'il me fournisse la réponse.

— Je ne sais pas. Vous serez très triste, mais sans elle, l'homme que vous aimez ne reviendra pas. Vous avez besoin d'elle et vous devrez lui pardonner sa faute.

La sonnerie des trente minutes retentit. Une dame s'approche pour nous signaler que la séance est terminée et que nous devons laisser notre place à un autre client. J'insiste une dernière fois dans l'espoir qu'un message révélateur lui parvienne depuis l'au-delà.

— Pardonner quoi?

— *Everything will be alright, Scarlett. Let your destiny follow its path*[38].

De retour sur la rue principale, ma mère remarque que la rencontre m'a laissée songeuse.

— Tu veux qu'on y retourne? Tu n'as qu'à prendre une autre séance…

Je réfléchis. Les médiums n'existent pas pour interférer dans notre destin, mais pour nous guider, pour nous rassurer. C'est à moi d'élucider ce mystère.

---

38. — Tout ira bien, Scarlett. Laissez votre destinée suivre son cours.

Chapitre 22

Montréal (YUL) – Panama city (PTY)

— Alors, comment c'était, Salem? me demande Béa à l'autre bout du fil.

— C'était bien.

— Est-ce que tu t'es fait tirer aux cartes?

— Ma mère, oui. Pas moi, mens-je pour cacher les prédictions qui m'ont été faites.

— Et Ethan, il t'a donné des nouvelles?

Mon cœur se serre.

— Non. Rien. Ça va faire presque une semaine! Il a eu assez de temps pour réfléchir. Je vais l'appeler, j'en peux plus!

Je me retiens pour ne pas fondre en larmes une millième fois.

— Ne l'appelle pas. Je vais le faire.

Sa suggestion me surprend. À voir comment les choses ont tourné avec le projet de fiançailles, je refuse qu'elle s'en mêle.

— Je ne pense pas que ça soit une bonne idée, Béa. Ta dernière intervention a fait des ravages…

— Justement. J'y suis pour quelque chose, alors laisse-moi me racheter. C'est aussi de ma faute, tu sais. Il va m'écouter.

Fait-elle allusion à son précieux secret ? Cette chose qui l'a poussée à se distancer de moi en semant du même coup des doutes d'infidélité dans mon esprit ? Je repense aux révélations du médium. Il m'a dit qu'elle m'aiderait à regagner le cœur d'Ethan, que j'aurais besoin d'elle. Je décide d'accepter et, pour la première fois depuis que mes soupçons existent, j'essaie de lui soutirer des aveux.

— Je sais qu'on se parle beaucoup depuis cette histoire avec Ethan, mais des fois j'ai l'impression que c'est seulement moi qui te raconte ma vie. Tu sais que tu peux tout me dire, hein ?

— Je te dis tout, t'inquiète. Changement de sujet, je voulais te dire que Pénélope va être sur ton vol demain. Si tu pouvais t'occuper d'elle à bord, j'apprécierais.

— Elle part en vacances ?

— Non, c'est pour le travail.

— Pas de problème. Toi, appelle Ethan, s'il te plaît.

— Promis !

***

Lorsque je monte à bord de l'appareil, l'équipage n'est pas encore arrivé. Je prends place sur un des sièges en première et fouine sur Facebook pour passer le temps. Sur le fil d'actualités, je peux lire : « Beau week-end en amoureux, feu de foyer, champagne et huîtres. Aphrodisiaque ! LOL. » Photo à l'appui. Grrr ! « Quant à moi, m'offusqué-je, mon amoureux croit que je suis folle ! » Je joue avec l'idée de commenter son *post*. J'écrirais : « Profites-en donc au lieu d'écrire ta vie parfaite sur Internet ! » Je me retiens et décide de masquer les messages de cette « amie » virtuelle. « Je suis certaine qu'elle la trouve plate, sa vie! » pensé-je avant d'être interrompue par l'arrivée d'un texto.

« Salut, Scarlett. Tu dois être inquiète. J'ai encore besoin de temps. Considère ça comme un *break*. Ethan. »

À lire ce message, j'aurais cru pleurer, mais au lieu de cela, je sens mon visage se réchauffer, mes pommettes virer au rouge. Je me suis déjà vidée de toutes les larmes de mon corps. La colère les a remplacées. Je bous. Sacrée Béa! Dès qu'elle met son grain de sel dans ma relation, elle l'aggrave. Je décide de ne rien répondre à mon « désormais ex ». Il sait que je l'aime et, bien que j'aie laissé ma fierté de côté lors de notre dernière conversation téléphonique, ça n'a rien changé. Cette fois-ci, je joue à l'indépendante. L'ignorance suscite la curiosité. « Il veut jouer au chat et à la souris? J'embarque! » me motivé-je en retrouvant un peu d'orgueil. Quant à Béa… Je m'apprête à lui envoyer un message de bêtises quand deux agentes de bord montent dans l'avion. Trop préoccupée par ma tâche, je ne tiens pas compte de leur présence et appuie sur « Envoyer ».

« Tu n'as rien arrangé avec Ethan. La prochaine fois, je vais me débrouiller toute seule! »

Mes deux collègues prennent place sur les sièges avoisinants. Je les salue d'un mouvement de tête et elles poursuivent leur conversation.

— Pour le confit de canard, tu prends la marque Reflets de France au Carrefour. C'est la meilleure.

— Et tu le sers avec quoi? demande l'autre.

— Des figues caramélisées et…

Leur conversation cesse à l'arrivée des autres membres de l'équipage. Certains visages me semblent familiers, mais je ne me souviens pas d'avoir volé avec aucun d'entre eux. Le chef de cabine s'installe au centre et commence son *briefing*. Il nous fournit les détails du vol et nous rappelle, comme si nous l'avions oublié, que nous passerons la nuit à Panama

City. Avant de me lever pour faire le tour de ma section, je mentionne à l'équipage qu'une amie de Béa sera à bord.

— Je vais vérifier son numéro de siège et vous le dire, précisé-je pour que l'agent de bord responsable de sa section puisse lui offrir un traitement spécial.

L'embarquement commence. Dix minutes passent et, déjà, je suis aux prises avec le casse-tête des bagages.

— Mademoiselle, il n'y a plus d'espace.

— Le compartiment à côté est vide, monsieur.

— Mais il n'est pas au-dessus de mon siège !

— Les compartiments sont à tout le monde, précisé-je.

Vient ensuite le moment où des bagages encombrent l'allée. «Mais qu'est-ce qu'ils ont tous à ne rien mettre en soute ?» Je suis mal placée pour parler. Quand je voyage, si j'en suis capable, j'apporte tout à bord. Pas question que je perde ma caméra professionnelle, mes sandales, mon ordinateur, ceci ou cela. Il suffit d'une valise égarée pour devenir parano. À ce sujet, je crois avoir fait mes preuves…

Je retire un veston d'un compartiment pour y loger un sac de voyage.

— Attention ! Vous allez le froisser !

La dame brandit sa main pour m'empêcher de poursuivre ma tâche. Elle panique. Sa vie semble résider dans ce veston qui, soit dit en passant, est d'une laideur atroce.

— Ne vous inquiétez pas, je vais bien le ranger.

— Non, non et non ! Remettez-le où il était !

Elle insiste et essaie de se lever pour m'intimider. Comme elle est assise près du hublot, deux autres passagers lui bloquent le passage. Je ne poursuis pas la discussion et range la valise dans le compartiment. Avec un semblant de délicatesse, je dépose son hideux veston sur le dessus.

— Voilà, il est à l'abri, la rassuré-je.

Elle grogne et se tait. J'esquisse un sourire d'hôtesse et m'enfuis. J'aperçois Pénélope qui descend l'allée.

Son style excentrique me titille. Pourquoi cette fille m'agace-t-elle autant? Est-ce par jalousie, elle qui passe plus de temps que moi avec ma meilleure amie? Ou parce que j'ai l'impression qu'elle l'influence du mauvais côté? Je la salue hypocritement.

— Tu es assise où? lui demandé-je par courtoisie.

— 17 H, mais si tu pouvais m'installer en *business*, ça serait super!

Euh, pardon? Quel culot! Depuis que je suis agente de bord, pas une seule fois je n'ai osé réclamer un siège surclassé. Bien sûr, on espère se le faire offrir, mais par politesse on attend. C'est une loi non écrite mais respectée par tous ceux qui accordent de l'importance aux règles de savoir-vivre.

— Je pense que c'est plein, mais je vais aller vérifier. J'irai te voir à ta place.

— OK!

Je termine l'embarquement puis file à l'avant pour démontrer ma bonne volonté de répondre à sa demande. En réalité, je n'ai aucune intention de lui faire profiter de petites douceurs exclusives. Cette fille m'énerve, elle l'a toujours fait. C'est comme si son air supérieur et superficiel m'atteignait au plus profond de mon être. Elle est aux antipodes de mes valeurs et réussit ironiquement à me rendre aussi mauvaise qu'elle.

En franchissant le rideau, je note qu'un siège de première n'est pas occupé. Le passager est sans doute aux toilettes. Je consulte la liste de la section. Je suis déçue de constater que je devrai mentir, car cette place est bel et bien libre.

— Désolée, Pénélope, mais la première classe est complète.

— Ah.

— Mais rassure-toi, je vais aviser l'agent de bord dans ta section pour qu'elle s'occupe bien de toi.

— Merci, alors, dit-elle avant de plonger le nez dans son magazine de mode.

L'information a été communiquée à Annick, qui m'a assuré qu'elle lui offrirait gratuitement le nécessaire. Je retourne m'asseoir sur mon strapontin en attendant la diffusion de la vidéo sur les consignes de sécurité. Soudain, je vois Pénélope se lever et se diriger vers l'avant de l'appareil. Elle est escortée par Annick. « Non ! » m'exclamé-je en silence, devinant la suite. Une seconde passe et ma collègue redescend l'allée, seule. Je bondis du strapontin et agrippe l'interphone.

— Oui, c'est R 3.

— C'est Scarlett. Tu as placé mon amie en première ?

— Elle m'a demandé s'il restait des places et il en restait une, alors j'ai pensé qu'elle apprécierait l'expérience.

Je raccroche subitement. Elle a réussi à avoir ce qu'elle voulait ! Désirant cacher mon jeu, je file à l'avant. Je feins d'être surprise.

— Ah ben ! J'avais mal vu. Il restait une place ?

— Oui, ta collègue est venue vérifier.

— Tant mieux ! Profites-en bien.

— Oui, merci ! En passant, je n'ai pas réservé de chambre pour la nuit. Béa m'a dit que je pourrais sans problème dormir avec toi. On pourrait aller danser, ou quelque chose comme ça, propose-t-elle sans gêne.

— Euh… hésité-je. C'est que… je travaille demain, j'ai besoin de sommeil.

« Argh ! Encore une tactique de profiteuse ! » pensé-je sans arriver à refuser sa proposition de façon claire et précise.

— Je vais y réfléchir, on se parle après le décollage. Bon vol ! lui souhaité-je, armée d'un faux sourire.

Je regagne mon poste et, pendant que nous roulons sur le tarmac, des sentiments contradictoires se bousculent en moi. Pourquoi suis-je révoltée que Pénélope profite d'un bon service à bord ? « Parce que c'est une vraie fouine, Scarlett ! »

Ne devrais-je pas être heureuse pour elle? «Non! Elle voulait te faire payer ses conseils de styliste! Elle ne te considère pas comme une amie!»

Je tente de devenir zen lorsque les puissants moteurs nous propulsent sur la piste goudronnée. Le nez de l'appareil se soulève et j'ose admettre l'évidence: malgré sa présence qui m'importune, Pénélope représente ma seule porte de sortie pour le moment. Si je parviens à l'amadouer, qui sait, peut-être me dévoilera-t-elle le précieux secret que m'a caché Béa dans son appartement?

Chapitre 23

Panama City (PTY)

Après nous être installées dans ma chambre, j'ai dit à Pénélope que j'étais fatiguée. Je n'avais pas envie de sortir en ville pour danser. Manger au restaurant de l'hôtel me suffisait. Elle a acquiescé, consciente qu'elle économisait le prix d'une nuit d'hébergement grâce à moi.

— Alors, tu viens faire quoi au Panama ? lui demandé-je en faisant semblant d'être intéressée.

Heureuse que les projecteurs soient braqués sur elle, elle se cale dans sa chaise, créant une distance entre elle et moi. Je traduis : «Attends de voir ce que je fais ici. Ça va t'impressionner !»

— J'ai obtenu un gros contrat de stylisme pour une boîte de production de films à Montréal. Ils ont besoin d'une centaine de chapeaux panamas et c'est à moi qu'ils ont fait confiance pour la recherche. Je suis venue pour en importer plusieurs à bas prix.

— C'est bizarre que tu viennes ici pour acheter ces chapeaux-là…

Pénélope glousse.

— Voyons, Scarlett, on est au Panama. Je viens chercher des chapeaux panamas. C'est logique, non?

À mon avis, elle n'est pas au courant que ce type de chapeau provient de l'Équateur. Désirant lui soutirer des informations cruciales à propos de Béa, j'évite de la contredire et joue à la tête de linotte.

— C'est évident, c'est vrai. Que je peux être perdue! Ha! ha! Au fait, je suis passée chez vous, la semaine dernière. Béa avait eu un petit party, mais je l'ai manqué. Qui donc était là? Je ne m'en souviens plus.

— Euh, je ne sais pas de quel party tu parles.

— Ben oui, insisté-je. Elle n'a pas inventé ça!

— Ça fait un bout qu'on n'a pas reçu d'amis à l'appart. Elle est pas mal occupée ces temps-ci.

— Elle n'aurait pas rencontré quelqu'un?

Pénélope fixe la table un instant et, sans hésiter, me répond par la négative. Je change de sujet pour faire diversion.

— Parle-moi de ton métier. Ça paie bien?

Pendant que la styliste m'explique en détail les rouages de son métier, je bois mon vin rouge en cherchant une autre tactique. Je l'écoute à peine, émettant à l'occasion des « Ah oui? » pour lui démontrer mon attention. Au bout d'un moment, je n'arrive plus à cacher mon désintérêt de son discours et, sans m'en rendre compte, mon regard s'éloigne du sien. Un couple entre dans le restaurant, laissant la porte claquer derrière lui. Le battant pivote d'avant en arrière jusqu'à ce qu'un client l'attrape de l'autre côté. Un homme se faufile à l'intérieur et examine la salle en quête d'une table libre. L'homme me voit, s'immobilise et, l'air sceptique, presse le pas dans ma direction. Comme au ralenti, j'observe John avancer pour me saluer. La voix de Pénélope s'estompe jusqu'à se transformer en murmure. Il m'offre son plus beau sourire.

— Salut, Scarlett.

— Salut, John, dis-je avec courage.

— Salut, Pénélope, ajoute-t-il.

— Salut, répond-elle, embarrassée.

— Vous vous connaissez ? me surprends-je avant de résoudre l'équation.

John connaît Pénélope… la coloc de Béa… Béa… Béa et John ! Oh non, j'ai fait erreur ! Béa ne fréquente pas l'homme que j'aime mais celui que j'ai aimé à une autre époque !

Je me sens trahie, des larmes me picotent les yeux. Je ne leur laisse pas le temps d'atteindre leur cible et me retrouve dans l'ascenseur, en route vers ma chambre. Je m'écrase sur le lit. Comment Béa a-t-elle pu me faire ça ?

Mes émotions se bousculent. Pourquoi suis-je si triste ? Cette révélation prouve que j'ai eu raison d'investiguer. Le puzzle se met en place. Les questions que Béa m'a posées à propos de John. Son refus de me laisser monter à l'appartement. Elle pensait que j'étais venue pour John, pas pour Ethan. Sinon, à voir mon état, elle se serait empressée de m'avouer le projet de fiançailles pour éviter que je fasse une gaffe magistrale.

Bien que je sois d'une certaine façon soulagée, je pleure encore. Elle aurait pu coucher avec n'importe qui et elle a choisi John. « Argh ! » hurlé-je avant de voir entrer Pénélope, une expression d'incrédulité sur son visage.

— Je ne vois pas pourquoi tu fais une scène, Scarlett. Ça va faire presque deux ans que vous n'êtes plus ensemble, me lance-t-elle sans la moindre empathie.

J'essuie mes larmes. « Cette fille n'améliore pas son sort », pensé-je en tentant de me calmer.

— Pénélope, dis-je doucement, tu n'as aucune idée à quel point j'ai aimé cet homme. Tu ne me connaissais pas dans ce temps-là.

— Mais Scarlett, insiste-t-elle, c'est toi qui l'as laissé !

— Il fallait bien que je me respecte ! C'était devenu ridicule, cette soumission mentale ! Béa sait par quelles émotions je suis passée et elle approuvait mon choix. T'imagines, ses conseils n'ont jamais été sincères !

— Que tu peux être possessive ! m'insulte-t-elle. Tu ne peux pas avoir le beurre et l'argent du beurre. Tu as Ethan et Béa a John.

Elle n'a rien compris. Je n'ai pas envie de retourner avec John, mais il me semble qu'une règle non écrite stipule qu'on ne couche pas avec l'ex de sa meilleure amie. À l'extrême, on lui en parle…

— Elle aurait au moins pu me le dire. Elle a préféré me le cacher. Elle m'a trahie !

— Écoute, elle a voulu t'en parler à plusieurs reprises.

Elle s'approche de moi, la mine plus compatissante.

— C'est moi qui lui ai conseillé de ne pas le faire, poursuit-elle. Surtout que ce n'est pas sérieux, entre eux. Elle a bien fait ! Regarde ta réaction, tu perds la boule…

Sa remarque m'injecte un venin de dégoût dans les veines.

— Tu n'as peut-être pas de principes, m'énervé-je, mais moi, j'en ai !

Je ramasse sa valise, y lance ses vêtements laissés sur le sofa et expulse son bagage à l'extérieur de la chambre.

— Trouve-toi un autre endroit où dormir.

— Mais Scarlett… bafouille-t-elle pendant que je la pousse dans le corridor.

— Bonne nuit ! lui souhaité-je en refermant la porte derrière elle.

Je mets le verrou. J'ai l'impression que le monde entier veut me démolir. D'abord, la perte d'Ethan, et maintenant Béa qui, en plus de n'avoir fait qu'aggraver la situation ce matin avec son appel, me joue dans le dos avec John.

Toc! Toc! Toc!

« Encore Pénélope qui n'a pas compris ! » m'impatienté-je. Je suis décidée à ne pas céder à ses implorations.

Toc! Toc! Toc!

On frappe plus fort. Ça suffit ! J'ouvre avec hostilité.

— Non, non et…

Pas de styliste. Plutôt, un pilote. *Le* pilote.

— Qu'est-ce que tu me veux ?

— Il faut qu'on se parle.

— Je n'ai rien à te dire. Va-t'en !

— Moi, si.

Il pique ma curiosité.

— Quoi ? demandé-je, sur la défensive.

— Laisse-moi entrer.

— Non.

— C'est important. Allez…

Il soupire. Rien n'a changé. Sa confiance démesurée m'intimide autant qu'avant. Je cède. Il s'assied sur le lit tandis que je demeure debout près de la porte.

— Viens au moins t'asseoir près de moi, me supplie-t-il en tentant de me charmer.

J'avance et m'assieds au coin opposé.

— Je t'aime encore, Scarlett.

Je manque de m'étouffer avec ma propre salive.

— Rencontrer Béa n'était qu'une tactique pour me rapprocher de toi. Pour te rendre jalouse.

Ça y est, je m'étouffe.

— Quand tu m'as laissé, je suis retourné avec Debbie pour le bien des enfants. Mais je pensais toujours à toi. J'épiais ton horaire de vol. Il y a trois mois, j'ai rencontré Béa à Paris. J'ai pensé que si j'arrivais à te rendre jalouse, tu voudrais me reprendre. Je croyais qu'elle allait t'en parler…

Je suis morte. Pourquoi j'entends encore des sons ? Qu'on m'enterre et que je ne me réveille plus jamais !

— Parle. Dis quelque chose, murmure-t-il en s'approchant de moi.

— C'est l'histoire la plus ridicule que j'ai entendue de toute ma vie !

Par précaution, je penche mon corps vers l'arrière. Son regard a toujours eu une mauvaise influence sur moi.

— Pourtant, c'est la vérité, dit-il en prenant ma main dans la sienne.

Je frissonne. Il s'approche encore de moi. Ses lèvres se posent sur les miennes avec douceur. Je ne les refuse pas. Des pensées vindicatives me hantent. C'est bien Ethan qui m'a écrit ce matin pour me dire de ne pas l'attendre. De prendre un *break*. Je lui en veux de m'avoir abandonnée. De ne pas avoir cherché à comprendre. Quant à Béa, elle m'a menti pendant trois mois. « Elle mérite de savoir ce que c'est d'être trahie », pensé-je en embrassant John.

Il m'étend sur le lit et me retire ma robe. Je l'aide à se déshabiller.

— Ta peau est si douce…

J'accepte le compliment en guidant sa main sous ma petite culotte. Ses doigts m'effleurent comme ils s'amusaient à le faire autrefois. Pourtant, une chose a changé. Ils ne me font plus autant de bien. Ceux d'Ethan sont plus massifs, plus larges, et il suffit d'une seule caresse pour que je devienne chaude à l'intérieur. Je le guide pour améliorer la situation.

— Plus doucement.

Il poursuit sa besogne et j'essaie de me motiver en palpant ses abdos. « Ceux d'Ethan sont durs », pensé-je avant de chercher à éveiller mes sens en massant son sexe.

— Hum… laisse échapper John au contact de ma main.

Mes pensées se dirigent vers mon chéri. John s'efforce de capter mon attention en m'embrassant avec vigueur. Pendant ce temps, je me demande si le plaisir n'arriverait pas plus vite en passant immédiatement à l'acte.

— Prends-moi, John, lui dicté-je comme dans le passé.

Il s'exécute et entre avec contentement en moi. Son désir grandit. À l'inverse, le mien s'affaiblit, et il le remarque.

— Qu'est-ce qui se passe ?

— Je ne sais pas. Je n'y arrive pas, avoué-je.

Je me soustrais à son étreinte et récupère ma robe qui traîne sur le tapis.

— Tu vas devoir partir.

— OK…

Il sort du lit et commence à se rhabiller.

— Il a de la chance, celui à qui tu penses, me murmure-t-il avec sincérité.

— Je ne sais pas s'il le sait, mais merci.

Il me sourit. Pour une fois, j'ai l'impression qu'il n'essaie pas de me charmer.

— Je vais cesser de voir Béa, annonce-t-il.

— John, ça me rend triste qu'elle ait jeté son dévolu sur toi et qu'elle ait évité de m'en parler, mais si tu l'aimes, je n'y peux rien.

— Je voulais te rendre jalouse. Ça n'a pas fonctionné.

— Et Béa ?

— Elle a cédé à mes avances. Tu me connais… J'obtiens tout ce que je veux. Enfin, presque, dit-il en faisant la moue. Ne lui en veux pas, poursuit-il.

— Je vais essayer, promets-je avant qu'il quitte la pièce.

Je m'assieds sur mon lit en récapitulant ce qui vient de se passer. Curieusement, mon état d'esprit est plus léger qu'il y a une heure. Le mystère est élucidé. Et je suis convaincue d'une chose à propos d'Ethan : je l'ai dans la peau. Il est temps que je prenne le taureau par les cornes afin de reconquérir l'amour de ma vie.

Chapitre 24

Panama City (PTY) – Montréal (YUL)

De toutes les phases d'un vol, ma préférée est la course au décollage. L'avion circule en direction de la piste puis se met en position. Le pilote augmente légèrement la puissance des moteurs ; la vitesse de l'appareil s'accroît, mais il est toujours au sol. Après avoir contrôlé tous les paramètres, j'imagine un des pilotes annoncer ses couleurs : « TAKE OFF ! SET THRUST ! » Son collègue appuie sur les manettes de poussée. J'entends les moteurs rugir en apportant leur indispensable contribution. L'appareil s'élance et sa vitesse augmente de façon fulgurante. Mon corps se gorge d'adrénaline. Nous sommes au point le plus critique du vol. Personne n'a le droit d'entrer en communication avec le poste de pilotage. Peu importe les circonstances, même si l'avion prend feu.

J'imagine le commandant et le premier officier qui se parlent. « THRUST SET », confirme l'un d'eux lorsque la puissance atteint son maximum. « V 1 », annonce-t-il pour signifier que l'appareil atteint la vitesse maximale d'interruption du décollage. On continue ou pas? Rien d'anormal, alors nous franchissons le point de non-retour. Quoi qu'il arrive, l'avion s'envolera, car sa vélocité extrême l'empêche maintenant de stopper de façon sécuritaire avant la fin de la piste. Mains sur les commandes, le pilote déclare avec confiance: « ROTATE », puis le nez de l'avion se soulève. Deux énormes ailes remplies de 56 000 litres de carburant soutiennent désormais un appareil de deux cents tonnes avec trois cent quarante vies à son bord. Au cours des six prochaines heures, mon destin reposera entre leurs mains. Le temps de remettre de l'ordre dans mes idées.

Après le départ de John, hier, je me suis connectée au réseau WiFi de l'hôtel. Il fallait que je parle à Béa, car bientôt, elle recevrait un appel de la part d'une Pénélope enragée qui lui annoncerait que je suis au courant. Une fois la connexion établie, une série de messages s'est affichée, modifiant mon plan d'envoi.

1. Message de Béa transmis à 10 heures: « De quoi tu parles? Je ne l'ai pas encore appelé. »

J'ai lu celui d'avant, le mien: « Tu n'as rien arrangé avec Ethan. La prochaine fois, je vais m'arranger seule! » Oups. J'ai poursuivi ma lecture.

2. Message de Béa envoyé à 11 heures: « Je viens de l'appeler. Oublie son message de *break*, il va t'écrire. Tu vas me remercier. En passant, j'ai besoin de te parler. Je dois t'avouer quelque chose. Appelle-moi en revenant du Panama. xxx »

3. Message d'Ethan envoyé à 13 heures: « J'ai parlé à Béa. Elle m'a dit que tu travaillais aujourd'hui. Je tiens à m'excuser pour le dernier message que je t'ai envoyé ce matin. J'espère que tu n'as pas eu le temps de le lire avant ton départ et qu'en atterrissant tu liras celui-ci. J'ai besoin de te voir pour mettre les choses au clair. Ton visage me manque. Je t'aime. Ethan. »

« Merci Béa ! Merci ! » me suis-je exclamée, heureuse que les choses s'arrangent. Je n'ai pas profité longtemps de cette jubilation, car la culpabilité s'est empressée de me rappeler mes actes de la dernière heure. Dans mon ignorance, je venais de tromper Ethan avec mon ex qui, en l'occurrence, était le chum de ma meilleure amie !

Je me suis mise à jouer à l'avocat du diable. Il fallait me convaincre de la banalité de la chose. Je n'allais pas recommencer une guerre entre Ethan et moi pour une erreur de parcours tout à fait justifiée. Quoi ? C'est vrai ! Il venait de m'écrire que nous étions officiellement en *break*, et Béa n'avait signifié aucune intention de me révéler la vérité. C'est tout ce qu'elle méritait !

Et puis, j'avais cessé avant que la relation aille trop loin. Un coït interrompu revenait à dire que rien ne s'était passé, ai-je tenté de me convaincre. « Je n'ai pas eu de plaisir avec John, alors ce n'était pas de la tricherie », ai-je essayé, en vain. Argh ! Je me suis pris la tête entre les deux mains. « Merde, Scarlett ! Pourquoi tu n'as pas allumé ton téléphone en atterrissant ? »

— Madame, je vous ai demandé un 7 Up Diète. C'est un 7 Up, ça.

La femme corpulente me tend son verre pour que je le lui remplace. Je ne suis pas d'humeur. À bas les caprices !

— Bah ! c'est la même chose ! m'exclamé-je sans retenue.

Mme Rondelette demeure estomaquée un court instant et ose répliquer. Erreur…

— Non, ce n'est pas pareil. Un 7 Up Diète est moins calorique.

— Au point où vous en êtes, madame, ne venez pas me faire croire que 100 millilitres de sucre vont vous tuer !

Je poursuis mon service, l'esprit libéré. Je me hais pour ce que je vais devoir faire : mentir. C'est à mon tour de préserver mon jardin secret. Ai-je le choix ?

Je ne peux pas courir le risque de perdre Ethan de nouveau. Nous allons revenir ensemble. Nous avons déjà fixé un rendez-vous pour nous voir. Demain soir, 18 heures, à notre resto préféré.

« As-tu reçu mon message ? » m'a-t-il écrit alors que je faisais les cent pas dans ma chambre d'hôtel.

« Tu ne sais pas à quel point ça me rend heureuse ! » ai-je avoué sincèrement.

« On se voit quand ? »

« Je reviens demain soir. Jeudi ? »

« Parfait ! Je t'aime ! »

J'étais sidérée de voir comment Béa avait réussi à tourner la situation en ma faveur. Je lui en devais une, mais auparavant, il me fallait m'assurer d'une chose…

— Je prendrais un café.

M. 19 C me sort à moitié de mes pensées.

— Madame ?

Mon regard vide le fixe.

— Madame ?

— Pardon, monsieur, me réveillé-je. Vous disiez ?

— Un café.

J'acquiesce et saisis un verre. Tout en versant sa boisson chaude, je lui demande comment il souhaite l'avoir.

— Noir, me répond-il.

Je lui tends le contenant et passe au passager suivant. M. Café m'interpelle d'un mouvement de la main.

— Du sucre et un lait.

Dans l'état de transe inhabituel où je suis, sa demande touche une corde sensible.

— Quand je vous demande comment vous prenez votre café, ne me dites pas « noir » si vous le prenez avec du sucre et du lait. *Noir*, c'est *noir* ! Et *sucre et lait*, c'est *sucre et lait* !

Je lui tends brusquement tout ce qu'il m'a demandé et passe au prochain sans me préoccuper de la stupéfaction sur son visage.

Hier, j'ai dû protéger mes arrières. J'ai appelé la réception et demandé le numéro de chambre de John. Je devais m'assurer que cette «rechute» soit enterrée à jamais. Comment pouvais-je en avoir le cœur net? En lui faisant du chantage? Non: simplement en étant honnête.

Je me suis aventurée dans le couloir. Telle une espionne, je marchais sur la pointe des pieds pour éviter de me faire surprendre par je ne sais qui. Pénélope? À mon arrivée à sa chambre, John m'attendait, car je venais de l'appeler pour lui signaler que je passerais. Heureusement, la styliste n'avait pas osé lui soutirer logis.

— John, j'ai une dernière chose à te demander.

Il s'est approché pour écouter ma requête. Un homme différent se tenait devant moi. Un John bon, qui semblait me vouloir du bien, pour une fois. J'ai poursuivi:

— Si, comme tu me l'as dit, tu m'aimes encore, j'aimerais que cette dernière aventure demeure entre toi et moi. Notre histoire se termine ici et je n'ai pas envie d'en parler à qui que ce soit.

— Je n'avais pas l'intention de le faire.

— Ça me rassure.

Avant de partir, j'ai fait demi-tour.

— Je suis contente de t'avoir revu.

— Moi aussi, Scarlett. Je suis heureux que le meilleur t'attende, m'a-t-il dit en m'embrassant tendrement sur la joue.

J'ai regagné ma chambre quelque peu rassurée. Une affaire venait de se régler; enfin, c'est ce que je croyais. J'ai immédiatement communiqué avec Béa.

«Salut. J'ai bien reçu ton message. Merci pour Ethan. Je suis tellement contente! Aussi, il faut que tu saches que je connais ton secret… Je l'ai découvert tout à l'heure. John était là. J'ai pleuré. J'ai chassé Pénélope de ma chambre. Je te raconterai en détail.

Malgré tout, je te pardonne. Plus de secrets, maintenant! À demain! ☺xxx »

Mon cœur s'est serré lorsque j'ai appuyé sur « Envoyer ». Je me haïssais doublement. À cheval sur mes principes, j'ai envisagé la possibilité de tout avouer. À Ethan et à Béa. La vérité finit toujours par être découverte. Recoller les pots cassés devient alors un défi monstrueux. Comme je composais le numéro de Béa pour lui révéler de vive voix mon égarement, un message est apparu.

« Plus de secrets? Qu'est-ce que tu fais de ta dernière heure avec John? »

Je pousse mon chariot jusqu'à la rangée suivante.

— Et pour vous?

— Du vin rouge, s'il vous plaît, me demande une jeune femme au visage familier.

Tout en cherchant la bouteille d'alcool, je fouille dans ma mémoire. Elle me rappelle quelqu'un. Belle blonde, une vingtaine d'années, visage rond. Je conclus qu'elle ressemble à ma cousine.

— Ça fera 6 dollars, déclaré-je en déposant la bouteille sur sa tablette.

— Euh, vraiment? Vous me le faites payer? me lance-t-elle d'un air hautain.

« Pour qui elle se prend? » pensé-je.

— Ben voyons, revient-elle à la charge, vous ne savez pas qui je suis?

Je fais un pas en arrière. Je dois la connaître. Incrédule, je n'ai d'autre choix que de lui avouer mon ignorance.

— Êtes-vous une amie d'une collègue? tenté-je en me disant que si c'est le cas, je lui offrirai le vin.

— Non! Je suis Fille de Viking!

Ma mâchoire se disloque.

— Fille de quoi?

— Fille de Viking!

Je secoue la tête négativement.

— La chanteuse!

«À l'aller, j'avais Pénélope la Princesse, m'accablé-je, et maintenant j'ai la fille d'un guerrier scandinave du xe siècle!» À bas les caprices!

— Je me fous de qui vous êtes, mais il semble que vous n'êtes pas assez riche pour vous payer un billet en première. Ça fera donc 6 dollars. Merci!

Grognonne, je déambule dans l'allée. Je ne serais pas surprise de recevoir plusieurs plaintes à mon sujet après ce vol. Ça m'importe peu comparativement à ce qui m'attend. Perdre Ethan à nouveau...

Je refais un bond dans le passé. J'ai été estoma-quée en lisant le message de Béa. Il me fallait régler les malentendus. Je me suis empressée de composer son numéro. Comment avait-elle appris? Ça ne pouvait pas être John. Pénélope l'avait sans doute vu entrer dans ma chambre et s'était empressée de coller son oreille contre la porte.

— Béa. Ça commence à aller loin, cette histoire, ai-je dit par Skype.

— Toi et moi, ça allait s'arranger et tu es allée coucher avec lui.

— Wô! Je te signale que c'est toi qui me mens depuis trois mois!

Elle a approuvé et s'est excusée. Elle m'avait blessée plus que je ne l'avais fait et j'étais pourtant celle qui devait s'expliquer. Je lui ai révélé comment mes doutes envers elle s'étaient amplifiés depuis quelques semaines. Je lui ai parlé de mon désir de découvrir ce qui l'avait menée à m'empêcher de monter à son appartement. Sans oublier, avant mon départ pour le Panama, le texto d'Ethan qui m'avait fait penser que c'était fini. Pénélope qui s'était infiltrée dans ma chambre pour la nuit. Mon envie de l'interroger, ma découverte de l'histoire Béa-John et, finalement, mon envie de me venger.

— J'ai pleuré tout à l'heure, ai-je avoué. Tu aurais pu choisir parmi tellement d'autres hommes...

— Je sais. Je m'excuse pour ça.

— Tu peux l'avoir, John, ce n'est pas lui que j'aime.

— Non, c'est fini, a-t-elle rétorqué. Il ne m'aime pas. Il t'aime toi.

Je suis demeurée silencieuse. D'une certaine façon, j'étais heureuse qu'il ne m'ait pas menti.

— Je ne sais pas ce qui m'a poussée vers lui, a-t-elle ajouté sans paraître triste.

— Il t'a manipulée comme il l'a fait avec moi.

— J'étais hypnotisée, Scarlett. C'est fou ce qu'un homme peut faire avec une fille. Dire que j'ai failli te perdre à cause de lui !

— Ouais, et moi, à cause de lui, j'ai commis l'irréparable, me suis-je désolée. Je n'aurais pas dû céder.

Béa est redevenue l'amie de bon conseil.

— En théorie, tu étais célibataire. Tu avais le droit.

— Peut-être, mais là, qu'est-ce que je fais ? Je ne peux pas m'asseoir devant Ethan et faire comme si rien ne s'était passé. Je n'en aurai pas le courage.

— Les vérités qui font mal ne valent pas toujours la peine d'être dites…

— Mais Béa, tu me connais. On lit en moi comme dans un livre. Il va le sentir.

— Alors dis-lui.

— Pour le perdre encore ?

— C'est ça ou tu n'es pas honnête, ni envers lui ni envers toi-même.

J'ai dormi en réfléchissant à ce que je ferais. Assise sur mon strapontin alors que nous descendons vers l'aéroport de Montréal, je n'ai pas encore trouvé la réponse à ma question. Je ferme les yeux. Je m'imagine avec Ethan dans quelques années. Les enfants courent sur une plage aux abords d'un lac bordant notre chaleureuse maison. Mon amoureux me regarde et je suis sereine. Je n'ai pas porté tout ce poids qui finira pourtant par me ternir. « Pas question que je vive dans le mensonge ! » conclus-je en appréhendant la suite.

***

Chez le psy

— Vous étiez passé où?

Je m'affaisse dans le vieux fauteuil qui m'a tant manqué.

— J'ai pris des vacances.

— Où?

— Chez moi.

J'esquisse une grimace.

— Ce n'est pas des vacances, ça!

— Oh si, ça l'était.

— En tout cas, si vous étiez chez vous, vous auriez au moins pu me rappeler.

— Ça n'aurait pas été des vacances si je l'avais fait.

Son affirmation m'insulte.

— Vous aviez dit que vous preniez vos messages en cas d'urgence et vous ne m'avez pas rappelée!

— Parce qu'il n'y avait pas d'urgence.

Je m'enflamme.

— Quoi? Pas d'urgence? J'ai failli perdre Ethan et Béa en même temps. Ne venez pas me dire ça!

— Calmez-vous, madame Lambert. Failli n'est pas perdu, rétorque-t-il d'un ton monocorde et calculé.

La nervosité qui m'habite depuis ce matin m'empêche de calmer mes ardeurs.

— J'ai sauvé les meubles avec Béa, mais avec Ethan, ça va être difficile. Un vrai cauchemar.

— Voyons, ça ne peut pas être si grave que ça…

— Il me faut un plan.

— Faites-moi d'abord un résumé de la situation, suggère-t-il.

Je m'élance en tentant de n'oublier aucun détail.

— Bon, bon, ça ne sera pas facile, conclut-il une fois mon exposé terminé.

— Quel optimisme!

M. Pinault me fait signe d'attendre avant de sauter aux conclusions. Il prend des notes dans son indispensable calepin. Une séquence d'étapes à suivre, j'imagine. Une fois qu'il a terminé, il soulève son crayon de la page, porte l'objet à sa bouche pour le mâchouiller et s'exclame :

— Voici ce que vous allez faire…

Chapitre 25

Montréal

—Wow, tu es resplendissante!
Ethan se lève de table pour m'accueillir. Un froid perceptible réfrène son baiser et il n'effleure que ma joue. Je rougis. Il interprète ma réaction comme de la gêne, mais moi je sais que c'est de la peur. Je suis effrayée que mon plan n'ait pas l'effet escompté.

M. Pinault n'a pas réinventé la roue ce matin. Il n'a fait que me rappeler l'ordre dans lequel je devais exposer les faits. Il a aussi insisté sur un point : le charme. J'ai donc revêtu mes plus beaux atours. Une robe cintrée moule mes rondeurs à la perfection. Ce vêtement d'origine italienne joue la note classique tout en suggérant la sensualité. Je ne l'ai jamais porté. J'attendais l'occasion – la vraie – pour faire bonne impression.

— Désolée pour le retard, dis-je en m'asseyant. Je me suis installée temporairement chez Rupert. Il vit plus loin.

En réalité, je l'ai fait exprès. Toujours savoir se laisser désirer.

— Il va falloir que tu reviennes bientôt à la maison…

— Je sais, souris-je en me demandant s'il proposera la même chose après le dessert.

— Tu aimerais boire un apéro? propose-t-il.

— Un martini gin, merci.

Il est si beau, si viril! J'essaie de profiter au maximum de l'instant présent. Le serveur nous apporte nos cocktails.

— Je suis heureuse d'être ici, dis-je en trempant mes lèvres dans le délicieux mélange.

Je mordille de façon sensuelle l'olive piquée au bout du bâtonnet. «Allez, charme-le vite, Scarlett», me conseillé-je, persuadée qu'en situation de détresse, ça fera toute la différence.

— Moi aussi, je suis content d'être ici, avoue-t-il. Je m'excuse de ne pas avoir cherché à comprendre ta réaction lorsque tu m'as quitté.

— Arrête, j'ai exagéré.

Il bascule la tête d'un côté et de l'autre, hésitant. Je traduis qu'il est un peu d'accord avec moi. Il a pourtant compris quelque chose.

— D'une certaine façon, tu avais raison. Il y avait anguille sous roche.

Je me rends compte qu'il sait pour John et Béa. Ce doit être de ça qu'ils ont parlé lorsqu'elle l'a appelé. Je savais que cette révélation allait me sauver.

— C'est ça qui t'a convaincu de me pardonner?

Il acquiesce.

— Tu n'avais pas tort en pensant qu'elle te cachait quelque chose.

— Quand elle m'a empêchée de monter chez elle, j'ai été persuadée que tu étais avec elle, mais c'était John qu'elle cachait. Elle m'a bien eue.

Ethan me lance un regard interrogateur.

— Ça t'a fait quoi quand tu l'as su?

M. Pinault a été clair là-dessus. Je n'ai pas pleuré. J'ai été soulagée. Ce petit mensonge a le droit d'exister.

— J'ai été seulement triste de savoir qu'elle m'avait menti et qu'à cause d'elle je t'avais laissé.

— Mais tu m'as retrouvé, ajoute-t-il en se penchant au-dessus de la table pour m'embrasser.

Ce moment magique martyrise mon pauvre cœur. « Je ne peux pas lui avouer », pensé-je. Les pièces sont en train de se recoller et je m'apprête à les fracasser de nouveau ?

— Je m'ennuyais de ton odeur, me dit-il entre deux baisers.

Comme Béa me l'a dit : « La vérité n'est pas toujours bonne à dire. » J'oublie mon plan pour un moment. Nos baisers attisent nos pulsions. Ethan change d'emplacement et approche sa chaise en biais de la mienne. Il réclame ma bouche, trop longtemps privé de son bonbon.

— Ça fait juste deux semaines, dis-je pour réfréner son désir, gênée par la présence des autres convives.

— C'est long, deux semaines. On va aux toilettes ? blague-t-il en me faisant rougir pour les bonnes raisons.

Je ne laisse pas son imagination s'emballer et m'empresse de poursuivre mon plan.

— Tu sais que j'ai reçu ton premier texto quand j'étais dans l'avion…

— Ah, merde ! J'ai gâché ton vol ?

— J'étais détruite, mens-je encore en évitant de lui dire que ces mots n'ont fait qu'attiser mon désir de vengeance.

— Je m'excuse sincèrement. J'avais besoin de temps pour réfléchir. Béa ne m'avait encore rien expliqué.

Il prend ma main dans la sienne. J'essaie de lui faire comprendre clairement qu'à ce moment-là, la relation était terminée.

— Dans ma tête à moi, Ethan, un *break*, c'est une rupture. Tu venais de me laisser.

Il hoche la tête.

— C'est ce que c'était. Je ne savais pas combien de temps ça me prendrait pour te pardonner ton délire.

Il rit, conscient qu'il peut me lancer des piques maintenant que nous savons tous les deux que j'avais mes raisons. Quant à moi, je dispose mes pièces sur l'échiquier.

— Se faire dire «je veux un *break*», ça veut dire: «je ne t'aime plus», traduis-je dans mon langage.

— Pour moi, ça veut dire: «Je t'aime assez pour te redonner ta liberté.» Je n'avais pas le droit de te retenir si je n'étais pas sûr de mes intentions.

Son raisonnement n'a aucun sens à mes yeux. Trop possessive? En tout cas, la beauté du commentaire n'augmente pas mes chances de réussite. Je reviens à la charge.

— D'accord, mais tu comprends que je me croyais célibataire après ton texto?

Il fronce les sourcils.

— Trois heures plus tard, je me suis raisonné. Où veux-tu en venir?

«Pas maintenant, Scarlett.» Il n'est pas prêt. Pour faire diversion, je regarde le menu.

— En fait, je n'ai pris ton message qu'avant d'aller me coucher. Durant la soirée, j'ai ruminé en pensant que toi et moi, c'était fini.

Stratégiquement, j'avance une pièce du jeu en catimini. Deux coups de plus et il sera échec et mat.

— Bon, tu as vécu l'enfer au Panama, exagère-t-il.

Je ris jaune en sachant que je vais révéler mon secret d'une minute à l'autre.

— Pénélope était avec moi. C'est à cause d'elle que j'ai découvert le pot aux roses. Imagine! En plus d'être moi-même célibataire, ma meilleure amie couchait avec mon ex!

Ethan serre les lèvres.

— Ouf, c'est *tough*.

— Ça va mieux. Mais j'avoue que ce soir-là, Béa et toi, je ne vous portais pas dans mon cœur.

— Oh *mamasita*!

Il s'approche pour m'embrasser. Je revois le plan initial. Il me fallait exposer tous les motifs raisonnables avant d'admettre le péché. La chose étant faite, Ethan devrait en théorie comprendre mon geste. Consciente que le contraire est envisageable, je savoure son baiser comme si c'était le dernier. Il se détache de ma bouche gourmande pour reprendre la conversation. Je l'en empêche en mordillant sa lèvre inférieure.

— Hum, tu as faim, affirme-t-il, l'air coquin.

Mon regard plonge dans le sien. Prise de culpabilité, je me lance:

— J'ai couché avec John au Panama.

Ethan écarquille les yeux. Son expression joyeuse passe de l'incrédulité à la colère. Je n'ai jamais vu un visage aussi dur de ma vie. Je me suis moi-même mise échec et mat.

***

Chez le psy

— Il s'est levé sans dire un mot et il est parti! C'est pire qu'un «Va te faire foutre!».

Je suis furieuse contre moi-même. Pourquoi devais-je être si honnête? Béa avait raison. J'aurais dû me taire et emporter mon secret dans la tombe. Ma colère s'étend jusqu'à M. Pinault, car son plan n'a pas fonctionné. Je me garde de lui en faire mention. Déjà que je lui ai réclamé un rendez-vous improvisé au lendemain du drame…

— Vous avez exposé les faits comme je vous l'ai expliqué?

— Oui.

— En ordre chronologique?

— Oui.

— En mettant l'accent sur la certitude que vous étiez célibataire?

J'acquiesce.

— Alors vous n'avez plus qu'à attendre, me lance-t-il tout bonnement.

— Attendre? Encore?

Mon interlocuteur cesse de mordiller son crayon. Je dois l'exaspérer. Mais c'est vrai! Depuis deux semaines, je n'ai fait que cela, attendre. Je supporte les temps de réflexion interminables d'Ethan. Il va falloir qu'il se décide. Il me pardonne ou pas? Comme si mon psy lisait dans mes pensées, il me remet à ma place.

— Madame Lambert, je vous connais depuis presque un an. Ce désir de contrôle n'est-il pas lourd à porter?

— Mais je ne contrôle rien, voyons! Regardez comment les choses se passent...

— Justement. La vie tente de vous enseigner une leçon.

« C'est plutôt une punition », pensé-je. Il précise:

— Peu importe que vous vous débattiez comme un diable dans de l'eau bénite, la décision finale ne vous revient pas à vous mais à Ethan.

— Vous trouvez que j'ai l'air d'une diablesse?

— C'est une expression, madame Lambert. Je veux dire que ça ne sert à rien de tirer sur l'ambulance.

Je suis perdue. J'ai l'impression d'être une *bunny* de *Playboy* qui sourit à une blague sans en saisir le sens.

— Mais de quoi vous parlez? Personne n'est blessé!

Je scrute les diplômes et les certificats d'excellence placardés au mur. M. Pinault a bel et bien terminé son doctorat et tente de me le prouver.

— C'est une métaphore au sens large. Voyez Ethan comme le blessé. Laissez-le guérir de ses blessures. La période de rémission n'a pas la même durée pour chacun.

Une image se dessine dans ma tête. Plus je m'acharnerai, plus j'aggraverai la situation. Je n'ai pas le choix.

— Si je comprends bien, j'attends?

Il hoche la tête pour confirmer puis regarde sa montre. Je ne comprends pas le sous-entendu. Il précise :

— Désolé, je n'avais qu'un quart d'heure à vous accorder entre deux clients…

Il se lève pour m'escorter jusqu'à la porte. Je cherche à contester une dernière chose.

— Pas un petit mot, rien? persisté-je.

— Vous pouvez lui rappeler que vous l'aimez, sans plus. Laissez-le venir à vous.

Je passe dans la salle d'attente. Une nouvelle cliente s'avance et il l'invite à entrer dans son bureau. J'observe la dame s'installer dans mon fauteuil. M. Pinault ferme la porte derrière lui alors que je lui chuchote mon ultime inquiétude.

— Il va revenir?

Mes paroles n'atteignent que le parquet de bois de l'entrée.

Chapitre 26

Québec (YQB) – Puerto Plata (POP)

Dring! Dring!
De peine et de misère, j'ouvre les yeux et décroche le téléphone posé sur la table de chevet de ma chambre d'hôtel.

— Scarlett?

La voix au bout du fil est celle de mon directeur de vol. Je m'imagine qu'il m'appelle pour m'annoncer que nous avons un délai. Je prie en silence pour que ce soit le cas, ainsi je pourrai continuer à dormir. Il anéantit mes espoirs.

— L'équipage est en bas, on t'attend.

«Quoi?» paniqué-je en jetant illico un coup d'œil au réveille-matin. 4 heures. Merde! Je n'ai pas entendu le réveil sonner. Je suis en retard pour prendre le transport depuis l'hôtel vers l'aéroport! Serait-ce les effets du vin que j'ai bu en trop grande quantité hier soir pour oublier ma peine? Ou plutôt cette exténuante série de vols que j'effectue depuis quatre jours, entrecoupés de courts repos de douze heures?

— Je m'excuse, Alain, je ne me suis pas réveillée.

— Fais vite, on t'attend, propose-t-il avec gentillesse, peut-être aussi par obligation.

Comme l'aéroport n'est qu'à quinze minutes de route, je propose de les rejoindre en taxi. Il approuve en me rappelant l'heure à laquelle je dois être à bord de l'avion. Malgré mon retard, je saute sous la douche. L'eau chaude met un baume sur mon réveil brutal. À ma sortie, je couvre si vite mon corps de crème hydratante que des traces blanches et laiteuses s'imbibent dans mon collant. Je remonte mes cheveux en chignon, applique du crayon contour noir et du mascara puis ajoute la touche finale : mon fidèle rouge à lèvres Flamme.

— À l'aéroport, s'il vous plaît! indiqué-je au chauffeur du taxi stationné à la sortie de l'immeuble.

Il appuie sur l'accélérateur et nous nous faufilons dans les rues désertes encore baignées par la pénombre. Une fine neige recouvre le bitume noir. Des traces de pneus y sont imprimées, sans doute laissées par la fourgonnette de mes collègues.

— Vous pourriez mettre un peu plus de chauffage, s'il vous plaît? demandé-je au conducteur.

En réalité, ce n'est pas moi qui suis congelée mais mon état d'esprit. Depuis ma stupide annonce de tricherie, j'arrive à peine à faire un pas devant l'autre. Je n'ai reçu aucune nouvelle d'Ethan. Bon, ça ne fait que cinq jours. Reste que je sens que la fin approche et je me refuse à l'accepter.

***

Au lendemain du drame, j'ai convoqué d'urgence un *meeting* avec Rupert et Béa.

— Je ne veux pas qu'il interprète mon silence comme de l'indifférence.

— Tu as raison, a approuvé ma meilleure amie. Tu dois tenter quelque chose. Rien de gros. Juste pour lui rappeler que tu es là.

Elle nous a versé un verre de vin rouge avant de se servir. J'ai humé ma coupe. Des effluves boisés en émanaient. Quel délice!

— Les gars ne comprennent pas les sous-entendus, a ajouté Rupert. Il faut être clair et précis.

— D'accord, qu'est-ce que tu proposes? lui ai-je demandé.

— Je ne sais pas, moi. Je suis gai!

Je lui ai lancé un coussin. Béa s'est avancée pour le pincer.

— Aïe! s'est-il écrié. Vous me faites mal!

Nous avons éclaté de rire. Mon ventre s'est contracté à en tonifier mes abdos. Ça faisait un moment que je n'avais pas senti mes joues aussi endolories. Puis, je suis revenue à la charge.

— Sérieusement?

Béa a proposé que je plaide chaque jour mon innocence en exposant à nouveau les faits.

— Tu crois?

— Il est brillant. S'il ne t'avait pas envoyé ce message de *break*, rien de cela ne serait arrivé. Il va le comprendre.

— Je le souhaite tellement! me suis-je exclamée avant de proposer une autre option. Les roses sont notre marque de commerce. Je pourrais lui en envoyer une avec un mot d'excuses…

— D'amour, plutôt? a rectifié Rupert.

J'ai acquiescé. Une rose chaque jour pendant… une semaine? Était-ce suffisant? Il me semblait que oui, sauf que l'échéance arrive demain et que mon petit manège n'a suscité aucune réaction de sa part. J'aurais mieux fait d'écouter M. Pinault et d'attendre.

***

— Ça fera 30 dollars, m'annonce le chauffeur une fois arrivés à bon port.

La portière du véhicule se referme derrière moi et j'entre dans l'aéroport avec vingt minutes d'avance. Mon ventre gargouille et je me dis que j'ai le temps d'aller m'acheter un sandwich déjeuner à la cafétéria. Je rejoins le point de fouille des équipages en songeant à mon bacon-œuf-fromage. « D'ici la fin de la semaine, j'aurai bien pris dix livres. »

— Bonjour, mademoiselle !

L'homme en uniforme me sourit gentiment. J'essaie de puiser dans sa bonne humeur pour me redonner de l'énergie. La porte automatique s'ouvre et j'accède à l'aire internationale.

— Bon vol ! me souhaite l'officier avant que j'emprunte l'escalier roulant.

« Qu'ils sont gentils, les gens de Québec ! » pensé-je. J'ai remarqué que, depuis mon arrivée dans la capitale provinciale, les gens me sourient davantage, m'abordent plus souvent pour me faire la conversation. Les passagers à bord me le confirment eux aussi. Ils semblent tellement heureux de voyager qu'ils se plaignent rarement. Les sourires sont chaque fois au rendez-vous. Quoique sans le savoir, ces passagers souriants aiguisent notre patience…

Déjà quarante-cinq minutes que nous avons décollé et j'en suis encore à déambuler dans l'allée sans pouvoir prêter main-forte à ma collègue qui prépare les chariots de boissons à l'arrière. Je participe à un quiz télévisé. Il s'appelle « Comment remplir sa carte d'immigration » et je suis celle qui souffle les réponses aux participants. Cochez la bonne réponse : « Par quel moyen de transport entrez-vous au pays ? » 1. Avion. 2. Bateau. 3. Voiture. « Numéro 1 ! Numéro 1 ! » convaincs-je un homme pour qu'il puisse accéder au deuxième niveau de jeu.

— Et à la question « Combien de personnes voyagent avec vous ? », j'écris quoi ?

Je me penche vers une autre participante pour répondre, mais je me ravise. J'ignore combien de personnes voyagent avec elle. La dame remarque mon hésitation et tente de comprendre.

— Ben, dans le fond, on est combien dans l'avion?

— Euh, deux cent quarante. Pourquoi? demandé-je, persuadée d'avoir manqué un bout de son raisonnement.

— Je voyage avec deux cent quarante personnes. Voilà!

Elle inscrit «240» sur la feuille bleue et passe à la question suivante. J'hésite à lui mentionner qu'elle est complètement dans le champ. Un douanier dominicain se chargera de l'éclairer. Mais mon avion, de quoi aura-t-il l'air? Mes passagers sont des gagnants, pas des perdants! Prête à lui faire gagner le concours, je m'attelle à la tâche.

— Madame, en fait, la question vise plutôt à savoir combien de personnes de votre famille ou parmi vos amis voyagent avec vous.

— Ah! s'exclame-t-elle sans pour autant effacer le gênant «240».

— Vous voyagez avec votre mari, un ami, par exemple…

— Non, je suis seule. J'écris «une»?

— Vous voyagez seule, alors vous écrivez «zéro», précisé-je, désormais convaincue que ma présence auprès d'elle est indispensable. Passons à la question suivante.

Je me penche vers Madame 240 et l'assiste dans l'épreuve.

— Nationalité: québécoise? se risque-t-elle en me regardant pour que j'acquiesce.

J'aimerais soupirer, mais je me retiens. Cette femme est très gentille. Ce n'est pas à moi de l'éduquer. Son ignorance est peut-être due en partie à son manque d'expérience. Ou à son nationalisme québécois? Je me contente de lui faire remporter le défi.

— Vous êtes canadienne, madame.

— Ah! merci!

— Vous signez en bas, et voilà! lui indiqué-je avant de m'éclipser à l'arrière.

Je franchis le rideau, drainée de toute mon énergie. Ma collègue Gen, hyperactive, est prête à commencer le service de boissons. Je prends une gorgée d'eau et m'adapte à la cadence. Pendant que nous poussons le chariot jusqu'à la première rangée afin de servir les gens de l'avant vers l'arrière, ma collègue de l'autre côté me fait la conversation.

— Dédé et moi, on part en vacances la semaine prochaine.

J'écoute d'une oreille pendant que je me fraye de dos un chemin dans l'allée.

— Début décembre, avant la folle période des Fêtes.

Mes fesses se font frapper par une série de coudes. J'en esquive quelques-uns en attrapant un torticolis.

— Vous allez où?

— Dédé voulait aller faire de la moto au Nevada.

— Cool!

Pendant qu'elle m'explique son trajet, une question germe dans mon esprit: «C'est qui, Dédé?» Je devine qu'il s'agit de son copain. Sans doute un agent de bord de la compagnie, car elle en parle comme si je le connaissais.

— Vous faites de la moto depuis longtemps?

— Presque dix ans. C'est Dédé qui me l'a fait découvrir.

J'atteins la rangée 4 et elle cesse de parler. Je commence mon service avec un drôle de sentiment. «Moi, c'est fini, les activités à deux!» Je cache ma tristesse derrière un «Que voulez-vous boire?».

— Un café, s'il vous plaît, me demande un passager.

— De l'eau, merci, mademoiselle, enchaîne son voisin.

Je remarque qu'un siège est libre à la première rangée. Je grogne tout bas, car je connais la suite. C'est la loi de Murphy. La loi du pain grillé qui tombe toujours au sol du côté tartiné. Dans l'avion, on l'appelle la loi de la première rangée. Au moment où nous commençons à servir les passagers, le seul et unique absent est systématiquement assis à la ligne de départ. Pour lui permettre de regagner sa place, nous devons reculer, le laisser passer et attendre. Une attente prévisible mais impossible à éviter. Mon hypothèse se corrobore.

— Tu peux reculer, ma belle? me demande Gen, tout sourire.

« C'est sûrement son amoureux Dédé qui la rend si rayonnante », pensé-je, frustrée devant sa bonne humeur extrême. Je tire le chariot et entre à moitié dans la section de première classe. Le rideau m'arrache quelques cheveux. Je sens son odeur poussiéreuse pendant que M. Murphy revient des toilettes. Qu'il est lent! « On n'a pas toute la journée. Assieds-toi, que je finisse! » chialé-je en silence, consciente que les bas de ma vie personnelle affectent beaucoup trop mon humeur au travail. Pour couronner le tout, le moulin à paroles recommence.

— Une fois arrivés à Las Vegas, Dédé et moi, on va peut-être se marier! Qui sait?

Elle glousse, rêveuse.

— Je te le souhaite, réponds-je sincèrement, mais je suis mélancolique à l'idée d'être passée à un poil de vivre ça moi aussi. Il est agent de bord, ton copain?

— Non, il est avocat.

Son affirmation me surprend. Pourquoi ne dit-elle pas « mon chum »? Ça éviterait la confusion. M. Murphy enfin installé, je lui sers un Pepsi et nous terminons de servir le reste de la cabine. À notre arrivée à l'arrière, comme si la vie voulait me donner un répit, le signal des ceintures s'allume et la voix du directeur de vol fait vibrer le haut-parleur.

— Mesdames et messieurs, nous traversons une zone de turbulences. Veuillez regagner votre place et boucler votre ceinture. Merci!

— Je vais aller faire les vérifications, m'annonce ma collègue bavarde.

Je la remercie et regagne mon strapontin avec plaisir. « Une petite pause de dix minutes ne me fera pas de mal », pensé-je en ouvrant un magazine.

Chapitre 27

En vol à 36 000 pieds d'altitude

On mesure les turbulences sur une échelle qui compte trois niveaux : légères, modérées et violentes. À mon avis, il y a aussi un quatrième niveau, que j'appelle « le jugement dernier » et qui, comme son nom l'indique, désigne la descente aux enfers : les changements d'altitude sont si soudains qu'ils brisent le fuselage et empêchent le pilote de contrôler l'appareil. Malgré cela, je ne m'inquiète pas trop. Je sais que même si je volais pendant cinquante ans, le risque de subir des turbulences du quatrième niveau demeurerait nul. Quant à la probabilité d'atteindre le troisième niveau, elle est faible. Tant mieux.

Le premier niveau, les turbulences légères, se traduit par de faibles secousses. L'appareil valse doucement, j'ai l'impression de me faire bercer. Les agents de bord peuvent continuer leur service en cabine sans problème. Les pilotes qui ont la *switch* facile allument souvent le signal à ce niveau. Bien sûr, leur décision est incontestable, et nous suivons les ordres. Si, au bout d'un moment, les secousses demeurent à peine perceptibles, c'est généralement là qu'un agent de bord décroche le combiné pour appeler le directeur de vol, qui communiquera à son tour avec le poste de pilotage pour vérifier l'état de la situation. «On n'a pas terminé notre service, tu prévois des turbulences pendant longtemps?» Et le pilote aimerait pouvoir répondre: «Non mais, vous me prenez pour qui? Si j'ai mis le signal, c'est peut-être parce que je juge que ça va brasser!» Désolée, mon commandant, mais parfois, on doute. En tout cas, pas aujourd'hui.

Assise sur mon strapontin, le regard penché vers un intéressant article du *Vanity Fair*, je remarque que le voyant rouge au plafond s'allume: une conversation entre le chef de cabine et le pilote est en cours. Curieuse, je décroche l'interphone pour écouter.

— Les avions qui nous précèdent nous ont signalé des turbulences modérées pendant au moins trente minutes. Je vais laisser le signal allumé.

Il raccroche. Un message destiné aux passagers se fait entendre pour leur demander de demeurer assis. Je poursuis la lecture de mon article. Il porte sur le commerce illégal de l'ivoire. La Chine, selon le texte, est le plus gros joueur dans cet horrible trafic qui entraîne la mort de milliers d'éléphants chaque année. Quatre-vingt-dix pour cent des passagers arrêtés pour possession d'ivoire à l'aéroport de Nairobi viennent de Chine. Au Kenya, la moitié des actes de braconnage se produisent à trente kilomètres d'un des plus grands chantiers routiers au pays, dirigé par des Chinois. Pendant trente ans, il n'y avait pas eu de braconnage dans la région, jusqu'à ce que cette entreprise obtienne le contrat de construire une route en bordure du parc national. Le journaliste poursuit: «L'ignorance joue aussi un rôle important dans ce trafic, car dans la langue chinoise, "ivoire" veut dire "dent d'éléphant" – *xiang ya*. Plusieurs pensent que les défenses repoussent après avoir été coupées. Ils n'ont aucune idée de la souffrance que l'animal subit et se procurent donc la précieuse matière sans remords.» Je m'indigne en remarquant que les secousses s'amplifient au rythme de ma révolte.

Je suis heureuse que les turbulences montent d'un niveau. Au moins, les passagers croiront en notre jugement. J'imagine les verres d'eau que je viens de servir sur les tablettes des passagers. Comme le tyrannosaure dans *Jurassic Park*, les secousses font vibrer le liquide dans les contenants.

Je poursuis ma lecture. Le texte est imprimé en caractères minuscules et j'ai besoin de me concentrer pour arriver à lire chaque ligne. J'approche la page de mon visage. Puisque la queue de l'avion bouge toujours davantage que l'avant, je décide d'abandonner. Il ne me reste plus qu'à attendre que les vingt minutes passent. Je lève les yeux et scrute la cabine. Une femme se lève et descend l'allée. Elle n'a sûrement pas vu le signal des ceintures s'allumer. Ni entendu le message? Et ces secousses qui l'agitent d'un côté puis de l'autre, la forçant à prendre appui sur les dossiers des sièges, elle ne les a pas remarquées non plus? Étrange…

Elle arrive à l'arrière, du côté de Gen. J'imagine que ma collègue l'informe comme il se doit, car la femme regagne aussitôt sa place. Quant à moi, j'essaie de passer le temps en regardant le film qu'on projette en ce moment. Je dois l'avoir vu une dizaine de fois, toujours comme s'il s'agissait d'un film muet. Je me demande si je prendrai un jour le temps de le visionner avec du son. Probablement pas. Je connais déjà la fin.

Une minute passe et une deuxième femme se lève. Cette fois-ci, elle descend l'allée qui me fait face. N'a-t-elle pas vu la précédente se faire renvoyer à son siège?

— Désolée, madame, nous sommes toujours dans une zone de turbulences, vous devez demeurer assise.

Elle me fait la moue avant de rebrousser chemin. Je me sens comme une méchante sorcière, mais je n'en fais pas de cas. Je n'ai pas le choix.

Cinq minutes passent et les secousses se poursuivent à un rythme constant. Rien d'alarmant, mais elles sont puissantes et il est impossible de ne pas les sentir. Une dame se retourne et tente d'établir un contact visuel avec moi. Une fois qu'elle a capté mon attention, elle s'adresse à moi. Je lis sur ses lèvres :

— Les toilettes ?

Je secoue la tête de gauche à droite. Elle grimace pour me faire sentir coupable et tourne la tête dans la direction opposée. « Merde ! Je déteste jouer à la police de l'air ! » pensé-je avant de décrocher l'interphone pour appeler le directeur de vol.

— Salut, Alain, c'est Scarlett. Tu pourrais faire une annonce aux passagers pour qu'ils demeurent assis ? Il y en a qui veulent se lever.

Il accepte et obtempère, ce qui m'enlève un poids des épaules. « Cette annonce me donnera un moment de répit », souhaité-je. En vain : une autre femme se retourne, en proie à la panique, et remue les lèvres pour me divulguer son secret :

— J'ai envie de pipi !

« Vous ne pouvez pas vous retenir un petit instant ? » aimerais-je lui demander. Mais je me contente de hausser les épaules. Puis, à tour de rôle, rangée par rangée, une martyre se retourne pour me supplier. Que des femmes. Ou bien les hommes sont plus patients, prêts à se soumettre aux règles en vigueur, ou bien leur vessie est plus grosse. Peu importe, j'ai l'impression de revenir à l'école primaire quand les élèves devaient lever la main pour aller au petit coin. Une autre persécutée essaie de m'attendrir. Je maudis le mauvais *timing* des turbulences. Après un service de boissons, ça tombe bien mal.

— J'ai envie de pipi ! S'il vous plaît !

« Pitié, monsieur le pilote, faites cesser ces turbulences », prié-je en silence. J'aimerais laisser Mme Martyre utiliser le cabinet, mais les turbulences m'inquiètent. Ça remue fort. Sans compter que mon strapontin se situe en plein dans le passage qui mène aux toilettes : je n'ai pas envie de risquer de me blesser en me détachant. Pas question !

Elle insiste et se lève.

— J'ai vraiment envie de pipi, me dit-elle. Je vais faire dans mes culottes !

Je ne vais quand même pas la laisser se pisser dessus ! Je cède et la laisse se faufiler entre mon strapontin et la toilette sans me détacher. Elle se contorsionne autant qu'elle le peut et réussit à y entrer. À entendre ses remerciements, je viens de lui décrocher la lune.

Soudain, je me rends compte de la grosse erreur que je viens de commettre. Les persécutées se disent : « Pourquoi moi je ne peux pas ? » La guerre est déclarée : je dois faire acte d'autorité. *Bye bye* la police de l'air, bienvenue l'infirmière de guerre. Je ne vais tout de même pas commencer à faire le tri des pipis !

— Avez-vous vraiment envie ? vais-je demander.

— Oui ! oui ! Je ne peux plus me retenir ! me répondront-elles.

Je tenterai de discerner le vrai du faux. Est-ce un mensonge ? La vérité ? Une file de passagers s'accumulera devant moi et il suffira d'une simple secousse un peu plus brutale pour qu'ils me piétinent tous.

— Retournez à vos places, ordonné-je aux dames qui s'approchent. Les turbulences sont trop fortes.

— Ben là ! Pourquoi elle et pas moi ? me demande une femme.

— Parce que vous allez vous blesser !

— Franchement ! s'offusque-t-elle.

— Madame, je fais ça pour votre sécurité, lui expliqué-je avant que les secousses s'interrompent.

« Ah non ! » m'accablé-je. S'il fallait… J'aurais l'air d'une incompétente. Comme je le craignais, les turbulences cessent complètement et le pilote éteint le signal des ceintures.

— C'est beau, vous pouvez y aller, décrété-je, gênée.

Les passagères me regardent avec mépris. Je suis terrorisée de voir à quel point ces femmes étaient prêtes à tout pour me passer dessus.

— Il reste seulement deux heures de vol, m'annonce Gen une fois détachée. On doit commencer le service de repas tout de suite.

— OK, donne-moi cinq minutes.

— Ben voyons! Pour quoi faire? s'énerve-t-elle, inquiète de manquer de temps.

Je braque mon regard sur elle. Ai-je été mordue par le groupe d'enragées aux vessies remplies? Leur agressivité m'a-t-elle contaminée?

— J'ai envie de pipi! rétorqué-je en comprenant maintenant ces femmes qui s'agitaient devant moi.

Chapitre 28

Puerto Plata (POP) – Québec (YQB)

Après avoir souhaité de belles vacances à nos pas-sagers, nous procédons à l'embarquement de vacanciers tout bronzés. Pour gagner du temps, nous utilisons deux portes. Je suis donc postée à l'arrière pour accueillir les nouveaux arrivants. En récupérant leurs cartes, je remarque que plusieurs semblent avoir oublié leur français…

— ¡ *Hola !* me disent-ils.

— Bonjour.

Au son de ma voix, l'un d'eux sursaute, surpris de m'entendre m'exprimer dans sa langue maternelle.

— Ha ! ha ! Désolé, m'assure-t-il, je suis trop habitué.

De mauvaise humeur, je suis prise de l'envie de le narguer.

— Aucun problème, mon cher monsieur, pour-suivons dans cette langue si vous êtes plus à l'aise… *¿ Cómo pasaron sus vacaciones ? ¿ La pasaron bien*[39] ?

---

39. — Comment se sont passées vos vacances ? Avez-vous eu du beau temps ?

M. Hola devient écarlate.

— Euh, *una cerveza, por favor*, répond-il avec la seule phrase qu'il connaît dans la langue de Cervantès.

Je souris, satisfaite. Pourquoi prends-je plaisir à rire de mes passagers? Je n'ai jamais été ainsi. Peut-être qu'Ethan a vu en moi cette méchanceté prête à exploser et en a profité pour se sauver? «Voyons, Scarlett! Ne laisse pas la haine te contaminer!» tenté-je de me sermonner en récupérant d'autres cartes d'embarquement.

Je vois ensuite l'homme posté en bas du grand escalier lever le pouce dans ma direction. Je comprends le message et allonge le bras pour tirer de toutes mes forces sur la lourde porte. Elle se referme en laissant la douce chaleur du Sud derrière elle. L'air conditionné qui s'échappe du plafond diffuse une brume blanche dans la cabine. Un frisson me parcourt la colonne vertébrale. «C'était beaucoup plus agréable dehors», pensé-je avant d'être abordée de nouveau par Gen.

— J'ai longtemps été célibataire. Toi?

— Oui, moi aussi.

— J'étais bien comme ça, mais c'est tellement mieux quand tu trouves chaussure à ton pied. Dédé est un aventurier dans l'âme, comme moi.

— C'est cool, ça, approuvé-je en me demandant jusqu'où elle compte aller en m'exposant sa petite vie parfaite.

— C'est pour ça que…

L'interphone interrompt la démoralisante conversation et ma collègue décroche.

— La vidéo sur les consignes de sécurité ne fonctionne pas, annonce-t-elle en raccrochant. On doit faire une démo manuelle.

Je souligne par un soupir mon dégoût à accomplir cette tâche. Néanmoins, je prends les objets nécessaires et me faufile au milieu de l'allée. Le chef de cabine s'exprime comme prévu dans les haut-parleurs.

— Mesdames et messieurs, nous vous demandons toute votre attention afin de vous expliquer les consignes de sécurité à bord de cet appareil.

Les passagers aux alentours immédiats me scrutent à la loupe. Je préférerais qu'ils plongent le nez dans le magazine situé dans la pochette du siège devant eux. Par respect pour moi, ils n'en font rien. J'espère qu'ils ne noteront pas mes hésitations.

— Veuillez consulter la carte de sécurité…

Je lève le document afin que tous puissent le voir. Je remarque Gen, postée quelques rangées plus loin, qui l'ouvre et le referme. « Oups, j'ai oublié cette partie-là », m'aperçois-je. Je me reprendrai lors de la version anglaise.

— Cet appareil compte six sorties d'urgence. Trois de chaque côté de la cabine. Veuillez repérer la sortie la plus près de vous.

Mains ouvertes, je désigne les sorties. Je remarque que l'hyperactive n'utilise que l'index et le majeur pour effectuer ce geste. « Plus sexy avec deux doigts », pensé-je.

— Un éclairage d'urgence s'allumera au plancher et vous guidera jusqu'aux sorties.

Je ne bouge pas. Pas question que je fasse le pantin en ballottant mes bras d'un côté et de l'autre. Évidemment, Gen, sans aucune gêne, amplifie le mouvement. Une ligne imaginaire se dessine dans l'esprit des passagers. « Ce geste-là, je ne le ferai certainement pas pendant la version anglaise », m'entête-je.

— La ceinture de sécurité s'attache comme ceci…

J'insère la languette métallique dans la fente de la boucle. Je tire la sangle pour l'ajuster. Je soulève le loquet pour détacher la ceinture, mais la languette reste coincée dans la boucle. Je ris jaune en apercevant ma collègue débloquer la sienne d'une seule main alors que j'en suis réduite à tirer sur l'extrémité pour terminer ma démonstration. « Une vraie débutante », me sermonné-je en tentant de faire mieux pendant la version anglaise.

— En cas de décompression, un masque à oxygène tombera devant vous. Placez d'abord votre masque avant d'aider les autres passagers.

Je porte à mon visage le masque de caoutchouc jaune et feins de tirer sur les élastiques de chaque côté. J'imagine la séquence vidéo que nous diffusons normalement. Une maman applique le masque sur le visage de son enfant. Papa est assis sur le siège voisin. Une famille adorable qui voyage ensemble. Une vision fataliste me traverse l'esprit. « Ça ne m'arrivera jamais. Tout est fini ! » Ma tristesse enfle, mais je refoule mes émotions.

— Comme nous survolerons l'océan, l'explication à propos du gilet de sauvetage s'avère nécessaire…

J'insère ma tête dans le trou. Je cherche les courroies pour l'attacher, mais ma main ne les atteint pas. La honte ! Je l'ai enfilé à l'envers. Je corrige mon erreur en espérant que personne ne l'ait notée. À voir les sourires des passagers, mes espoirs s'anéantissent. J'en suis encore en train de passer les courroies autour de ma taille lorsque Gen souffle dans les embouts de gonflage secondaires.

— Merci pour votre attention et bon vol ! conclut le directeur.

Quel soulagement ! Je vais pouvoir aller me cacher. Comme je m'apprête à récupérer la pochette de démonstration qui traîne à mes pieds, une femme m'interpelle depuis son hublot.

— Madame, vous pourriez me le tenir ?

La passagère me tend son bébé d'un mois dans les bras. Je me rends compte que nous venons de quitter la passerelle d'embarquement et que nous roulons sur le tarmac.

— Ça ne peut pas attendre ? demandé-je, ce qui actionne le système d'alarme du bébé : il se met à pleurer.

Il s'époumone tellement que je pense qu'il va se rompre les cordes vocales. J'essaie de dissimuler mon embarras. La mère tâte l'intérieur des coutures du siège.

— Vous voyez dans quel état il est. Sa suce est tombée quelque part. C'est urgent!

Elle s'agenouille sur le plancher et se penche pour regarder sous les sièges. Le bambin poursuit sa sérénade et je tente de le calmer. Rien n'y fait. Je remarque alors que mon auditoire se régale de la scène. Deux cents paires d'yeux me lancent en pensée leurs conseils : « Berce-le de côté » ; « Fais-le sautiller » ; « Caresse son dos. » Les jugements silencieux suivent : « Tu n'as aucun don avec les enfants! » ; « Tu n'en as sûrement pas! » Je me résigne en silence. « Vous avez raison. Je n'ai jamais été douée avec les bébés. Et de toute façon, ça ne risque apparemment pas d'arriver! »

— Vous voyez la suce? demandé-je à la mère, mes tympans sur le point d'exploser.

— Non, je ne la vois nulle part!

L'appareil avance vers la piste et je commence à m'inquiéter. Gen arrive à la rescousse.

— La suce est tombée, signalé-je.

Elle se penche à son tour en prenant soin de retenir sa jupe. Désireux de retrouver le confort des bras de sa maman, le bébé panique. Son visage mouillé de larmes rougit. Je deviens de plus en plus mal à l'aise. « Trouve sa suce, ça presse! » paniqué-je à mon tour. J'esquisse un sourire gêné à mon public et m'empresse de fixer les deux têtes chercheuses dans l'espoir qu'elles me libèrent de ce supplice.

Mes pensées pessimistes reviennent à la charge. « Ton honnêteté a fait des ravages. Ethan ne reviendra pas. *Bye bye* le scénario de princesse! »

J'imite le nourrisson sans pouvoir me contrôler. La marée monte jusqu'à mon visage et coule sur mes pommettes.

— Gen, ordonné-je, trouve la suce!

Ma sauveuse bondit sur ses pieds.

— Je l'ai! s'exclame-t-elle, heureuse de régler le problème juste à temps.

Elle note l'état lamentable dans lequel je suis et récupère le bébé pour me permettre d'aller me cacher. Menton baissé, je descends l'allée, honteuse. Ma collègue me rejoint aussitôt et entreprend de me changer les idées.

— Ah, les bébés! Qu'ils sont exaspérants!

Je hausse les épaules.

— Dédé et moi, on n'en veut pas. On préfère profiter de la vie, avoue-t-elle. Toi, tu en veux?

— *Ouiii!* affirmé-je dans un cri du cœur.

J'éclate de nouveau en sanglots et plonge mon visage dans le creux de mes mains.

— Ouf! tu as besoin de vacances, toi, blague-t-elle pour alléger l'atmosphère.

— Non! C'est d'Ethan que j'ai besoin!

Chapitre 29

Saint-Martin, Antilles françaises (SXM)

— Les *piña coladas*?

Je lève la main. Le serveur dépose les cocktails sur la table en bordure des transats sur lesquels Béa et moi sommes allongées sur une plage de Grand-Case, la ville où nous séjournons.

— Merci de m'accompagner. Santé !

Bien que nullement ennuyées par le soleil des Antilles, nous trinquons à notre retour. C'est que j'ai lancé un ultimatum à Ethan. Lors de l'envoi de ma dernière rose, je lui demandais non seulement pardon mais aussi une réponse claire et précise. C'est fini ou pas ?

— L'ultimatum était peut-être de trop, hein ?

Béa détache ses lèvres du nectar et essaie de me rassurer. D'ailleurs, elle n'a pas le choix, car c'est à sa recommandation que j'ai opté pour ce dernier message.

— Pas du tout ! Ça suffit, l'indécision.

— Oui, mais cinq jours, c'est trop court pour qu'il le sache.

Elle se met à rire et se lève en faisant virevolter ses cheveux au vent. Je ne vois pas ce qui est drôle. Peut-être les doutes constants qui m'habitent.

— S'il ne te pardonne pas maintenant, il ne le fera jamais. Cinq jours, c'est parfait. C'est aussi de sa faute, en passant…

Elle se trempe les orteils dans les vagues qui déferlent sur la plage.

— Ouf! c'est trop chaud, blague-t-elle avant de s'immerger des pieds à la tête.

Je souris. « Pénélope n'a pas réussi à nous séparer », pensé-je. Elle a même été surprise d'apprendre que Béa m'avait pardonné et qu'elle lui en voulait plutôt à elle de m'avoir espionnée. Je chasse cette mauvaise soirée de mon esprit et me concentre sur l'avenir. Pour une fois, j'essaie d'imaginer la suite des choses avec optimisme.

Dans quatre jours, lorsque je rentrerai au bercail, Ethan m'attendra à l'aéroport, un bouquet à la main. Un clin d'œil à notre première rencontre. Avant mon départ, je lui ai téléphoné. Il n'a pas répondu, alors j'ai laissé un message sur sa boîte vocale avec les détails de mon vol. Je voulais qu'il sache que je me considère encore comme sa blonde et qu'il mérite de connaître mes déplacements. En toute honnêteté, je voulais aussi semer dans son esprit l'idée d'une réconcilia-tion romantique.

— Tu crois qu'il va venir à l'aéroport ?

— Qui ça ? demande Béa, distraite, en regagnant sa chaise.

— Ethan.

— Tu voudrais qu'il vienne à l'aéroport pour te dire qu'il te pardonne ? s'étonne-t-elle.

— Oui.

Elle se met de nouveau à rire en remettant ses lunettes fumées sur son nez. Sa réaction me rappelle le jour où Ethan s'est justement présenté aux arrivées dans l'espoir de me voir. Béa s'était moquée de moi. «Ça n'arrive que dans les films!» m'avait-elle dit. Son discours n'a pas changé.

— Tu aimes te monter des scénarios pour être déçue, me dit-elle.

Je soupire. Elle n'a pas tout à fait tort.

— J'ai quand même le droit de rêver, me justifié-je en déviant mon regard du sien pour admirer le paysage.

La baie d'un bleu turquoise accueille une dizaine de voiliers ancrés à cent mètres du rivage. Plus loin, un gros yacht se distingue du lot.

— Je me demande à qui il appartient, celui-là? Peut-être à une star de Hollywood, proposé-je.

— Sans doute à un magnat du pétrole.

J'esquisse une moue déçue.

— Une star de Hollywood, renchéris-je.

— Comme tu préfères. D'ailleurs, Saint-Barth est à une heure de bateau, on pourrait y aller une nuit si ça te tente.

— Saint-Barth? L'île des millionnaires?

Elle acquiesce. L'idée me plaît. Pour éviter que cette terre française soit prise d'assaut par le tourisme de masse, les habitants ont opté, il y a quelques années, pour la sélection d'une clientèle plus fortunée. Tout y est donc plus cher. Les hôtels, les restaurants, les boutiques de souvenirs. Après quelques recherches sur Internet, nous réussissons à réserver une nuit dans un des seuls gîtes de l'île et, dès le lendemain, nous embarquons à bord d'un traversier en direction de la ville de Gustavia.

Pendant que notre minuscule embarcation progresse vers le quai de débarquement, j'observe, impressionnée, la richesse excessive qui s'étale devant nous. Chaque bateau possède sa propre glissade d'eau accrochée au quai supérieur. Sur l'un d'eux, un enfant plonge en créant des éclaboussures derrière lui. Un membre de l'équipage lui tend une serviette. Je lis les lettres métalliques à l'arrière. *Limitless.* Je mémorise le nom dans le but de faire une recherche sur Google pour savoir à qui il appartient.

— Tu as vu celui-là? m'exclamé-je en voyant l'immense yacht ancré à l'entrée de la baie.

— Ce doit être celui de Roman Abramovitch.

— Abramo quoi?

— Abramovitch, répète-t-elle avec un léger accent. C'est un milliardaire russe qui a une maison à Saint-Barth. Son bateau est le deuxième plus gros yacht privé au monde.

Elle plisse les yeux et s'efforce de lire le nom du bateau.

— C'est bien celui-là. *L'Éclipse.*

— Comment tu sais ça?

— Pénélope…

— Hum, j'aurais dû m'en douter, dis-je en mimant une expression de dégoût.

— Arrête, elle n'est pas si pire que ça.

— Je sais. J'exagère.

Maintenant que Béa et moi sommes à nouveau complices, je n'ai que faire du passé. Il a suffisamment joué contre moi. Il est temps de regarder vers l'avant ou, tout simplement, de vivre le moment présent: Saint-Barth!

***

Après nous être rendues à nos chambres, nous enfilons les tenues les plus chics que nous ayons apportées. Béa, habillée en tout temps comme une carte de mode, revêt une robe noire moulante au décolleté plongeant. Quant à moi, je continue de fouiller dans ma valise dans l'espoir d'y avoir déposé par erreur un vêtement sexy qui me donnerait le look d'une vedette.

— Je n'ai rien à me mettre!

— Comment ça? Tu n'as même pas une robe?

— Oui, mais elle fait petite fille.

— Montre-la-moi.

Je brandis le vêtement d'un air désespéré. La robe blanche, faite de tissu léger, essaie de nous charmer.

— Elle est belle. C'est parfait, confirme Béa.

Je l'enfile pour vérifier. Ma modeste poitrine s'efface sous le voile blousant.

— Regarde-moi ! Toi, tu fais femme fatale, et moi, je…

— Tu fais femme de classe. Exactement le style Saint-Barth. Arrête.

À défaut d'autres options vestimentaires, je cède. Béa a peut-être raison. Ici, les gens ont tellement d'argent qu'ils ne tentent pas de le montrer. Une robe simple qui virevolte au vent ne peut que se fondre dans la masse et me faire passer pour une vedette.

— Tu crois qu'on va voir des stars ? m'excité-je en prenant place sur une terrasse animée du centre-ville.

— J'espère bien !

Ma belle amie jette un rapide coup d'œil aux alentours. Aucun visage ne lui est familier. Je commande un margarita à 15 euros, et elle, un verre de vin à 10.

— Ouin, on va siroter ce soir, lancé-je en me voyant mal dépenser 200 euros pour me soûler.

— On va boire sans se priver, rétorque-t-elle, sourire en coin.

— Je n'ai pas les moyens de…

— Scarlett, me coupe-t-elle. Tu n'auras rien à dépenser.

Elle avance les lèvres et les humecte sensuellement en fixant du regard une table occupée par deux hommes dans la quarantaine.

— C'est hors de question ! déclaré-je aussitôt. N'y pense même pas !

— Voyons, Scarlett, ça va être drôle.

— Je suis venue ici en attendant de retrouver Ethan. Je ne vais pas lui jouer dans le dos pendant ce temps-là.

— Qui a parlé de jouer dans le dos de quelqu'un ? On leur parle. Ils nous paient des *drinks*. Pas de langue. Pas de baise. Rien.

— Ouais, mais tu sais comment ça finit, ces affaires-là.

— Ça n'arrivera pas ce soir.

— Je te connais…

— Je suis ici pour toi, me rassure-t-elle avant de déployer sa tactique.

Elle se lève pour se rendre aux toilettes. Avant de partir, elle remonte sa poitrine dans son soutien-gorge afin de mettre son buste en évidence. Le dos bien droit, elle parcourt la terrasse en se déhanchant avec style et s'assure de passer près de la table où les deux proies dégustent une bière. L'un d'eux tourne la tête pour la regarder avant qu'elle disparaisse dans le cabinet. Lorsqu'elle en sort, même démarche. Seulement, elle trébuche et prend appui sur la chaise d'un des hommes. Ça y est, le filet de la prédatrice est lancé. Je n'entends pas l'échange, mais je me l'imagine à ma façon.

— Mademoiselle, vous vous êtes fait mal ? demande l'un d'eux.

— Ouf ! je me sens étourdie ! Mais vous pouvez m'aider à revenir à moi en m'offrant un verre, ose-t-elle dire.

— Ce serait un plaisir ! À la condition que vous ne parliez pas trop et que je puisse toucher votre belle poitrine en fin de soirée.

— Pas de problème ! Venez nous rejoindre, nous sommes juste là.

Elle pointe le doigt dans ma direction. Les deux hommes se retournent pour confirmer l'emplacement. Je souris timidement.

— Ils vont se joindre à nous, me confirme Béa en me faisant un clin d'œil.

— Je n'avais pas le goût de ça, avoué-je. J'aurais aimé passer la soirée avec toi. Pas avec deux inconnus pour profiter de leur argent.

— Ils ont l'air gentils.

— Peut-être, mais…

Une fois les deux hommes en route vers notre table, je cesse de m'obstiner et adopte l'attitude d'une fille accueillante.

***

— Comment deux belles filles comme vous peuvent-elles être célibataires ? lance l'un d'eux quelques margaritas plus tard.

— Je ne suis pas cé…

Béa me donne un coup de pied sous la table. Je me ravise.

— Je ne sais pas, je vous retourne la question. Comment deux beaux entrepreneurs comme vous peuvent-ils être célibataires ?

— Nous sommes mariés…

Ce n'est pas l'impression qu'ils m'ont donnée. Sans compter que, depuis leur arrivée, le mec qu'a choisi Béa s'est rapproché d'elle de façon claire. La connaissant, sa promesse va tomber à l'eau. Si elle pouvait l'embrasser, elle le ferait. Je crois qu'il est temps qu'elle concentre ses efforts sur un homme libre. À mon tour, je l'interpelle discrètement d'un coup de coude. « Il est beau, c'est vrai, mais il est pris. Il me semble que, dans ce domaine, tu as donné… » lit-elle dans mes yeux. Elle se lève aussitôt.

— Désolée, les gars, on doit partir. On a un autre party qui nous attend. Ce fut un plaisir !

Nous ne leur laissons pas le temps d'insister et quittons la terrasse avec empressement.

— On va où, maintenant ? m'accablé-je en m'apercevant que nous étions au seul endroit en ville où régnait une certaine ambiance.

— Voyons, on a un party, répète-t-elle comme si c'était la vérité.

La place principale me paraît déserte. Les rues aussi. Sait-elle quelque chose que j'ignore?

— Mais c'est mort. Il est où, ton party?

— Là!

Elle pointe le doigt en direction de la marina, là où d'impressionnants yachts sont amarrés. Je lève les yeux pour scruter le pont supérieur d'un des bateaux. L'éclairage me permet d'apercevoir un groupe de personnes dansant à l'extérieur. Une musique R&B les anime.

— C'est un bateau privé. On ne peut pas y aller.

— Oui, on peut y aller, rétorque audacieusement Béa.

— T'es sûre?

— Lis le nom, m'ordonne-t-elle.

Je plisse les yeux afin de lire les cinq lettres inscrites sur l'énorme yacht.

— *Oasis*, prononcé-je sans comprendre où elle veut en venir.

— Tu sais à qui il appartient?

Je secoue la tête négativement.

— Moi, je le sais! Et si on arrive à y embarquer, ça sera la plus belle soirée de ta vie! m'annonce-t-elle avec confiance avant de se diriger vers la poupe du bateau.

Chapitre 30

Saint-Barthélemy (SBH)

—*A*re you on the guestlist[40] ?

A L'homme baraqué posté au bas de la passerelle s'adresse à nous. Chargée à bloc, Béa n'hésite pas à nous annoncer.

— *Of course! Béa and Scarlett*[41].

Elle lève le menton pour avoir l'air insultée d'avoir été interpellée ainsi. On ne demande pas à des stars si elles figurent sur la liste des invités! J'essaie moi aussi de la jouer cool en posant une main sur ma hanche. Le garde parcourt le document, qui semble exhaustif. Pendant qu'il continue à chercher, son collègue s'avance pour nous scruter des pieds à la tête. Béa avance les lèvres et lui décoche un clin d'œil.

---

40. — Êtes-vous sur la liste?
41. — Bien sûr! Béa et Scarlett.

— *It's OK. Enjoy your night*[42], nous souhaite-t-il en retirant la chaîne pour nous laisser passer.

Je monte sur la passerelle qui relie le bateau à la terre ferme. J'essaie de ne pas montrer d'excitation. « Tu es une célébrité, Scarlett, ces choses-là ne t'impressionnent pas ! » me répété-je. Béa avance devant moi en se déhanchant avec assurance.

— *Please leave your shoes here*[43], exige un employé âgé d'une vingtaine d'années.

Nous lui remettons nos sandales et il nous donne un petit carton numéroté pour que nous les récupérions à la sortie. « Je n'ai pas besoin d'un numéro. Je sais reconnaître mes chaussures », aimerais-je lui dire. Je me rends compte que cette procédure a été instaurée par souci de sécurité, car aux côtés de mes pauvres Aldo se trouvent des escarpins griffés Chanel, Louboutin, Manolo Blahnik.

Pieds nus, nous empruntons un corridor où nous croisons un jeune homme vêtu d'un polo sur lequel on peut lire le nom du bateau. Il bloque le passage et nous indique d'emprunter un escalier. Nous passons devant une cuisine et un homme nous désigne le chemin vers la musique. Par peur d'être démasquée, je demeure muette et n'ose pas demander à Béa l'identité du propriétaire du yacht. Arrivées dans un spacieux salon recouvert d'un tapis moelleux, nous sommes dirigées vers un escalier central en colimaçon. Le *beat* est à notre portée. Une porte automatique s'ouvre et nous accédons au party. Et quel party !

— Viens !

Béa me prend par la main et m'attire vers le bar central. J'observe la foule discrètement.

— C'est à qui, ce bateau ? chuchoté-je à l'oreille de mon amie.

_____

42. — C'est bon. Bonne soirée.
43. — Veuillez laisser vos chaussures ici.

— Deux verres de champagne! annonce-t-elle au serveur avant de me faire un signe des yeux pour que je regarde sur le comptoir.

Je lis le menu qui y est déposé. Trois cocktails sont offerts. Le premier s'appelle The Diddy.

— *No way!* m'exclamé-je sans arriver à me contenir. Les partys de Puff Daddy sont légendaires! C'est pas vrai! C'est pas vrai! Il est là?

— Calme-toi, Scarlett. On est des stars. Ça ne nous impressionne pas, ce monde-là, chuchote-t-elle en empoignant les flûtes de Veuve Clicquot.

Je respire et me ressaisis. C'est vrai qu'il faut jouer le jeu. Et puis, à part avoir quelques millions dans ses poches, ce célèbre rappeur utilise les toilettes comme tout le monde. «Non mais t'as vu le bateau?» murmuré-je en scrutant les lieux. Amoureux de la musique, le chanteur a fait aménager une piste de danse avec projecteurs et sonorisation haut de gamme. L'étage est à demi recouvert d'un toit, chaque extrémité exposée à ciel ouvert.

— C'est pas le gars d'*American Idol*, ça?

Je fais un signe à Béa, qui se retourne discrètement. L'homme est assis sur un des sofas rouges près d'un spa.

— C'est bien lui, me confirme-t-elle.

Je termine mon premier verre de champagne et en commande un autre. Je cherche Puff Daddy mais ne le vois nulle part. La musique mixée par un DJ est excellente et je propose d'aller danser. Je vide d'un trait mon deuxième verre de champagne et en prends un troisième avant d'avancer sur la piste, là où s'activent d'autres invités. Soudain, les portes automatiques s'ouvrent et j'aperçois le rappeur, suivi de son entourage d'Afro-Américains, faire son entrée. J'ai le souffle coupé, mais je continue de danser comme si de rien n'était. Pourquoi suis-je si impressionnée? Est-ce l'argent qu'il possède? Le talent? Son image médiatisée? Je ne saurais dire, mais je suis ébahie.

— Béa, on prend une photo !

Elle me fait de gros yeux. Je reprends contenance. Ça risquerait de nous démasquer. Je décide d'embarquer à fond dans mon personnage. Plus rien ne m'impressionne. Je profite du moment présent.

— Allons là-bas, dis-je en pointant les sofas installés à l'extérieur.

Nous montons sur l'un d'eux et poursuivons nos mouvements de danse en profitant de la vue plongeante sur les invités. Plusieurs visages me semblent familiers, mais leurs noms me sont inconnus. Le champagne faisant effet, je ne réagis pas en voyant une célèbre chanteuse monter sur mon sofa pour se prendre en *selfie*. « Wow ! elle ressemble à Rihanna », pensé-je avant de m'apercevoir qu'il s'agit bien d'elle. J'ouvre la bouche d'étonnement. Béa ne remarque rien et la star redescend en lui accrochant l'épaule. D'une minute à l'autre, je m'attends à voir arriver Beyoncé et Jay-Z.

— *Hey girls, my name is Juanes and this is my friend Roberto*[44].

Deux mâles virils s'adressent à nous. Leurs sourires charismatiques nous font ramollir les jambes. Béa s'empresse de se présenter. Elle descend de son podium pour leur faire la conversation. Je l'imite avec un réel intérêt.

— *Where are you from ?* demande-t-elle sans attendre.

— *Ibiza, Spain*, répond Juanes. *You ?*

— *Quebec, Canada. We are actresses*[45] ! lance spontanément Béa.

Quant à eux, ils disent être mannequins, et je les crois sur parole. Juanes, barbe noire, cheveux d'ébène, a

---

44. — Salut les filles, moi c'est Juanes et voici mon ami Roberto.

45. — Vous venez d'où ?
   — Ibiza, en Espagne. Et vous ?
   — Québec, au Canada. On est des actrices !

une telle prestance que j'arrive à peine à détourner mon attention. Roberto, plus grand, plus large, dégage un *sex-appeal* à toute épreuve. Entre les deux, je ne saurais pas lequel choisir. « Relaxe, Scarlett », me sermonné-je pour ne pas laisser mes envies l'emporter. Serait-ce l'effet du champagne ?

★★★

— *Your lips, your eyes*[46]... me complimente le magnifique Juanes en s'approchant de mon visage.

Je détourne la tête et ses lèvres se déposent sensuellement dans le creux de mon cou. À ma droite, Béa, assise sur le sofa, s'amuse librement avec Roberto. « Profites-en pour moi », lui ai-je dit un peu plus tôt, consciente que j'allais jouer l'aguicheuse la soirée durant. Le top-modèle saisit mon menton afin de rediriger mon regard dans le sien.

— *I can't*, déclaré-je, peinée.

— *Sí, puedes*[47], essaie-t-il de me convaincre dans sa langue maternelle.

Je ressens un désir fou de céder. Il est si beau. Si sexy. Si tout. L'alcool coule à flots dans mes veines et mes sens sont embrouillés. Je m'en voudrais terriblement si Ethan revenait un jour à moi. « Car il va revenir, hein ? » tenté-je de me convaincre.

— *I need to go to the bathroom*[48] !

Je m'éloigne sans céder à l'attraction. Il me faut reprendre mes esprits. Béa, me voyant fuir à la hâte, s'inquiète et me suit jusqu'à la salle de bain, qui se trouve à l'étage inférieur.

— Ça va ? me demande-t-elle en descendant l'escalier en colimaçon.

---

46. — Tes lèvres, tes yeux...
47. — Je ne peux pas.
    — Oui, tu peux.
48. — Il faut que j'aille aux toilettes !

— Oui, c'est juste que si je reste plus longtemps, je vais faire une gaffe.

— Il ne faut surtout pas! s'exclame-t-elle pour m'encourager.

Je souris, contente de voir qu'elle m'appuie dans le bon sens. Nous entrons dans le salon où se situe le cabinet de toilette. Deux femmes attendent à l'extérieur car une seule toilette est disponible. Je m'appuie à la cloison en attendant mon tour.

— J'ai la tête qui tourne. Je vais moins boire, ça va aider. Toi, ça va?

— Je suis tellement soûle que je pourrais coucher avec lui direct sur le sofa! lance-t-elle, à moitié sérieuse.

Je m'esclaffe avant de remarquer la présence de Puff Daddy assis sur un divan, accompagné de deux hommes, dont un baraqué. Béa se retourne aussitôt. Et là, les rôles s'inversent.

— C'est le moment de prendre une photo, remarque-t-elle avec contentement.

— On va se faire démasquer. Laisse faire.

— Ben non! Juste une petite photo, insiste-t-elle en sortant de son personnage de célébrité.

— Béa, il va savoir qu'on n'est pas des vraies invitées si on fait ça.

Rien n'y fait. Elle marche dans sa direction. Le garde du corps l'empêche d'aller plus loin.

— *We just want to take a picture.*

— *Wait a minute*[49], répond-il comme si la chose était bien possible.

Béa sourit en vacillant. Je lui fais signe de se sauver. Elle m'ignore. Encouragée par son état d'ébriété avancée, elle patiente comme une groupie, le temps que le rappeur termine son entretien. Je demeure en retrait dans la file des toilettes et continue de faire des

---

49. — On veut juste prendre une photo.
   — Attendez une minute.

mimiques pour la convaincre de partir. Le baraqué me regarde. « Merde, j'ai l'air d'une groupie moi aussi ! »

Une minute passe et le chanteur se lève. Le garde du corps empêche Béa de lui parler et ils retournent tous les deux au party sans même nous sourire.

— Tu aurais pu nous faire mettre dehors ! la sermonné-je lorsqu'elle me rejoint.

— Ben voyons ! rit-elle avec insouciance.

« Il s'en est fallu de peu », pensé-je avant d'être rattrapée par la réalité.

— Bonjour, les filles, laissez-moi vous escorter hors du bateau, annonce une femme avec professionnalisme.

Le ton autoritaire de l'assistante ne laisse aucune place à la discussion. Je voulais me sauver des griffes du beau Juanes et j'ai été exaucée… avec une dose de honte en prime.

***

— Notre avion atterrit à Montréal à quelle heure ?

— À 17 heures, m'annonce Béa en continuant de plier ses vêtements dans sa valise.

— Ça veut dire que vers 18 heures, tu vas peut-être me ramasser à la petite cuillère.

Mon amie soupire et regarde sa montre. Je crois que mon scénario de princesse la décourage.

— Je ne pense pas qu'Ethan va t'attendre aux arrivées.

— Pourquoi pas ? Il l'a déjà fait.

— Une sensation que j'ai, dit-elle en déplaçant son bagage près de la porte.

Elle appelle la réception pendant que je garde le silence.

— Bonjour, c'est Béatrice Hamelin. (Pause.) Oui. En effet, un taxi. Merci.

Elle raccroche. Son échange m'a semblé interminable. Voyant de la tristesse teinter mon expression, elle essaie de se racheter.

— C'est juste que je ne voudrais pas que tu pleures ta vie parce qu'il n'est pas là.

En réalité, le moyen qu'il utilisera pour revenir à moi m'est indifférent. Il suffit qu'il le fasse.

— Tu crois qu'il va revenir? demandé-je pour la millième fois.

Béa, de toute évidence exaspérée par mes préoccupations, s'énerve.

— Si tu veux vraiment le savoir, c'est sûr qu'avec ton attitude d'inquiète maladive, il ne reviendra pas!

J'avale difficilement ma salive. Juste à penser qu'elle pourrait avoir raison, des larmes me montent aux yeux.

— Pourquoi tu es si dure avec moi tout à coup?

— Parce que j'en ai assez!

Elle ramasse son sac à main et sa valise et ouvre la porte de la chambre en trombe.

— Je vais aller appeler un taxi. Je t'attends dans le hall, annonce-t-elle avant de fuir à la vitesse de l'éclair.

Je n'ai pas le temps de rétorquer quoi que ce soit qu'elle a déjà refermé la porte derrière elle. C'est étrange, je croyais que le taxi était déjà appelé… Ne désirant pas la faire attendre, je cours à la salle de bain pour me brosser les dents et range ensuite ma trousse dans mon bagage. Je suis fin prête. Avant de rejoindre Béa l'enragée, j'essuie mes larmes et essaie de penser positivement. « Ethan et moi, c'est du solide! »

J'ouvre la porte, mais avant de partir, je jette, comme à l'habitude, un coup d'œil à la chambre pour être certaine de n'avoir rien oublié. Puis je redirige mon regard vers la sortie et je fige. Suis-je en train de rêver? Une vision d'Ethan se tient devant moi. J'avance ma main vers lui pour le toucher. Je m'attends à ce que mes doigts transpercent un corps vaporeux, mais ils touchent un véritable être humain.

— Je suis bien là, annonce-t-il de sa voix grave et virile.

— Tu t'es laissé pousser la barbe?

Trop surprise par sa présence, j'ai prononcé cette phrase spontanément. «Voyons, Scarlett, c'est tout ce que tu arrives à lui dire?» Je cligne des paupières, médusée et muette.

— Tu aimes?

— Euh... euh... la barbe? bafouillé-je en essayant de comprendre ce qu'il fait ici.

— Oui, la barbe... et moi.

Il me sourit. Mes jambes ramollissent. Je dois prendre appui sur la poignée de ma valise. Je ressens une envie folle de l'embrasser. Je me rends compte qu'il se trouve à des milliers de kilomètres du Canada. Qu'il s'est déplacé... pour moi. «C'est mieux qu'une attente aux arrivées!» pensé-je avant que mes lèvres retrouvent enfin les siennes.

Chapitre 31

Saint-Martin (SXM)

— À dans trois jours !

Ma meilleure amie ouvre la portière du véhicule qui la transportera jusqu'à l'aéroport. Elle part sans moi pendant que je resterai ici avec Ethan, son complice des derniers jours. Avec lui, elle a tout manigancé. C'est grâce à elle si le désordre de ma vie se dissipe. Je libère ma main de celle de mon amoureux pour prendre Béa dans mes bras.

— Je t'aime, lui murmuré-je à l'oreille.

— Moi aussi, Scarlett ! Profites-en bien, car je crois que d'autres surprises t'attendent…

Elle me fait un clin d'œil avant de disparaître, cachée par la vitre teintée du taxi. Je me retourne vers le bel homme qui patiente sur le trottoir.

— D'autres surprises ?

D'un air coquin, il m'incite à le suivre jusqu'au bord de mer. Devant l'océan qui se profile jusqu'à l'horizon, il pointe le doigt vers un voilier ancré dans la baie.

— Il y en a un semblable qui nous attend à la marina, annonce-t-il.

— T'es sérieux?

— Oui, ma chère. Juste pour toi et moi.

Je lui saute au cou, folle de joie. Quel exotisme!

— Il était temps qu'on se retrouve, dis-je en appuyant ma tête sur son épaule.

Je repense à la fois où nous avons essayé de profiter l'un de l'autre sans y parvenir. Mon intoxication alimentaire avait tout gâché. Le mauvais karma est-il passé?

— Et si j'ai le mal de mer?

Mon amoureux écarquille les yeux. Cette option, il ne l'avait pas envisagée. Il me fait une moue remplie de tristesse. «Non, je ne vais pas gâcher nos projets romantiques!» me sermonné-je, décidée à vomir sur le pont s'il le faut.

— C'est pas grave, Ethan…

Il me coupe sur ma lancée. Des fossettes apparaissent sur ses joues et je comprends qu'il tentait de me désarmer.

— L'action, ça sera pour une autre fois.

— Pas de voilier, alors?

— Bien sûr, mais ancré dans une baie à l'abri du vent, avec uniquement toi comme distraction, me rassure-t-il en enflammant mon désir.

— Qu'on lève les amarres et vite! m'exclamé-je, émoustillée à l'idée de jouer au matelot.

*** *

Nous quittons la baie de Marigot vers midi. Mon beau capitaine m'annonce que pour atteindre l'anse où nous passerons la nuit, nous devrons voguer pendant deux heures en longeant la côte. La mer est calme et le vent souffle juste assez pour nous rendre à bon port en toute tranquillité.

— Je vais hisser la grand-voile!

Ethan me confie la barre et m'explique que je dois garder le nez du bateau face au vent, le temps qu'il effectue la manœuvre. « Face au vent ? » me questionné-je en n'arrivant pas à dissimuler mes doutes.

— Comme ça, m'enseigne-t-il en dirigeant l'embarcation dans le bon sens.

Il commence à tirer sur la drisse avec force. Ses biceps se gonflent et son torse nu se couvre de sueur sous ses efforts. Son dos perlé luit au soleil. « Qu'il est viril ! » pensé-je en tentant de maintenir le cap. La toile blanche ballotte et poursuit sa montée jusqu'au sommet du mât. « Je rêve ! »

— Scarlett, garde le nez face au vent !

Je réagis au son de sa voix et m'aperçois que la voile est en train de se gonfler. Poussé par la force des alizés, le bateau change de cap.

— Ethan ! Qu'est-ce que je fais ? crié-je en lâchant le manche, paniquée.

— Tire à bâbord !

— À bâ quoi ?

— À gauche ! À gauche ! hurle-t-il pour que je l'entende.

J'obtempère le cœur battant et le voilier se réoriente dans la bonne direction. Ethan termine la manœuvre, bloque le cordage et revient près de moi.

— C'est plus stressant que tu pensais, hein ?

— Oui, vraiment !

— Ça le sera moins à partir de maintenant, me rassure-t-il en reprenant la barre.

Il oriente le bateau vers le nord afin de gonfler la voile.

— Je vais dérouler le génois.

— Le quoi ?

Décidément, on ne parle plus le même langage.

— La voile avant, m'explique-t-il avec patience. Je n'ai pas besoin de ton aide pour celle-là.

— Tant mieux !

Je soupire, heureuse. Une fois la voile bordée et bloquée, la coque s'incline légèrement. Surprise, je manque de tomber, mais je reprends aussitôt l'équilibre.

— Ça ne va pas s'incliner plus que ça.

— C'est déjà pas mal…

Il pouffe de rire.

— Oh non, crois-moi. Il y a pire.

Je me colle contre lui au cas où une bourrasque nous frapperait. Il éteint le moteur et m'enlace pour me rassurer. Je me calme sans pour autant m'éloigner.

— Ethan, j'aimerais te dire encore une fois que je m'excuse pour…

Deux doigts se posent sur mes lèvres pour m'empêcher de poursuivre.

— Je ne veux plus reparler de tout ça. Le passé est derrière nous. Allons de l'avant, veux-tu ?

Je chasse les mots qui s'apprêtaient à s'échapper de ma bouche et redirige mon regard vers l'horizon. C'est vers ce vide qui m'est inconnu mais qui me semble si prometteur que je désire m'orienter.

— Écoute… reprend-il pour que je prête attention à mon environnement.

Le vent chante la quiétude, aidé par la proue qui fend les vagues d'un bleu saphir. Si le paradis existe, je l'imagine ainsi.

— Il y a une chose que je meurs d'envie de faire depuis trop longtemps, poursuit-il en m'attirant vers le siège central recouvert d'un coussin imperméable.

— Ah oui ? Quoi ?

— Te faire du bien…

Il retire ma robe de plage et détache le haut de mon bikini.

— Tu comptes faire quoi, exactement ?

Le vent chaud caresse ma peau. Il esquisse un sourire espiègle avant de porter sa bouche à ma poitrine.

— Hum, je vois…

Je joue à la naïve, ce qui aiguise son désir. Il jette un coup d'œil à l'avant du bateau. Notre trajectoire ne risque de croiser celle d'aucun autre voilier. Il porte ensuite sa main à ma nuque et guide ma tête contre le cordage qui se trouve derrière. J'entends les vagues déferler derrière moi. Les rayons du soleil m'éblouissent et je ferme les yeux, m'abandonnant à mes sens.

**

— C'est déjà fini! protesté-je en nous servant deux verres de champagne pour notre dernière soirée sur le voilier.

— On reviendra si tu aimes ça.

— Je n'aime pas ça. J'adore ça!

Je lui tends sa coupe et nous trinquons à ces deux journées de rêve qui viennent de passer. L'entrechoquement du cristal fait remuer le liquide à l'intérieur. Une minuscule bulle monte jusqu'à la surface en tourbillonnant. Elle vacille comme mes émotions des derniers mois.

— Je t'aime, lancé-je.

Ethan détache son regard du coucher de soleil pour me regarder.

— Viens ici.

Il frappe contre le banc entre ses jambes. Je m'y installe et appuie mon dos contre son torse. Il pose ses lèvres sur ma nuque.

— Moi aussi, je t'aime, souffle-t-il.

Je tourne mon visage vers lui et nous nous embrassons, caressés par les rayons rougeâtres qui s'atténuent à l'horizon. J'aimerais que le temps s'arrête. Que nous demeurions ici à jamais, à s'embrasser, faire l'amour, nager, manger et recommencer.

— Je laisse ma job, et toi, tu vends ton condo, puis on part pendant des années vivre sur un voilier. Qu'est-ce que tu en dis? proposé-je, à moitié sérieuse.

— On pourrait, acquiesce-t-il pour ne pas m'empêcher de rêver.

— Tu ferais ça pour vrai?

Maintenant que la question est posée, je réfléchis aussi. J'aime ma vie telle qu'elle est. Mon métier me plaît. À notre guise, nous pourrons revenir voguer ici ou ailleurs. Pas la peine de tout quitter. Le meilleur des deux mondes. Mon amoureux confirme mes pensées.

— Honnêtement, Scarlett, tout est parfait comme ça.

Il fait une pause.

— Enfin… Il manque peut-être une seule chose.

— Ah oui, quoi? demandé-je, curieuse.

Ses mains puissantes se posent dans le bas de mon dos pour m'inciter à me lever.

— Rassieds-toi, me conseille-t-il avant d'atteindre une poche de rangement accrochée dans la descente d'escalier.

Mon cœur commence à battre plus fort. Suis-je en train de me faire des idées? Pendant qu'il plonge sa main dans le sac, je me demande si ma seconde chance est enfin arrivée. Ses doigts tiennent une petite boîte rectangulaire. Ma respiration fait des siennes.

— Ethan…

— Attends avant de dire quoi que ce soit, dit-il. C'est aussi mon moment à moi.

Il sourit. Je me tais en essayant de ne pas pleurer. « Respire, Scarlett, respire. » La table centrale dans le cockpit l'empêchant de se tenir devant moi, il s'assied à mes côtés. Je savoure chaque seconde. Ça n'arrive qu'une seule fois dans une vie, non? Bon, en théorie, du moins. Il pousse devant moi la boîte couverte de velours et la soulève pour que je la regarde. À l'intérieur de mon corps, les ballons sont en train de s'envoler, les feux d'artifice éclatent, la fête est déjà commencée.

— Comme je te disais, poursuit-il, tout est parfait, sauf une chose.

Il ouvre le couvercle tranquillement. Mes yeux pétillent et ma main gauche se soulève d'elle-même, comme si elle était prête à ce qu'on lui glisse une bague à un doigt. L'objet semble scintiller à l'intérieur. « Quel gros joyau ! » pensé-je avant de comprendre qu'il ne s'agit pas d'une alliance mais d'une clé en métal.

— Il est temps que tu reviennes à la maison. Tu me ferais ce plaisir ?

J'avale ma salive. J'ai fait fausse route. Encore ! J'éclate de rire, me sentant ridicule d'avoir envisagé l'autre option. Je n'arrive plus à parler tellement la surprise m'a sonnée. Béa a bien raison. Je me fais trop souvent des scénarios de princesse !

— Qu'est-ce qui te fait rire autant ?

— Rien, rien !

— Tu ne veux pas revenir vivre avec moi ?

Je reprends mon souffle et reviens à la réalité. Avant de me marier avec lui, il faudra bien respecter les étapes.

— Bien sûr que je veux revenir vivre avec toi ! J'ai tellement hâte !

Je lui saute au cou pour lui signifier mon bonheur. Cette clé est à nouveau la mienne et j'en suis ravie. J'avance mes lèvres vers les siennes, mes paupières se baissent et je m'abandonne au baiser. Bercée par ce délice, une pensée à la Scarlett prend forme dans mon esprit. Je l'écoute, convaincue qu'un jour elle se concrétisera : « T'inquiète, tu l'auras, ton scénario de princesse. Ce n'est qu'une question de temps… »

Épilogue

Chez le psy
Trois semaines plus tard

— Bonjour, madame Lambert! Vous m'avez l'air radieuse!

— Si vous saviez!

— Alors, racontez-moi.

M. Pinault se cale dans son fauteuil. Je me demande pourquoi je viens encore le voir. Ma vie va beaucoup mieux depuis que tout est rentré dans l'ordre. Peut-être serait-il temps d'espacer nos rencontres?

— Par où commencer? Hum...

— Vos angoisses? Votre manque de confiance en vous? En Ethan? propose-t-il.

— Tout a disparu. Je contrôle tout à 100 %!

Je remarque de la surprise sur le visage de mon interlocuteur.

— Vous contrôlez votre vie ou celle des autres? me demande-t-il, sceptique.

Sa réplique me force à me questionner. C'est vrai qu'avant, la maîtrise de mon environnement m'apportait la sécurité dont j'avais besoin. Suis-je encore ainsi? Cette idée me donne froid dans le dos et un haut-le-cœur se transforme en rot très sonore.

— Pardon, m'excusé-je, gênée.

— Ce n'est rien. Alors, Scarlett, insiste-t-il. Répondez à ma question.

Pourquoi essaie-t-il de me déstabiliser? Je ne crois contrôler personne. Je n'ai du pouvoir que sur moi-même, non? De l'air remonte de nouveau dans mon œsophage. Sans doute les effets de sa tactique de psy. J'essaie de me ressaisir.

— Je contrôle ma vie à moi. Pas celle des autres.

— En êtes-vous sûre? Vous me semblez hésitante.

«Qu'est-ce qu'il cherche à prouver?» m'accablé-je en doutant de mon affirmation. Je répète avec plus d'assurance, mais j'ai l'impression que ses réflexions me donnent la nausée.

— Non, je ne doute pas. Je crois sincèrement avoir fait des progrès.

— C'est une bonne nouvelle, madame Lambert.

— Oui, je contrôle ma vie, répété-je en sentant un poids de moins sur mes épaules.

Pourtant, je ne récolte pas l'effet escompté. M. Pinault remarque mon teint passer du rose pêche au vert. Il dépose ses lunettes sur son bureau, inquiet.

— Ça va?

Je me tais, préoccupée par mes haut-le-cœur. J'avale avec difficulté.

— Vous êtes certaine que ça va?

— Oui, oui! Je crois que ce sont les émotions du passé qui remontent à la surface.

— Vous êtes très pâle. Désirez-vous un verre d'eau?

Je secoue la tête négativement en m'apercevant que d'ici une seconde je vais devoir utiliser la toilette. Mon estomac s'apprête à évacuer mon petit-déjeuner et je me lève d'un coup. «Je n'y arriverai pas», pensé-je en ramenant ma main vers ma bouche pour bloquer la sortie. M. Pinault, conscient du dégât imminent, sauve littéralement les meubles en me tendant sa corbeille à papier.

— Désolée, dis-je, ma fierté anéantie.

— Madame Lambert, je crois qu'il y a plus que des émotions dans ce qui vient de se passer…

— C'est vous ! Vous m'ébranlez avec vos questions. Ça m'a déstabilisée. J'ai confiance en Ethan, en moi, en la vie. Je le sais, maintenant !

— Non, je ne pense pas que les questions soient en cause. Ni moi, se défend-il.

— C'est quoi, alors ?

Je bois une gorgée d'eau pour chasser le goût acide de ma gorge.

— Avez-vous songé à passer un test de grossesse ?

Remerciements

J e remercie tout d'abord ma famille de me soutenir dans tous mes projets. Je remercie également mon éditeur ainsi que mon éditrice, Marie-Eve Gélinas, de m'avoir proposé de poursuivre les aventures de Scarlett dans un troisième tome. Merci de me faire confiance et de m'avoir permis de repousser encore mes limites. Merci à mes amis qui m'encouragent lorsque l'énergie me manque. Merci à mes collègues dans l'aviation, qui m'ont raconté plusieurs anecdotes vécues à bord. Je suis certaine que vous vous reconnaîtrez. Un merci spécial à Marie-Claude Lauzon, qui m'a fait parvenir ses mémoires et qui m'a donné le feu vert pour que j'y puise de l'inspiration. Merci à François Blais d'avoir répondu à mes questions à propos du pilotage d'un avion de ligne : les détails de tes explications m'ont été d'une grande aide. Une courte mention à Jeffrey Justice pour ses prédictions hors du commun. Un énorme merci à mes lecteurs et abonnés sur les réseaux sociaux qui partagent mes billets et qui font connaître mon blogue et mes livres auprès de leurs amis. Vos mots d'appréciation et d'encouragement me donnent le goût de continuer à vous divertir. Et pour terminer, merci à Puff Daddy de m'avoir invitée à bord de son yacht sans le savoir… ;)

Pour suivre l'auteure :
www.chroniqueshotessedelair.com

Suivez les Éditions Libre Expression sur le Web :
www.edlibreexpression.com

Cet ouvrage a été composé en Minion 12/14
et achevé d'imprimer en septembre 2015 sur les presses
de Marquis imprimeur, Québec, Canada.

certifié   procédé   100 % post-   archives   énergie
            sans chlore   consommation   permanentes   biogaz

Imprimé sur du papier 100 % postconsommation, traité sans chlore,
accrédité Éco-Logo et fait à partir de biogaz.